伽古屋圭市

からくり探偵・百栗柿三郎

実業之日本社

JN181528

実業之日本社文庫

からくり探偵・百栗柿三郎　目次

からくり探偵・百栗柿三郎

序章

見渡すかぎり、瓦礫《がれき》の山だった。

なにかの弾みで山から落ちてきた陶器が、からからと乾いた音を響かせた。

あちらこちらに顔や手を黒く汚し、瓦礫を掘り返す人がいる。

かつての自分の住処《すみか》を掘り返しているのか、それとも金目のものがないかと手当たり次第に漁《あさ》っているのか、それはわからない。でもときどき、小さな歓声が聞こえてきた。

不思議と、悲壮感はなかった。

それが強がりなのか、諦めなのか、真の逞《たくま》しさなのかは不明だった。

ただ、秋の澄み渡った、どこまでも高く、どこまでも青い空は、落ち込むことを拒絶していた。建物が消えて荒漠とした景色も、吹っ切れた清々《すがすが》しさを醸し出している。

一陣の強い風が吹きつけ、砂塵《さじん》を舞い上がらせた。

元より色の希薄な景色に、黄土色の薄膜がかかる。

矢庭に、ざっ、ざっ、と土を踏みしめる音が近づいてきた。ががらがらがらと、車輪を転がすような音も聞こえる。

風が弱まり、砂塵の膜が薄らぐ。

緞帳《どんちょう》が上がり、舞台が幕を開けるように、膜の向こうから一人の男が姿を現す。

希代の発明家にして名探偵、百栗柿三郎《ももくりかきさぶろう》だ。

その傍らにいるのはお玉《たま》さんだった。

柿三郎は周囲を眺めながら、ゆっくりと歩を進めていた。

変わり果てた景色に心を痛めているのか、それとも目的地を見つけるために周囲の様子を探っているのか、はたまたお玉さんに合わせて緩やかな歩調を取っているだけなのか、いつもと変わらない彼の淡泊な表情からは窺《うかが》い知ることはできなかった。

やがて彼は足を止めた。

眉間に皺《しわ》を刻みながら、瓦礫の中から木の板を引っ張り出す。山の一部ががらがらと崩れ、小さな砂煙を巻き上げた。

「ここだな。間違いない」

彼は独り言のようにつぶやいた。

確かにそこは、かつて彼が生活を営んでいた場所だった。

「さて、と」

柿三郎は蓬髪《ほうはつ》をぐしゃぐしゃと掻《か》いた。

「頑張って、掘り起こすとするか」

お玉さんに向かって、自らを奮い立たせるかのように柿三郎は大きく頷《うなず》いた。

そして拾い上げた木の板を投げ捨てる。木材の山に当たって跳ねたそれは、墨で書かれた不完全な文字を虚《むな》しく空へと向けた。

いまは無残に真っ二つに割れてしまっているが、そこにはかつて『よろず発明　承り』と大きく書かれていた。唯一『百栗庵』の屋号だけが読み取れるものの、その墨書も随分と褪《あ》せて、掠《かす》れている。

この家の玄関脇に、その看板はずっと掲げられていた。

第一話　人造人間《ホムンクルス》の殺意

『よろず発明　承り』

これは夢か現《うつつ》か。曖昧模糊《あいまいもこ》とした意識の中、見慣れぬ言葉が眼に飛び込んできた。

視界が徐々に広がり、鮮明になってゆく。その言葉は三尺ほどの高さの木の板に黒々と書かれていた。古びた家屋の玄関脇に立てかけられている。視点の高さから考えて、わたしは往来に座り込んでいるようだ。それともこれは大正の世になる以前、幼き日の記憶なのだろうか。とんと思い出せない。

矢庭に、これは夢じゃない！　と自覚する。

痙攣《けいれん》するように体を起こすと同時に、がつんっ、と後頭部をしこたま打ちつけた。

「っつう！」

頭を抱えてうずくまる。着物の裾が乱れ、向こう臑《ずね》が露《あら》わになっていた。慌てて乱れを直す。嘲笑《あざわら》うかのように二羽の雀《すずめ》が鳴いて通りすぎた。

町はすっかり朝のやわらかな陽光に包まれていた。空には汽車の吐く煙のような白い雲がのんびりと流れてゆく。

辺りを見回す。どうやら宿屋の壁に背中を預け、天水桶《てんすいおけ》にもたれかかって眠り込んでいたようだ。まだ早朝と呼べる時刻なのか、それともそもそも人通りの少ない往来なのか、人けはほとんど感じられない。行商人であろう、天秤棒《てんびんぼう》を担いだ人の背中が見えるだけ。

解放されたのは昨夜、というより今日の未明といっていいだろう、午前四時に近かったように思う。ようやく家路についたものの、心も体も疲弊しきっていた。途中で力尽き、道端に倒れ込んだようだ。浅草界隈《あさくさかいわい》だとは思えるものの、見知らぬ景色だった。

何処《どこ》をどう歩いてきたのか、さっぱり記憶がない。

体の動きを確かめるように、ゆっくりと立ち上がった。着物の土を払う。幸い怪我《けが》などはないし、財布を掏《す》られたりもしていないようだ。けれど……。

溜息《ためいき》一つ。真っ当に、善良に生きてきたわたしが、なんでこんな目に遭わなきゃならないのか。

二つ目の溜息をつくと同時、再びあの看板が眼に飛び込んでくる。

左右の家屋に圧迫されて、ちょっとした地震でいまにも崩れてしまいそうな襤褸《ぼろや》家。その玄関脇に立てかけられた薄汚れた看板。右上には『百栗庵』の屋号も見て取れる。

そして気づく。

中央に大きく書かれた『よろず発明　承り』に追いやられるように、空いた場所に窮屈そうに詰め込まれた文字。おそらくあとから追加された言葉。

『よろず探偵　人捜しも承り』

思わず眼を見開く。

これは、もしかすると、天子様のお導きではなかろうか。明るく正しく一所懸命に生きてきたことへの、お天道様のご褒美ではなかろうか。ご先祖様の粋なお計らいではなかろうか。両手を合わせ、天上の母上に感謝する。

ありがとうございます。千代《ちよ》は果報者にございます。

母はまだ死んでないけど。

意気揚々と戸を開ける。

「ご免下さいな」

屋内は外見に負けず劣らず荒《すさ》んでいた。荒んでいたというより、しっちゃかめっちゃかだった。

わけのわからない器材、機械、板切れから金属まで、がらくたとしか思えない種々雑多なものが、所狭しと散乱していた。まるで機械のごみ捨て場を押し退《の》け、無理やり空間を作ったような有様。

そしてがらくたに圧迫された土間の向こう、板敷きの間に男が一人。年の頃は二十代半ば。色褪せた絣《かすり》の着物に草臥《くたび》れた袴《はかま》を穿《は》いて、頭は鳥の巣のような蓬髪。鳥の巣の中にあった二つの目玉が、ぎょろりとわたしを認めた。

「こんな朝っぱらから、なんだ君は」

その声には微《かす》かな狼狽《ろうばい》が滲《にじ》んでいた。

彼の前には三尺程度、腰高の奇妙な物体があった。手には金属製の工具らしきものが握られている。修理かなにかをしていたのだろうかと思いつつ、おずおずと告げる。

「いえ、先ほど表の看板を見てですね、依頼に――」

「なに？」男の顔色が一気に変わる。「そうか！　それをもっと早く云《い》いなさい！」

警戒感を露わにしていた男は喜色を浮かべ、いそいそと周りを片づけはじめた。片づけるといっても散らばったがらくたを、周囲を取り囲むがらくたに紛れ込ませるだけだ。なるほどこうやってがらくたの山が築かれたわけだ。

彼は上がり框《がまち》で座って待つように指示して一旦《いったん》奥へと下がると、盆に湯呑《ゆの》みを乗せて戻ってきた。どうやらこの家に女房や女中はいないようだ。

「ありがとうございます。わたくし千代と申します」

「僕は発明家、百栗柿三郎だ」

床に腰を下ろしながら男が答えた。発明家と自称する人物に初めて出逢《であ》った。

「ということは、もしかしてこれも発明品ですか」

彼が最前まで弄《いじ》っていたと思われる、腰高の奇妙な物体をわたしは指し示した。待っているあいだずっと気になって、しげしげと眺めていたのだ。

それは巨大な猫だった。

もちろん本物ではない。片手を上げていない巨大な招き猫、と云ったほうが正確かもしれない。写実的ではなく、猫を愛嬌《あいきょう》たっぷりに造形した姿は招き猫に近い。

ただし陶器ではなく主に木材でできていた。加えて所々に金属を用いた意匠が施されていて、ハイカラさを醸し出していた。丸々とした可愛《かわい》らしい造形と、科学技術の先進性が巧《うま》く融合している。

土台部分は若干前後に長く、四つの車輪がついていた。動力らしき機械も、招き猫本体の後部に乗せられている。

「あ、あア、こいつか」柿三郎は招き猫の頭をぽんぽんと叩《たた》いた。「丁度先ほど完成したところなんだ」

「なんなんですか、これは」

「こいつは……」たっぷりの間を取って、にやりと笑う。「助手だ」

「助手?」わたしは思わず頓狂《とんきょう》な声を上げた。

「そう、助手だ。名前をTAMA《タマ》3号という」

「玉珊瑚《たまさんご》?」

「羅馬字《ロオマじ》でTAMA」彼は中空に文字を書く。「その由来は面倒だから説明しない。あ、勝手にお茶は飲んでくれたまえ」

「戴《いただ》きます」

お言葉に甘え喉を潤した。驚くほど薄い。

「それの試作3号機だからTAMA3号」

「上野でやってる博覧会の『DAT《ダット》1号』みたいな命名ですね」

「あア、あの初の純国産自動車という、あれか。うむ、あれはいいものだ。それはともかく、『TAMA3号』は開発中の型式みたいなものだ。愛称は『お玉さん』という」

「一気に身近になりましたね」

不意に柿三郎は少年のような笑みを見せた。

「せっかくだから見せてあげよう、百栗庵の科学力を。お玉さん、少し動いてみてくれ」

すると本体の後部にある機械が唸《うな》りを上げはじめた。そして小刻みに震えたかと思うと、お玉さんがゆっくりと前方に動き出す。

「わ、わ、すごいです。動きました。動きましたよ！」

わたしは間抜けに口を開けながら、この機械式招き猫というか、からくり猫の姿を追った。

がらがらがらと車輪を轟《とどろ》かせながら突き進む。しかも真《ま》っ直《す》ぐ進むだけではなかった。華麗に右に弧を描きながら、がんっ、とがらくたの山にぶつかった。

まア、そうなるだろう。こんなそこらじゅうにがらくたが積まれた場所じゃ。ばらばらと、がらくたの山からがらくたが崩れ落ちる。

「お玉さん、もういい」柿三郎は悲しそうに告げる。「実験するにはもう少し広い場所が必要だ」

お玉さんの作動音がやみ、胡座《あぐら》をかいたまま柿三郎はわたしに向き直った。

「いかんせんこんな場所なのでご覧の有様だが、当庵の技術はわかってもらえただろう。さて、それでは依頼を聞こうじゃないか。なにを発明してほしい」

わたしは胸の前で右手を小さく振った。

「いえ、発明ではなくてですね。実はとんでもない事件に巻き込ま――あ、ちょっとちょっと、何処行くんですか。お茶まだ飲み終わってない」

湯呑みを持って立ち上がった柿三郎が腰をひねる。

「発明の依頼でないのならば、君は僕の依頼者じゃない。したがってお茶も不要だし、これ以上話を聞く必要もない」

「そんな！　表の看板によろず探偵も承るって書いてたじゃないですか！　嘘《うそ》ですか。看板に偽りありですか。お奉行様に訴えてやる」

「君はいつの時代の人間だ。それはともかく、そんなこと書いてたか」

「書いてました」

柿三郎は両手に湯呑みを持ったまま眼を細め、首を傾《かし》げる。やがて徐《おもむろ》に湯呑みを床に置くと、ぽんっと手を叩いた。

「あア、書いた書いた。昨日書いた。すっかり忘れていた」

昨日書いたとは、なんたる僥倖《ぎょうこう》！　なんという巡り合わせ！　矢張り導かれたとしか思えない。

と、感動しかけてふと思う。ということは、この男、まったく探偵としての実績がないのではないか。そんな男に任せていいのだろうか。

わたしの葛藤《かっとう》を余所《よそ》に、柿三郎は再び腰を下ろして胡座をかく。

「すまんな。徹夜明けでぼんやりとしていた。さて、書いた以上は聞かねばならん。なにしろ『よろず』だからな。さア、話すがいい。思う存分話すがいい。さア、さア」

この男が頼りになるかどうかは不明だけれど、さりとてほかに当てはない。これはきっと天のお導きと信じ、我が身に降りかかった理不尽な仕打ちを打ち明けた。

「わたしは女中としてある屋敷で働いているのですが、昨日、主《あるじ》が何者かに殺害されたのです」

「ほお、それは穏やかではないな」

「それだけでも大いに災難なのでありますが、わたしが殺人者ではないかと警察に疑われてしまったのです。お陰で明け方まで厳しい尋問を受ける羽目に……」

「うむ。なにがどうなってそうなったのか、詳しく話したまえ」

「はい――」

わたしが女中として働いていたのは、真壁達巳《まかべたつみ》という博士の屋敷だった。この真壁博士が筋金入りの変わり者。なにしろ一日中地下室に籠もって研究に勤《いそ》しみ、まったく外に出ないのである。朝昼晩と食事を作って運ぶのがわたしの主な役目。ほかにも掃除や洗濯などもやっていた。

屋敷の使用人はもう一人、番頭とでも呼べばいいのか、森蔵《もりぞう》という人がいる。博士の資産管理や建物の維持、その他雇用や事務手続きなどの一切合切、実質的に屋敷を切り盛りしているのだが、事件にはほとんど関係してこない。

博士は地下に籠もってひたすら研究に没頭しており、三人の助手を雇っていた。大上《おおかみ》、富良野《ふらの》、山本《やまもと》の三人だ。彼らが仕事をしているのは屋敷の一階にある研究室である。

研究室の隣には資料室がある。研究室と繋《つな》がる扉以外、資料室の四面は書棚で埋め尽くされており、窓は存在しない。博士が籠もる地下室には、この資料室に設けられた階段からしか行けない。

ときおり柿三郎の質問に答えつつ、わたしは前提となる情報を伝えた。

「なるほど」柿三郎が頷く。「つまり博士のいる地下室に行くには、必ず研究室から資料室に入り、その部屋にある階段を下りなければならない、ということだな」

「はい。ほかの道筋は存在しません」

「そして研究室では、三人の助手が仕事をしていたと。理解した。それではいよいよ事件の話だな」

わたしは居住まいを正し、ゆるりと頷いた。

真壁博士の死体が見つかったのは午後七時のことであるが、時計の針を少し巻き戻し、正午から話を進める。博士の生存を複数の人物が確認した、最後の時刻だ。

東京市内に正午を告げる空砲《ドン》が鳴り響き、わたしはいつものように博士の食事を持って地下室へと下りた。そのとき助手のうち二人も一緒についてきた。博士に話があったようであり、特に珍しいことでなかった。

わたしは食事を置いて、博士と助手は仕事の話をはじめた。あとから振り返っても事件に繋がるような険悪な雰囲気はなく、双方とも普段どおりの様子だったように思う。ただ、わたしは食事を置いてすぐに上に戻ったから、その後どうなったかはわからない。仕事の話はあまり立ち聞かないように心がけている。

三人の助手は、正午から午後一時までは休憩となる。三人がどのように過ごしたのか直接には知らないけれど、休憩中も研究室には常に一人以上はいたことが、その後の警察の調べでわかったそうだ。

お昼休みが終わった午後一時、わたしは再び地下室へと下りた。このときすでに助手は全員、仕事を再開していた。地下に下りた目的は食事の盆を下げることで、このとき博士とは軽く話をしている。煮魚が大変旨《うま》かったという、他愛《たわい》ない会話だ。わたしは空いた盆とともに、溜《た》まっていた洗濯物も籠《かご》ごと上へと運んだ。

博士は眼が鋭く、ぶっきらぼうで、他人を寄せつけない雰囲気の人物だった。お世辞にも好人物ではないだろう。でもそうやって、ときどき話をしたり、褒めてくれたりもした。変わり者であることは間違いないけれど、悪い人でもないようにわたしは感じていたのである。

その後わたしは地下室に行っていない。それは助手の証言でも明らかだ。

そして迎えた午後七時、助手は三人揃《そろ》って地下へと下りた。これはいつものことだった。特に急ぎの研究がなければ、助手はこの時刻に帰途につく。ところがそこで真壁博士の死体が発見された。椅子に腰かけたまま、首を絞められて殺されていたのである。

「ふうむ――」柿三郎が腕を組む。「ということは、午後一時に君が盆を下げて以降は誰も地下に下りていないのに、博士は殺されたということかな。それで君に容疑がかかっている」

「いえ、そうではないんです。あ、確かに助手の皆さんは、午後になってからは地下に下りていないと主張しています。けれど全員、資料室には行ってるんですよね。人目を盗んで、こっそり地下に行くことはできました」

「研究室と資料室は、扉で隔てられているんだったな」

「そうです。開けっ放しの場合もありますが、そのときでも地下への階段は研究室から死角になっていて見えません。それに三人それぞれ別の仕事を手がけているらしく、他人の行動にさほど注意を払っていたわけでもないようですから」

「そうなると、助手は誰でも密《ひそ》かに地下に下り、博士を殺害できたことになる。君よりよっぽど疑わしいではないか」

「ええ。ところが現場の状況が、おかしなことになっていたんです」

「おかしなこと？」

わたしは乾いた唇を嘗《な》め、静かに彼の眼を見つめる。

「人造人間《ホムンクルス》が、博士を殺したような痕跡を残して消えたんです」

柿三郎は何度か眼を瞬《しばた》いたあと、「それは――」とつぶやく。

「欧羅巴《ヨーロッパ》の錬金術師が作ったという、あれか。フランケンスタインの物語でも怪物として出てきたな」

ほとんどなにを云っているのかわからなかったけれど、取り敢《あ》えずホムンクルスがどのようなものか聞き覚えがあるようだ。さすが発明家を自任するだけあって知識は深い。話が早くて助かる。

わたしは現場の状況を説明する。

地下には樫《かし》の木でできた立派な机があり、そこで椅子に腰かけたまま、真壁博士は首を絞められて息絶えていた。その傍らには襖《ふすま》三枚分はあろうかという大きな書棚があり、その中に瓶に入ったホムンクルスの標本が収められていた。

「ホムンクルスといっても、これくらい――」わたしは両手で手鞠《てまり》大の輪っかを作る。「生まれたての赤ん坊よりも小さな、まるで胎児のような大きさでした。そして確かに人間の胎児のようだけれど、とても不気味な姿をしてたんです。屋敷で働きはじめて間もない頃、これはなにかと博士に聞いたことがあるんです。昔作った出来損ないのホムンクルスだって云ってました。冗談かどうか、よくわかんなかったですけどね」

わたしは頬を引き攣《つ》らせた。

ホムンクルスの収められた寸胴《ずんどう》の硝子《ガラス》瓶は一尺ほどの高さで蓋《ふた》があり、内部は液体で満たされていた。瓶はずっと書棚の中ほどに飾られていたのだが、事件現場では書棚の前の床に倒れ、液体はすべてこぼれていた。そしてなぜか、瓶の中のホムンクルスが忽《こっ》然《ぜん》と消えていたのである。

「気味の悪いことに――」昨夜見た光景を思い出し、微《かす》かに体が震える。「瓶の液体がこぼれたところから博士の座っている椅子まで、這《は》ったような跡が残っていたんです。さらに、まるでよじ登ったように椅子が濡《ぬ》れ、博士の首回りも濡れていました。そうなんです。あたかもホムンクルスの胎児が、博士を縊《くび》り殺したように」

柿三郎は考え込むように眉間に皺を寄せていた。先ほどとは打って変わって、思慮深さと明晰《めいせき》さが感じられる。皺を寄せたまま口を開く。

「それで、そのホムンクルスは見つかったのかい」

「はい。警察による捜索で、裏庭の藪《やぶ》の中から見つかりました。凶器と思われる紐《ひも》を持っていたそうです」

「ほお、凶器を。どんな紐だった」

「いえ、ホムンクルスは確認のため見せられましたが、凶器は助手も含めて見ていません。発見後すぐに証拠品として持ち帰ったようです」

「そうか、わかった。ともあれ、ようやく話が見えてきたな。つまり、そのホムンクルスを裏庭に捨てることができた人物は限られてくると。そのために君は疑われる羽目に陥った」

柿三郎の鋭さに驚かされつつ、わたしは深く頷いた。

「そうなんです。あ、まずは発見時の様子をお伝えしておきます」

午後七時、助手は三人揃って地下で博士の死体を発見した。丁度その頃、わたしも地下に向かおうとしていた。博士の夕餉《ゆうげ》を届けるためである。そして研究室に差しかかったとき、資料室から飛び出してきた助手の一人と鉢合わせした。話を聞いて、わたしは大声で番頭である森蔵を呼び、三人で地下へと駆けつけた。その後、森蔵が警察を呼びに走り、わたしと助手の四人はずっと地下で待っていたのである。

発見前後は皆が混乱していたが、助手は誰も屋敷の外には行っていない。

「その後、警察を交えて現場を検《あらた》めましたら、もう一つ失われたものが判明したんです。緑柱石《りょくちゅうせき》です」

「緑柱石というと、淡く青色に光る、美しい石だな」

相変わらずの博識ぶりに感嘆する。

それは卵大の大きさで、書棚の上に置かれていた。どれほどの価値があったのかは不明だ。ただ、研究や実験のための書物や器具、材料ばかりが溢《あふ》れていた地下室にあって、確かにそれは唯一高価そうな代物だった。だが警察による懸命の捜索にもかかわらず、緑柱石は未《いま》だに見つかっていない。

「仕事中、研究室を出て厠《かわや》に行った人も確かにいます。けれど先ほども云いましたように、ホムンクルスは手鞠くらいの大きさがありました。形も歪《いびつ》でした」

「懐や袂《たもと》に隠してもかなり目立つ」柿三郎があとを引き継ぐ。「ほかの二人に気づかれる恐れが強かった。さらに厠に行く振りをしたとしても、そんな短時間では隠せる場所は限られる。裏庭にホムンクルスを捨てるのは可能だったとしても、では緑柱石はどこに隠したのか。当然のように警察は厠の糞尿《ふんにょう》の中も捜索したんだよな」

「はい。見つからなかったそうです」

「そうなると、なぜ緑柱石が見つからないのか。一方で千代さんなら、午後一時に博士を殺害し、洗濯物の中に隠して、ホムンクルスと緑柱石を易々《やすやす》と運び出せる。屋敷の外など、緑柱石を遠方に隠す時間もたっぷりあった」

「そういうことです」

矢張り頭の切れる人物だと実感する。わたしの決断は間違っていないはず。彼の袖を摑《つか》む。

「信じて下さい。わたしは絶対に博士を殺していません！　博士を殺した真の犯人は、必ず助手の三人の中にいるはずなんです」

これが最後の頼みの綱だと思うと、涙が溢れてきた。

警察は本気でわたしを疑っている。決定的な証拠はないからかろうじて解放はされたし、幸い拷問までは受けなかった。けれど今後も捜査に進展がなければどうなるかわからない。拷問を受けるのも時間の問題だろう。本気になった警察を相手に、いつまで無実を主張しつづけられるかわからない。

わたしは懸命に訴えかける。

「何卒《なにとぞ》先生の力で犯人を見つけ出して下さい！　お願いします！」

柿三郎は細めた眼をわたしに向けた。見つめ合う二人。彼は小さく頷く。

「面倒臭いな」

え……？

「そ、そんな馬鹿な話がありますか！　ここまで話を聞いて逃げ腰ですか。見殺しですか。書いてたじゃないですか。よろず探偵承りましょうよ！　お願いします！　お願いします！　お願いします！」

胸元の衿《えり》を摑んでわたしは必死で懇願する。柿三郎の頭ががくがくと前後に揺れて、わわわわわわわわ、と意味不明の声を発する。彼がわたしの肩をがしっと摑んだ。

「わかったから、頭を揺らさないでくれ。寝不足に堪《こた》える」

「本当ですか！　依頼を請けてくれるんですね！」

柿三郎は盛大な溜息をついた。

「しょうがない。一肌脱いでやる。君も憐《あわ》れだしな」

「ありがとうございます！」

「事件にも少し興味を引かれる。おそらくこの事件の鍵は、なぜ犯人はホムンクルスが殺したように見せかけたのか。さらに、なぜ危険を冒してまでホムンクルスを現場から持ち去ったのか」

彼の云った言葉を嚙《か》み締めた。犯人は時間をかけてまで現場に細工を施している。現場に留《とど》まるほどに危険性が増す。なんの意味もなくそんなことをするとは確かに思えない。しかし後者の理由は明らかである気がした。

「その、ホムンクルスが殺したように見せかけたかったから、現場から持ち去ったんじゃないですか」

「その必要はない」柿三郎は言下に否定する。「凶器を握らせて現場に放置したままでもいいはずだ。外に遺棄するのと、効果はほとんど変わらない。しかもわざわざホムンクルスを持ち出しておきながら、あっさりと裏庭に捨てている。犯人の目的が見えない」

云われてみればそのとおりだった。

柿三郎は両手で伸びをしながらつづける。

「ともあれ、考えるのは現場を見て、助手たちに話を聞いてからでも遅くはあるまい。ところで、いま何時だ」

柿三郎が首を巡らす。彼の視線をわたしも追った。がらくたの向こうに最早《もはや》近づけない箪笥《たんす》があり、その上の壁に時計がかかっていた。

午前八時三十分。

……え、もうそんな時間？

わたしは慌てて立ち上がる。

「早く屋敷に戻らなきゃ！　一緒に来て下さい」

「なにを慌てている。雇い主が死んだんだから、もう飯を作る必要もあるまい」

「飯の問題じゃないんです。今日も警察の捜査はあるんです。助手はいつもどおり九時に集まるよう云われていたんです。そのときにわたしがいなければ——」

「逃げたと思われるな」

「そういうことです！　急いで下さい」

「そうはいっても僕は徹夜明けなんだ。少し休ませてくれ」

「駄目です！　依頼を請けた以上は働いて戴きます！」

わたしはきっぱりと告げ、それでもまだ渋る彼を無理やり引きずって屋敷へと向かった。

こうしてわたしは百栗柿三郎と出逢い、彼は初めての探偵稼業へと足を踏み出したのである。

普通に歩けば問題なく間に合う時刻であったのだが、わたしが屋敷へと戻ったときには九時を少しばかりすぎていた。

屋敷は二階建てで細長い、西欧風の建物だった。一階には研究室と資料室のほかに、炊事場やわたしが生活している狭い使用人部屋がある。二階は番頭の森蔵が住んでいる以外、ほとんど使われていない。

急いで玄関に駆け込むと、助手の一人である山本と出逢った。痩身《そうしん》でひょろひょろと背が高い男だ。吊《つ》り眼気味の顔に相応《ふさわ》しく、厭《いや》みっぽく告げる。

「戻ってきたんだ。てっきり逃げたのかと思ったよ」

「逃げませんよ。明け方まで警察で尋問を受けて、その帰り、道端で眠り込んでしまったんです」

「それはまた随分と肝の据《す》わっ――」山本は途中で言葉を切り、わたしの背後に訝《いぶか》しげな視線を向けた。「あれは、なんだ」

わたしは振り返る。柿三郎がゆっくりと歩いてくる。彼に寄り添い、九時に間に合わなかった元凶も近づいてくる。四輪から微かに土煙を上げ、ががらと規則的な音を立てながら。

からくり機械の助手、お玉さんである。

屋敷の外での実用実験が、いきなりの実戦投入と相成った。

わたしは山本に向けて説明する。

「彼は百栗柿三郎先生。探偵です。その横の猫型機械はお玉さん。彼の助手です」

貴様は気でも狂ったか、とでも云いたげな胡散臭《うさんくさ》い眼を向けられる。これがあと三、四回繰り返されるかと思うと気が重くなる。

幸いにもほかの面々は一箇所《かしょ》に、一階の研究室に集まっていた。残る二人の助手と、警察の人たちである。

山本や柿三郎とともにわたしは研究室に入った。遅れたことを謝罪したあと、柿三郎とお玉さんを紹介する。

自称探偵の柿三郎に対し、最も胡乱《うろん》な眼を向けてきたのは今回の捜査を指揮している警部殿だった。両端がくるりと跳ね上がったカイゼル髭《ひげ》の持ち主だ。威嚇するように腰に差した洋刀《サアベル》に手をかけながら、柿三郎に向けてずいと身を乗り出す。

「探偵、だと。貴様、誰の許可を得てここにやってきた」

警部の恫喝《どうかつ》を受けても柿三郎の態度は自若としていて、飄々《ひょうひょう》と答える。

「許可は得ていませんが、決して警察の方々の邪魔はしません。駄目ですかね」

「駄目に決まっておるだろう！」部屋中に響くような大音声で警部が怒鳴る。「探偵などという胡散臭い輩《やから》を勝手にうろつかせるわけにはいかん！」

「それは困りましたね」柿三郎は腕を組んで虚空を見上げた。「べつに僕も乗り気ではないのですが、依頼を請けた以上はやり遂げねばならない。それが信義ってもんです。面倒ですが兄さんに頼んで、許可が下りれば構わないですかね」

「兄さん？」そこで警部はなにかに気づいたように片眼を見開いた。「貴様、百栗とかいったか」

「ええ。百栗柿三郎です」

「ちょっと来い」

警部は柿三郎の肩を抱き、壁に向かう。二人でこそこそと話をする。そしてやおら皆に向き直ると、咳払《せきばら》いを一つ。

「えー、大変懐の深いわしは、柿三郎君の調査を認めてやることにした。あー、お前たち」と自分の部下たちに向けて、「可能な範囲で彼に協力してやるように」とも告げる。

随分とわかりやすい掌返《てのひら》しだ。柿三郎の兄は警察の要職に就いているのだろうか。詳細は不明ながら、無事に柿三郎の捜査が認められたわけだ。安堵《あんど》する。

大半の警察官は、まだ見つかっていない緑柱石の捜索にあたるようだった。もちろん関係者への聴取も引きつづきおこなわれる。ただし、わたしは柿三郎の案内役ということで、勝手に屋敷から出ないことを条件に暫《しばら》くの自由行動が認められた。

なにはともあれ、まずは事件現場に案内する。

紙と墨汁《インキ》の匂いに包まれた資料室に入り、黒々と口を開けた入口から階段を下りてゆく。下りた先の扉の向こうが地下室だ。ちなみにお玉さんを下まで運ぶのはさすがに大変なので、入口で待っていてもらう。

「ほお、想像以上に広いな」

柿三郎が感嘆の声を上げた。

地下には一つづきの細長い空間が広がっている。優に十八畳以上はある空間の手前には、雑多なものが溢れかえっていた。その向こうには、顕微鏡や硝子製の容器など様々な器具が置かれた実験用の机と棚がある。さらに向こう、一番奥の壁に向かって樫の木の机が備えつけられていた。隅には狭いながらも寝床もあった。なお、地下室には電球がつけられているので十分に明るい。

　柿三郎が聞く。

「博士は用を足すときは地上に出てきたのか」

「はい。厠は研究室を出てすぐの所にあります」

「そうか。西欧風の屋敷だから厠は屋内にあるわけだな」

「それ以外では資料室の本を取りに上がってくることが、たまにあったくらいでしょうか。わたしが知るかぎり、博士が屋敷の外に出たことはなかったですね」

「話は変わるが、地下室の扉は普段閉まっていたのかな」

「ええ。事件以降は開けっ放しですけど、いつもは閉められていました。夜は内側から鍵もかかっています」

「では殺害時に少々音がしても、気づかれないか」

「そうですね。相当大きな物音でないと、研究室にまで届くことはないと思います」

「隙《すき》を突いて首を絞めたなら、まず気づかれることはないな」

　柿三郎は納得したように首を縦に揺らし、次いで博士が死んでいた奥の机に向かう。

もちろんすでに警察によって死体は運び出されている。

机の傍らには高さ六尺、幅は一間半近くある巨大な書棚が設《しつら》えられていた。柿三郎は書棚の前でしゃがみ込んだ。

「ここに、ホムンクルスの入っていた瓶が倒れていたんだな」

すでに瓶は片づけられているが、木製の床には液体のこぼれた跡が変色したように残っている。柿三郎は鼻を近づけ「刺激臭がするな」と顔をしかめた。

「昨日はもっと強く立ち籠めてました。気分が悪くなるくらい。博士の死体から漂う匂いも含まれていたかもしれませんが……」

助手たちの話によると、おそらく瓶の中は特殊な液体で満たされていたのではないかということだ。標本を浸《つ》けるための特別な溶液があるらしい。とはいえ助手の三人ともホムンクルスの出自は知らず、開けて確認したこともなかったそうなので確かなことはわからない。あくまで現場に残された匂いや、一般的な知識から類推しての話である。

それらの情報を柿三郎に伝える。彼は頷いたあと、立ち上がって書棚の上部を見上げた。手を一杯に伸ばして、書棚の天板をとんとんと叩く。

「ここに、緑柱石があったと」

「はい。卵くらいの大きさで、四角くて、青く光る、本当に綺麗《きれい》な石でした。真壁博士も気に入って、ここに飾っていたのかもしれませんね」

これもまた、博士がいつ、何処で手に入れたのかはわからない。

「ん？　これはなんだ？」

柿三郎は机の上に視線をそそいでいた。わたしは「ああ」と声を上げる。

「伝えるのを忘れていました。これも殺害時に残されていたものです」

机の上には本が広げられ、墨で『創造主に死を』と書かれていた。本が元からそこにあったのか、犯人が書棚から引き出したのかはわからないが、外国の学術書で、ホムンクルスとは無関係の書ではあるらしい。

「うむ」柿三郎が顎に手をやる。「犯人は執拗《しつよう》にホムンクルスが殺したように見せかけたがっている」

「そうなんですよね。本気で警察を欺けると思ってたんですかね」

「いや、犯人はそれほど間の抜けた人物ではあるまい。なにかしらの意図があったと考えるべきだろう。ちなみに現場から警察が持ち去ったのは、博士の死体と、ホムンクルスの入っていた瓶だけかな」

「はい。それだけのはずです」

「了解した」

その後も柿三郎は、さらに室内をうろうろと歩き回った。部屋の中央に仁王立ちになり、周囲を見渡す。

「当然ながら秘密の部屋も、秘密の抜け道も存在しないな」

「ですよねえ。わたしとすれば、あってくれたほうが助かるんですが」

「ところで、地下で手を洗うことはできるかな」

調査の途中で手を汚したのだろうか、柿三郎が尋ねた。

「いえ、水甕《みずがめ》などはありませんし、一階に上がって戴かないと」

「だよな。さて、ひとまずここはいいだろう。助手の人たちにも話を聞きたいし、もし可能ならそのホムンクルスとやらも見たい」


わたしたちは地下室をあとにして一階へと戻った。

ついでとばかり、柿三郎は資料室も丹念に見て回った。研究室を通らず出入りができないか確かめたいようだった。しかし四方の壁は隙間なく書棚に覆われていて、すべて書物がぎっしりと詰まっている。人の出入りが不可能なのは明白であり、柿三郎もそれを認めた。

研究室には大上、富良野、山本の助手三人が揃っていた。

警察官に話を聞かれるわけでもなく、手持ち無沙汰《ぶさた》に座っている。彼らもわたしと同様、すでに仕事を失ったが、かといってまだ解雇されたわけでもなく、勝手に出歩くわけにもいかない中途半端な立場だ。

部屋には三人それぞれ専用の机があり、地下室ほどではないものの、実験器具の揃った一角も設けられていた。

柿三郎が声をかける。

「少しばかり話を聞かせてもらっていいでしょうか」

軽く顔を見合わせたあと、恐る恐るといった調子で富良野が答えた。

「探偵の方、でしたよね。ええ、僕たちにわかることでしたら」

富良野はその巨体を縮めるようにして座っている。彼は背丈も横幅もある巨漢でありながら、非常に大人しく、気の弱い男だ。

三人の名前を聞いたあと、柿三郎が口火を切る。

「皆さんの昨日の行動を知りたいのです。最後に博士の生存が確かめられた正午から……いや、昼休みの行動はどうでもいいか。午後一時に千代さんは博士と話をしたと証言している。千代さんが犯人でないなら、その証言は信用できる。したがって皆さんに聞きたいのは、午後一時から、裏庭でホムンクルスが発見されるまでの行動ですね」

「千代君を無条件で信じるわけですか」山本が納得しかねるふうに尋ねる。

「いや、あくまで『もし千代さんが犯人でないなら』です。犯人が彼女以外である可能性があるかどうかを確認したいのです」

わたしのことを本当に信用してもらえているのか不安に感じる云い回しだ。三人から話を聞くための方便だと信じたい。

三人が異論を唱えないことを確認して、柿三郎は最初の質問を繰り出した。

「その時間、単独でこの研究室から外に出た人はいますでしょうか。資料室以外で、ということになりますが」

まず彼は、ホムンクルスや緑柱石を持ち出せた人物がいるかどうかを確認するつもりなのだろう。

大上がすっと手を挙げる。短躯《たんく》で小太り、達磨《だるま》のような体型をした男だ。五尺ほどの背丈しかないわたしと大して変わらない。四十絡みの彼は三人の中で最も年配であり、助手歴も最も長かった。坊主頭の丸顔には愛嬌がある。

「昨日も警察に告げたことだが、わしは一度、厠に行きましたな。たぶん三時前後だったと思う。正確な時間は覚えてはいないんだが」

「彼はすぐに戻ってきましたか」

柿三郎はほかの二人に質問を向けた。困ったように顔を見合わせたあと、山本が吐き捨てるように答えた。

「覚えちゃおらんね。我々はそれぞれ別の作業をしているので、取り立てて他人の行動に注意を払ってはいない」

「ぼ、僕もはっきりとは覚えてないけど……」富良野が告げる。「あんまり遅かったら気になったと思うんです。べつに気にならなかったから、特に遅かったとか、そんなことはなかったと思います」

「わかりました。では、資料室以外で研究室の外に出たのは、大上さんだけですか」

「あ、いや、僕も……」富良野がおずおずと手を挙げた。「博士の死体を発見して、警察が来てからですが。どうしても小便がしたくて」

わたしはつい口を挟む。

「でも、事件のあとは屋敷の中も外も警察官が常にうろうろしていました。その状況で誰にも見られず裏庭にまで行って、こっそりホムンクルスを捨てるのは難しい気がします」

云ってから気づく。なぜわたしはわざわざ他人を擁護しているのだ。

柿三郎は冷静に告げる。

「でも可能性はなくはないわけだな。絶対に運べなかったわけではない。その二件以外はどうでしょうか。山本さんは研究室の外へは出なかったのですね」

「そうだな。昼からはまったく」山本は力強く頷いた。「何度か資料室には行ったが」

「それでは、それ以外で誰かがこっそりと外に出た可能性はありますか。先ほど、他人の行動は気に留めていなかったという証言もありましたが」

すぐさま大上が答える。

「それは昨日も警察に聞かれたことだが、おそらくないと思う。お互い監視し合っているわけではないが、ここはさほど広い部屋でもない。二人に気づかれずにこっそりと外に出て、しかもまた気づかれずに戻ってくるなんて無理に決まっておる」

「そうだ」と山本も賛同した。「いくら別の作業を手がけているとはいえ、勝手に怠ける奴《やつ》がいると、こっちとしても迷惑だからな。昼からは大上さんが一度だけ外に出た。博士の死体が見つかってからは富良野さんが一度厠に行った以外、ずっと三人一緒で地下か研究室にいた。間違いない」

富良野は黙ったまま何度も頷いた。

「結局――」山本の粘ついた視線がわたしに向けられる。「こいつ以外、ホムンクルスを捨てられないんだ」

「だから、わたしは殺していません！」

ちなみに三人の中で山本が一番若く、助手歴も短い。この屋敷に来たのはわたしよりもあとのことだ。それでこの横柄な態度。

「まあまあ」柿三郎が宥《なだ》める。「いまはそのことは保留しましょう。ところでそのホムンクルスとやらは、いま何処に」

残念ながら助手の誰もホムンクルスの行方を把握していなかった。

玄関で警部を見つけ尋ねたところ、まだ屋敷内に残されていることがわかった。拝見できないかと柿三郎が願い出ると、見るくらいなら問題ないと、警部の許しは拍子抜けするほどあっさりと出た。最初の態度とは打って変わって、気持ち悪いほどに協力的である。

せっかくなので、ホムンクルスと一緒に発見された、凶器と思《おぼ》しき紐も見せてもらえないかと柿三郎は頼んだ。しかしその紐はここにはないとのことである。死体の首に残された痣《あざ》と照合するため発見後すぐに運び出され、いまは警察署に保管されている。なお照合の結果、その紐はおそらく凶器で間違いないと目されているようだ。

このとき柿三郎は、裏庭から見つかったのはホムンクルスと凶器だけであることを、警部に確認していた。

そして警部の部下によって届けられたホムンクルスは、再び液体の満たされた瓶の中に収められていた。乾燥させたままだと傷むかもしれないと考えての措置らしい。とはいえ、取り敢えずただの水に浸けられているだけとのことだ。

ひとまず研究室へと運ぶことにしたものの、一抱えほどもある寸胴鍋のような瓶に、たっぷりと水が詰まっているのだから相当な重さがある。とても一人では持てそうにない。

そこでお玉さんの後部にある動力部の上に乗せ、わたしが落ちないように支えつつ、柿三郎がお玉さんごと手で押して運んだ。研究室では助手にも手伝ってもらって、入口に近い富良野の机に乗せた。

一息ついて、柿三郎が告げる。

「ありがとうございます。警部さんの許可を得てお借りしてきました。地下の書棚にあったホムンクルスというのは、これで間違いありませんよね」

「間違いない、ですな」

代表するように大上が答えた。

「取り出して、直接拝見しても宜《よろ》しいですかね」

助手の三人は困ったように顔を見合わせた。富良野がたどたどしく告げる。

「尋ねられましても、僕たちのものではないですからね……」

「警部が許可したなら問題ないかと」大上も異は唱えない。

「問題はなさそうだな」

柿三郎が微笑《ほほえ》み、わたしは首を捻《ひね》る。警部は見るのは許可したが、直接取り出すのは許可しただろうか。まあ、たぶん問題はない。そういうことにしておこう。

「お玉さん。紐をくれるか」

柿三郎がお玉さんに近づきながら命令する。

頭部についた耳がくるりと一回転すると、腹部がぱかりと倒れるように開いた。その上には注文どおり白く長い紐が乗せられている。

「わ、すごい」

自然に感嘆の声が漏れた。本当に助手の役目を果たしている。わたしもこれ欲しい。

柿三郎は紐の一端を口にくわえ、素早く襷《たすき》掛けにして着物の袖をまくった。「では、失敬して」とつぶやき、そっと瓶の蓋を取る。そしてゆっくりと液体の中に両手を沈めてゆく。妙な緊張感が流れていた。思わず、といった口調で大上が口を差し挟む。

「貴重なものだからな。丁重に扱ってくれよ」

「すべりやすいから気をつけてくれ」緊迫感を漲《みなぎ》らせ山本も注意を促した。

一方で、「これって本物のホムンクルスなのかな」と富良野は気の抜けた様子でつぶやいていた。

まるで赤子を取り上げるかのように、柿三郎は慎重にホムンクルスを持ち上げた。全身から水がしたたり落ち、ぬめった肌が不気味さを際立たせている。

そう、この赤子は極めて醜怪な造形をしていた。頭蓋は異様に大きく歪《ゆが》んでいて、片眼だけがやたら大きい。両手の長さは歪で、右手は関節が二つある。両足は昆虫を思わせる、人間ではありえない位置、角度でついている。畸《き》形《けい》というのも生温《なまぬる》い、およそ異形の物体であった。

それが真実かどうかはわからないけれど、博士が「出来損ないのホムンクルス」と表現していたのも納得できる姿形だった。

柿三郎は矯《た》めつ眇《すが》めつホムンクルスを眺めた。

たっぷりと観察したあと、鼻から息を吐いて、取り出したときと同じくゆっくりと瓶の中に沈めた。蓋を閉め、誰に向けるでなく「なるほど」と小さくつぶやく。

「そういえば肝心なことを聞き忘れていました」柿三郎は襷掛けをほどきながら助手たちに体を向ける。「真壁博士は、ホムンクルスの研究をしていたのですか」

「とんでもない」すぐさま大上が顔の前で大きく手を振った。「そんな胡散臭い研究はしとらんよ。大きな誤解をされとるようだから説明しておこう。博士は昔は大学で研究をしていたくらい、立派な人物だ。そのとき国産の茶葉から覚醒効果のある成分を効率よく抽出することに成功した。これをカヘインという」

その後博士は大学を辞め、貿易商を営む実業家の知人と組むことになる。昔ながらの生薬など様々な薬効成分も組み合わせ、栄養満点の滋養飲料を作り上げた。まるで翼が生えたように体が軽く感じられることと生薬をかけ、「翼生薬《よくしょうやく》」と命名。一口飲めばたちまち力が漲る強壮薬として売り出した。

最初の一、二年は苦戦したが、口当たりに改良を重ねたうえ、体力自慢の大会を主催するなど独創的な宣伝をおこなうことで人口に膾炙《かいしゃ》してゆく。さらに集中的に新聞広告を打ったことで人気が爆発。博士は知人とともに莫大《ばくだい》な富を得た。

しかし博士は元々事業には興味がなく、人間関係にもわずらわしさを感じていた。翼生薬とは無関係の研究をしたいという欲求もあった。すでに使い切れないほどの大金を手にしていた。そこでこの屋敷に一人籠もり、新たな研究に没頭する日々を過ごすことになったという。

「へえ！　そうだったんですか」

わたしは驚いた。ここでお世話になって一年ほどが経《た》つけれど、博士の過去は初耳だったのだ。ただの偏屈な研究者ではなく、あの誰もが知る「翼生薬」を生み出した百万長者だったとは。

「ほお、博士があの滋養飲料を」と柿三郎も感心している。「たしか翼生薬が有名になったのは六、七年ほど前のことですよね。博士はそれからずっとここで研究を」

大上が答える。

「いや、人気を得て二年ほどは、更なる改良に勤しんでいた。ある程度満足できるものができたことと、先ほど告げた理由もあり、あとは後進に委ねて会社を辞めた。だからこの屋敷に籠もって五年ほどになるか」

「随分とお詳しい」

「わしはその会社で研究員だったからな。博士に乞《こ》われてここの立ち上げからいる」

「なるほど。ちなみにいまはどのような研究を」

「乳酸菌だ」

「ほお。たしか食物などを発酵させる細菌の一種、でしたかね。助手の皆さんにはどのような作業が振られていたんでしょうか」

「色々だな。実験を手がけることもあったが、資料を調べたり整理したり、西洋の論文を見つけて翻訳したり、実験で得た数値をまとめたり計算したり。やることは山ほどある」

「なるほど。ともあれ、真壁博士は人造人間などといういかがわしい研究とは無縁だった。こいつに――」醜怪な胎児の眠る瓶に柿三郎は手を添える。「特別な意味はなかった」

「そのとおり。わしも博士がいつ何処でそいつを手に入れたかは知らない。昔作った出来損ないのホムンクルス、などと博士は嘯《うそぶ》いていたようだが、それが冗談であることは間違いない」

大上は自信たっぷりに頷いた。

「特別な意味はなかった。しかしなぜか犯人はホムンクルスが殺したように偽装した」

柿三郎は口の先で小さく告げたあと、額に人差し指を当てて瞑目《めいもく》する。そのまま暫《しば》し固まる。と、音がしそうな勢いで大きく眼を見開いた。

「地下だ」

そう云ってずんずんと歩き出す。

「あ、ちょ、ちょっと、待って下さいよ」

わたしは慌ててあとを追った。べつに彼の助手でもなんでもないのだから、常に付き添う必要はないのだけれど。

地下に向かいながら、わたしは尋ねる。

「あのホムンクルスって、矢張り偽物ですかね」

「当たり前だ。作り物に決まっている。日々科学技術は進歩しているが、遠い未来ならともかく、人工的に生物を生み出すなんて到底不可能だ。人造人間なんてものは、まだ科学知識が未熟だった中世の妄想にすぎない。

紛《まが》い物を博士自身が作らせたかどうかはわからない。過去に見世物小屋や、なんらかの思惑で好事家《こうずか》が作らせたものが流れてきたのかもしれない。昔からやれ河童《かっぱ》の木乃伊《ミイラ》だ、やれ蛇女だと、怪しげな紛い物は枚挙に遑《いとま》がない。おそらく博士は面白がって買ったか譲り受けたかしたのだろう」

一切迷いの感じられない口調で柿三郎は一気に語った。

そうやって断言されると安心できる一方、それはそれで夢がないなと淋《さび》しい気もしてくる。

再び地下室に下り立った柿三郎は、精力的に室内を物色しはじめた。明確な目的を持って、なにかを探しているように見受けられる。そしてその探索は、さほど時間がかからなかった。

大学などほかの研究室を見たことはないので比較することはできないのだけれど、きっと多くの研究室に引けを取らない立派な実験器具が揃った一角。長くて広い作業用の机が部屋の中央に置かれ、壁際には大きな棚が設置されている。机の上にも棚の中にも、名称すらもわからない様々な機械や器具や材料と思しきものが、所狭しと置かれていた。

柿三郎は棚の中にあった硝子製の容器を持ち上げていた。

湯呑みのような円筒形の容器。けれど湯呑みより遥《はる》かに大きい。わたしの顔ならすっぽり入りそうな直径と高さがある。内部は半分くらいまで白い液体で満たされていた。いや……水面が揺れていないので、固形物だろうか。

興味深げに容器を見つめながら、柿三郎はうっすらと微笑む。

「予想どおりだったな」

「あの、もしかして事件の謎が解けたんですか」

半信半疑で尋ねると、柿三郎は自信を漲らせた顔でしっかりと頷いた。わたしは歓喜のあまり手を叩く。

「本当ですか！　犯人がわかったんですね！」

「まだ確証はないが、おそらくは、な」

「それはもちろん助手の三人の誰か、ですよね」

「なにを云っている。犯行の可能性があったのは、君も含む四人じゃないか」

柿三郎は悪戯小僧《いたずら》のように笑うと、そのまま地下室の天井を見上げた。

「検証は終了だ」にやり、と唇を歪める。「さア、実証の時間だ」


宮城から届く空砲が市中に響く頃、わたしたちは一階の研究室に集まっていた。わたしと三人の助手である。

三人はなにがおこなわれるのかと、皆怪訝《けげん》そうな顔をしていた。ただ、わたしは十中八九、柿三郎による事件の謎解きであろうと予想していた。

あれから柿三郎は「謎の解明に向けた準備をする」と云い残して単独行動を取った。わたしは森蔵に昨夜からの経緯を説明したあと、遅ればせながら食事の準備をして時間を過ごした。屋敷の門には見張り番のように警察官が立っていたし、元より外には出るなと云いつかっていたので、買い置きの品で質素ながらもなんとか拵《こしら》えた。

森蔵と二人で、朝餉としては遅い、昼餉としては早い、中途半端な食事を摂《と》る。あまり意識はしていなかったけれど、いざ食べ物を目の前にすると、すこぶるお腹《なか》が空《す》いていることに気づかされた。それもそのはず、昨日は夕餉を食べ損ねたので、ほぼ丸一日なにも口にしていなかったことになる。

胃の腑《ふ》が満たされるにつれ、強張《こわば》っていた体が解きほぐれる感覚を味わった。あまりにも日常とかけ離れた出来事の連続で、ずっと緊張し、興奮もしていたことを、いまさらながらに実感させられた。

そうやって思いのほかのんびりと、束縛されることもなく過ごしていると、正午に研究室に集まるようにとのお達しが、警部の名で発せられたのである。助手の三人にも同じ通達がなされたようであった。柿三郎は当然ながら、警部の協力も仰ぎながら準備を進めたに違いない。

今朝、ひょんな成り行きから柿三郎に探偵依頼をして、まさかお昼には犯人が判明するとは夢にも思わなかった。楽しむ気分にはなれなかったけれど、三人の内いったい誰が犯人であるのかと、興味をそそられているのは事実だった。

空砲の余韻も冷めやらぬうちに、扉が開いて柿三郎と警部が入ってきた。

柿三郎が室内にいる面々にぐるりと視線を巡らせる。

「時間どおり、全員が揃っているようですね。それでは勿体《もったい》ぶっても仕方がない。とっととはじめましょう。ただいまより、真壁達巳博士が殺された事件の謎を明かします」

助手たちが顔を見合わせた。警部が自慢——かどうかは知らないけど——のカイゼル髭を摘《つま》み、咳払いを一つ。

「柿三郎君のたっての希望でこのような場を設けた。彼は犯人がわかったと云っておる。

我々としてはその言葉を無条件に信じることはできないが、彼のように善良で有能な市民の意見を拝聴することに吝《やぶさ》かではない。皆も協力するように。さア、お手並みを拝見しようではないか」

「この度の警部殿のご高配、誠に痛み入ります」

柿三郎は慇懃《いんぎん》に腰を折り、警部は満更でもない様子。

相手を立てているようで、そのじつ巧く警部を操っているように思える。

「では――」柿三郎は資料室に繋がる扉に向けて歩み出した。「謎解きは事件現場である地下室でおこないましょう。皆さんお付き合い願います」

云われたとおり、六人でぞろぞろと移動をはじめる。

地下には先客が一人だけいた。巡査らしき警察官である。

そして地下にある実験用の大きな机の上には、ホムンクルスの入った瓶がいつの間にか置かれていた。巡査はまるでホムンクルスを守るように、その傍らに直立不動で立っていた。

細長い地下室の中ほど、実験用の机を中心に、それぞれが思い思いの場所に落ち着く。

「さて――」いよいよ柿三郎の謎解きがはじまる。

「今回の事件における最大の謎は、云うまでもなく、なぜ犯人は、ホムンクルスが博士を殺害したように見せかけたのかです。さらに犯人は、なぜか現場からホムンクルスを持ち去っている。

ところで、僕は事件の話を聞きながら、ずっと一つの疑問を抱いていました。必ずあるべきはずの物が、一向に話に出てこないからです。それは『ホムンクルスを包んだ布』です」

実験机に置かれた瓶に、柿三郎は歩み寄る。

「ご存じのように、ホムンクルスは溶液に浸されていました。犯人がどのように隠し持って運び出したかはわかりません。しかし剝《む》き出しのまま運んだとは到底思えない。そのまま懐や袂に隠せば着物が濡れて目立ってしまう。必ずや布にくるむなり、巾着などに入れるなりしたはずです。ところが、そいつが出てこない」

柿三郎は皆の注目を集めるように、ホムンクルスの入った瓶をぽんぽんと音を立てて叩いた。

「いまはただの水に浸けられていますが、本来は強い刺激臭のする特殊な溶液に浸されていました。当然その溶液が染み込んだ布も、強い匂いを発したはずです。地下にはホムンクルスを洗える流しや水甕などもなかった。

事件発覚後、消えたホムンクルスと緑柱石を捜すため、警察は徹底的に屋敷内を捜索しました。『ホムンクルスを包んだ布』を捜索していたわけではありませんが、現場の残り香と同じ、刺激臭のする布や巾着が見つかればすぐに怪しまれたはずです。――警部、そのようなものは見つかっていませんよね」

警部は鷹揚《おうよう》に頷く。

「うむ。部下にも確認したが、そんなものは一切見つかっておらん」

「ありがとうございます。無論、犯人が巧妙に始末した可能性はあります。こっそりと燃やしたのかもしれない。しかし犯人がそんなことをする理由は微塵《みじん》もないのです。ホムンクルスと一緒に裏庭に捨て置けば良かったはず。なんの問題もない。そこで危険を冒したり、策を弄する理由がない。溶液の染み込んだ布が存在しないのは、意図したわけではなく、結果として生じた事象。そう考えるのが道理です。

では、犯人はどうやってホムンクルスを運んだのか。それを明かす前に、最大の謎を解いておきましょう。犯人が現場を偽装した意味、です。

博士にとっても、ほかの誰にとっても、ホムンクルスは特別な意味を持っていなかった。ホムンクルスには博士と犯人だけが知る曰《いわ》く因縁があったのかもしれませんが、現場を偽装することに動機は見出《みいだ》せません。現場で作業をおこない、留まる時間が増えるほどに目撃される危険は高まります。自己満足のためだけに偽装工作をするとは到底思えない。そうせざるを得ない、避けられない事情があったはずです。では、それはなんだったのか。その答えは、消えた緑柱石と大きく関わっています」

柿三郎は実験机の前を離れ、ゆっくりと書棚に近づいた。

「犯人は博士の殺害とともに、どうしても緑柱石を手に入れる必要があった。高価そうな石に眼が眩《くら》んだだけなのか、殺害の動機にも繋がる深い理由があったのか、それは定かではありません。しかし現場から持ち去られ、巧妙に隠されている以上、犯人がどうしても手に入れたかったのは間違いありません。

さて、書棚に収められていたホムンクルスの瓶は、なぜか床に移され、そこで倒れていました。もう、おわかりですよね。そうです、犯人は書棚の上にあった緑柱石を取るため、瓶を踏み台にしたのです！

ご覧のようにここには様々な物が溢れていますが、ある程度の高さがあり、人が乗れるような代物は、あるようで意外とありません。椅子には殺害した博士が座っていたから、これも踏み台には使えない。しかし、目の前にはお誂《あつら》え向きの瓶があった」

いまはぽっかりと隙間が空いた、ホムンクルスの瓶が収められていた空間を掌で指し示す。

「瓶は一尺程度の十分な高さがあり、強度も問題ない。踏み台にすることを躊躇《ためら》う理由もなかった。犯人はホムンクルスの瓶を床に下ろすと、その上に乗り、無事に緑柱石を手に入れたのです。しかし！　ここで想定外の事態が発生しました。緑柱石を手にしたときに体勢を崩してしまい、瓶を倒してしまった。蓋が外れ、中の液体を床にぶちまけてしまったのです。

犯人は当初、そのまま放置しようとしたかもしれません。ホムンクルスがどうなろうと知ったことではないですからね。でもそこで、犯人は重大な問題に気づいたんです。このままにしておけば、ホムンクルスの瓶を踏み台にしたことが露見するかもしれない。しかし覆水盆に返らず、床に染み込んだ溶液の痕跡を誤魔化すことはできない。

そこで犯人は閃《ひらめ》きました。あたかもホムンクルスが博士を殺害したように現場を偽装し、そこになにか意味があるように見せかけたのです。すべては瓶を踏み台にしたことを意識の埒外《らちがい》に追いやる策略でした。

犯人が執拗に恐れたのは、もちろん自身に疑いの眼が向くことです。犯人は緑柱石を取るのに踏み台が必要な人物。すなわち、背丈の低い人物であると」

室内にいる人の眼が、わたしと大上に集まっていた。巨漢の富良野や、長身の山本であれば、手を伸ばすだけで問題なく緑柱石を取れたと思える。ずんぐりむっくりした体型の大上の背丈は五尺ほど。わたしとほぼ同じだ。踏み台が必要なのはこの二人になるだろう。

現場が偽装されていたのはそういう理由だったのかと、わたしは柿三郎の推理に感嘆していた。そして大上が犯人だったのかと驚きもしていた。

三人の中で最も普通の人であったし、人当たりも好《よ》い人物だった。博士に対しても端から見ていて含むところは感じられなかった。ただ、博士との関係が長い分、余人には窺えない確執があったのかもしれない。

大上は不安そうな眼で、わたしと柿三郎を交互に見ていた。

推理が大詰めを迎える。

「ここまで説明すれば、もう犯人は誰の眼にも明らかでしょう。緑柱石を取るために踏み台が必要だった人物。ホムンクルスをくるんだ布が存在しない理由。そう、犯人は――」

柿三郎の右手が、ゆっくりと水平に上げられる。

「貴女《あなた》しかあり得ません」

指先が、真っ直ぐにわたしを貫いていた。

…………え？

柿三郎の双眸《そうぼう》がわたしを射貫《いぬ》く。

「午後一時、休みが終わって地下に下りた貴女は、そこで博士を殺害。現場に偽装を施し、ホムンクルスと緑柱石を洗濯物の中に隠すと、何食わぬ顔をして戻ってきた。溶液の染み込んだ布が存在しない理由としては、それ以外には考えられないのです。洗濯さえすれば痕跡は消えてしまいますからね。貴女にとっては造作もないこと。でもそれが逆に、貴女が犯人だと強く示唆することになってしまった。墓穴を掘ってしまったわけですな。

さらに付け加えるならば、ホムンクルスを裏庭に捨てたのも貴女が犯人だったからです。もし助手の誰かが犯人なら、ホムンクルスは現場に捨て置いたはずです。ホムンクルスを持ち出し、どこかに捨てることは、貴女と違って難しく、大きな危険を伴いますからね。貴女は踏み台の偽装を思いついたとき、ごく自然に『犯人は現場から逃走するもの』だと考えた。だから現場から犯人——ホムンクルスを持ち去った。

その後、助手が三人とも研究室を出る機会が少なかったのは、誤算だったのでしょうな。お陰で偽装の甲斐《かい》なく疑われる羽目になってしまった。ともあれ、状況から推理を導いてゆくと、貴女が犯人でしかあり得ないのですよ。さア、観念しなさい！」

全員の冷ややかな視線がわたしに突き刺さっていた。

え？　え？　え？

ちょっと待って。ちょっと待って。ちょっと待って。

あの男はなにを云っているのだ。なぜわたしが犯人になるの。

頭がくらくらする。ずんずんと柿三郎が近づいてくる。わたしの右手を摑む。

「警部、彼女をお縄にして下さい。状況は明白です。拷問にでもかければすぐに吐くでしょう」

「うむ、そうだな」

「待って待って待って！」わたしは叫ぶ。「先生、なにかの間違いでしょ。警部殿もお聞き下さい。わたしは犯人じゃありません！　一言半句も嘘はついておりません！」

「往生際が悪いな。そこまで云うならもっと決定的な証拠を見せてやる！」わたしを睨《にら》みつけたまま、僅かに顎を振って柿三郎が指示する。「山本さん！　そこの凶器の紐を持ってきて下さい！」

「あ、ああ」

山本は気圧《けお》された様子で、ホムンクルスの瓶の横に置かれていた鶯《うぐいす》色の紐を手に取った。すぐさま柿三郎に手渡す。

柿三郎の口許《くちもと》が歪むのが見えた。彼の動きが止まり、室内の空気が固まる。静かに、諭すように、告げる。

「山本さん。なぜ、これが、凶器の紐だとわかりました？」

「……は？　なぜって……」

山本は頬を引き攣らせていた。

「あ、まずは確認しておきましょうか。警部――」柿三郎は手渡された鶯色の紐を掲げる。「これは間違いなく凶器の――いや、正確には裏庭でホムンクルスが握っていた紐ですね」

「うむ。間違いない」

「これを三人の助手や女中の千代さんに見せましたか」

「見せてはおらん。死体の痣と照合するためすぐに持ち去ったからな」

「ありがとうございます。それでは、なぜ、山本さんはこれが凶器だとわかったのでしょう。指示したとき、僕は実験机の方向は見ていなかった。室内にはほかにも幾つも紐が置かれていた。にもかかわらず、山本さんは迷うことなく、この鶯色の紐を取ってきた」

あらためて室内を見渡すと、さりげなくあちこちに様々な色、様々な模様の紐が置かれていることに気づかされた。元々雑多なものが溢れている地下室だから、さほど目立ちはしない。実験机に置かれていた紐も眼には入っていたはずだが、特に意識はしなかった。

柿三郎は凶器の紐を持ったまま再び実験机に近づく。

「この紐はホムンクルスの瓶の横に置かれていました。皆さんの視線が一度はここに集まるようにしました。犯人だけは無意識に『証拠品が並べられている』と感じたことでしょう」

そばにいる警察官も、犯人に凶器の紐を意識させる布石だろう。

この段になって、ようやくわたしは気づいた。わたしを犯人だと柿三郎が指摘したのは、真の犯人を油断させるためだったのだ。そのうえで緊迫した状況――犯人が無意識に、咄嗟《とっさ》に、凶器の紐を手に取ってしまう状況を作り出した。

「ちょ、ちょっと待って下さい」

ここで口を開いたのは富良野だった。大きな顔のつぶらな瞳には、ありありと困惑の色が浮かんでいた。

「探偵さんは、山本さんが犯人だと云っているわけですか。それはおかしいです。だって山本さんは昨日の午後、屋敷の外は元より、厠にも行っていないんですよ。それは僕と、大上さんが証明しています。山本さんだけは絶対に、凶器とホムンクルスを捨てられなかったんです」

「そ、そのとおりだ！」脂汗を滲ませていた山本が息を吹き返す。「この俺が、どうやって裏庭に行ったんだ。俺だけは絶対に不可能だった。俺だけは犯人たり得ない！」

柿三郎はまったく動じる気配はなく、薄い笑みさえ浮かべていた。

「いえ、それが可能だったんですよ。なぜなら、ホムンクルスも、凶器も、殺害前に捨てられていたからです」

思いがけない言葉に、わたしは眼を丸くした。

殺害前に捨てられていた？

「凶器は簡単ですよね」柿三郎は鶯色の紐を眼の高さに掲げた。「まったく同じものを二つ用意すればいい。実際に使用した本物の凶器は、現場で燃やしてもいいし、帯の下に腰紐のように巻いて隠してもいい。処分も隠蔽も簡単です。問題はホムンクルスです。

ホムンクルスが裏庭に投棄されたのは、おそらく昼休みであったと推測しています。さて、普段さほど気に留めていなかったとしても、いきなり瓶の中からホムンクルスが消えていたら、さすがに気づかれますよね。少なくとも数時間程度は誤魔化さなくてはならない。そこで山本さんは、ホムンクルスの複製を用意することにした」

「複製?」大上がつぶやき、眉間に皺を寄せた。

「そう、複製です。おそらく蠟《ろう》で作ったのではないでしょうか。加工が容易ですし、色味を似せることも簡単だったはずです。液体に浸ければ質感は見分けがつかない。時間さえかけれぱ、見た目だけなら違和感のない出来映えのものが作れたはず。無論、細部など不完全な箇所はあったでしょうし、近くでじっくりと眺められたら危険ではあったかもしれません。けれど数時間程度ならまず大丈夫だろうと踏んだ。

複製はあらかじめ地下に隠し、すり替える機会を窺っていたのでしょう。そして昨日の昼休み、その機会が巡ってきた。素早くホムンクルスを入れ替えた山本さんは、かねてから抱いていた計画を実行に移しました。

まず、すぐにホムンクルスと、凶器と同じ紐を遺棄しました。昼休み中であればほかの人の眼はほとんど気になりません。隠し持って素早く移動すれば、匂いも含め怪しまれずに研究室を抜け、こっそり裏庭に捨てることができたでしょう。

午後一時に女中の千代さんが博士の生存を証明してくれますので、昼休み中の行動が問われることはないという目算もあった。なお、ホムンクルスを包んだ布は、そのあとどこか町中ででも処分したのでしょう。一緒に捨て置けば良かったんですが、そこまで気が回らなかったようですね。それとも千代さんが昼休みのあとに洗濯物を持って上がるのが習慣だったならば、端《はな》から彼女に疑いを向けさせるつもりだったのかもしれません。

そして午後、頃合いを見計らい、資料室から密かに地下に下りて博士を殺害します。素早く現場に偽装工作を施し、あとはただひたすら、研究室から外に出ないようにするだけです。そうやって自分だけは絶対に犯行不可能な状況を作り出したのです。緑柱石を現場から持ち去ったのは、僕が最初に展開した踏み台の推理を誘導するため。そうすれば背の低い大上さんや千代さんに疑いの眼が向く。ホムンクルス消失の本当の意味を、二段構えで偽装することもできます。見事な奸計《かんけい》です」

わたしは山本を睨んだ。

柿三郎は明言こそしなかったけれど、どう考えてもわたしが疑われるように仕向けていたとしか思えなかった。その周到な計画と非道な思いつきには、むしろ感心すらしてしまいそうだ。

女中ならば緑柱石如《ごと》きに眼が眩んだとしてもさほど不自然ではないし、女中ならばどれだけ否定しても警察は聞く耳を持たないと踏んだのかもしれない。悲しいかな、彼の狙いはおおよそ正しかった。わたしが無実の罪を着せられることは、大いにあり得た。

柿三郎はわたしを見て、笑みを浮かべる。

「ホムンクルスの瓶を踏み台に使ったという推理は、すぐに思いつきました。けれどホムンクルスを包んだ布の問題から、大上さんが犯人だとは思えない。かといって千代さんが犯人だとするのも不自然なのです。彼女一人でこの重い瓶を床に置けたとは思えないですからね。それならば博士の死体を引きずり下ろし、椅子を踏み台にしたほうがよっぽど楽ですよ」

「疑問がある――」大上が投げかける。「では、その複製したホムンクルスとやらは何処に消えたんだ」

「いい質問です」

柿三郎は実験器具が収められた棚に近づくと、そこから円筒形の硝子容器を取り出した。捜査の最後に見つけた、半分ほどが白い固形物で占められた容器だ。

「あ！」わたしはようやく気づく。「ここで溶かしたんですね」

「そのとおり。これが――」容器を掲げる。「複製したホムンクルスの成れの果てだよ。蠟で作る利便性は先ほど告げたとおりだが、容易に変形させられる利点もある。犯人とすれば、複製の存在が露見すれば命取りになるからね。砕いた程度では安心できない。博士の殺害後、複製を素早く取り出して砕いたあと、この硝子容器に入れて火にかけた。そのあいだ、あたかもホムンクルスが抜け出して博士を殺したように細工を施す。現場の偽装を終える頃には、蠟でできたホムンクルスの複製は跡形もなく溶けていたことでしょう」

ふて腐れた顔でじっと話を聞いていた山本が、犯人だと指摘されてから初めて声を発した。

「さっきから好き勝手なことをほざいているが、証拠はあるのかい。それが複製されたホムンクルスだって」

「そうですね。絶対的な証明にはなりませんが、ひとまず二つの体積を比較してみましょうか。富良野さん――」

「は、はい」いきなり指名され、彼の背筋が伸びる。

「形の違う二つの物体の体積を量り、比較するにはどうすればいいでしょう」

富良野はおどおどした態度ながらも、さほど考えることなくあっさりと答えた。

「えっと……液体の中に浸けて、水位の上昇を量れば、体積は求まるし、比較もできますね」

おお、なるほど。頭がいい。

「正解です。二千年以上前、アルキメデスが風呂に浸かったときに発見したとか。ま、この逸話が真実なのかどうかはわかりませんけどね」

楽しげに告げながら、柿三郎はホムンクルスの入れられた瓶の蓋を取った。
「幸いホムンクルスのほうは、すでに液体に浸けられている」
　柿三郎は釣り糸のように細くて赤い糸を手に取ると、水位の所に巻いて印をつけた。
次いで慎重にホムンクルスを取り出し、入念に水を切って横に置く。
　つづけて硝子容器から蠟を取り出すため、金属製だろうか、薄く平らな靴べらのよ
うなものを周囲に差し込んでゆく。慎重に作業をつづけると、やがてぼこっと固まりとな
って取れた。大きく扁平《へんぺい》な蠟燭《ろうそく》のようなその固まりを、先ほどまでホムンクルスが浸か
っていた瓶に入れる。
　自然と周囲に集まっていた皆が、固唾《かたず》を呑んで見守っていた。上昇した水位を、先ほ
ど巻いた目印の糸と比較する。
　暫しの沈黙が流れたあと、代表するように大上が告げた。
「少し、増えてないか」
　非常に微妙ではあるのだが、水位は糸の線より少し上がったように見えた。富良野も
同意する。
「そうですね。そもそも、こんなに表面積の広い器じゃ、厳密な比較は難しいです」
　大上は瓶を軽く叩いた。
「しかし明らかに水位が上がっている。僅かとはいえ、この器でこの差だと、結構な体

積の違いじゃないか。探偵先生の推理に難癖をつけるわけじゃないが、こいつはちょいと見逃せないな」

「そうですね」動じることなく柿三郎は応じる。「仰《おっしゃ》るとおり、幾分か体積が増えているようだ」

柿三郎は円筒形の蠟の固まりを水中から取り出し、机の上に置いた。

「答えはきっと、この中にあります」

そう云って傍らに置かれていた木槌《きづち》を取ると、躊躇《ちゅうちょ》なく蠟の固まりに向かって振り下ろした。拍子抜けするほどにあっさりと蠟は二つに割れ、叩かれた勢いで左右に倒れる。

腹の中に隠し持っていたものをさらけ出す。蠟ではない、明らかな異物がそこにあった。

それは白い布の固まりだった。なにかを、包んでいる……？

「おや、なにかが出てきましたね」

柿三郎はまるで予想していたかのように平板な口調で告げると、蠟からその固まりを引き剝《は》がし、布を丁寧に開いていった。

あ！　わたしは思わず口に手を当てた。そこには淡く青色に光る石——緑柱石が、美しい姿を見せていた。

柿三郎はついに発見された緑柱石を、見せつけるように掲げた。

「ホムンクルスの複製を溶かすときに、緑柱石をその中に隠したのですよ。見つかっては困るものを同時に隠蔽する一石二鳥の作戦です。石は平らじゃありませんから底に接地するのは突端だけですが、さらに見つかりにくくするため白い布にくるんだのでしょうね」

柿三郎があらためて山本に向き直った。彼は皆から少し離れた場所で、固く唇を結んでいた。二人の視線がぶつかる。諭すような口調で、柿三郎が話しかける。

「ホムンクルスを包んだ布が存在しないこと。千代さんが瓶を踏み台にした不自然さ。そこから導き出される偽装の本当の意味。推理を積み重ねれば、ホムンクルスは殺害前に捨てられていたと考えるのが最も妥当なのです。溶けた蠟の固まりから緑柱石が出てきたことで、さらに裏づけられました。今回の事件が周到な計画の下になされたのは間違いありません。そうなると表向き唯一犯行をおこなえなかった貴方《あなた》が、一番怪しいのですよ。騙《だま》し討ちのような真似《まね》をして申し訳なかったですが、先ほどの凶器の紐の一件もあります。皆が納得できる釈明があれば伺いましょう」

なおも口を噤《つぐ》む山本に向かって警部が一歩近づき、サアベルをかちりと鳴らす。

「署で、ゆっくりと、貴様の体に聞いてもいいんだぞ」

「いつから、なぜ俺を、怪しんでいた」

山本は腹から絞り出すような声を出した。真っ直ぐに柿三郎を睨みつけたままつづける。

「唯一犯行をおこなえなかったからだけではあるまい。それだけで俺に凶器を取らせるような博奕《ばくち》は打つまい」

　柿三郎はわしゃわしゃと頭を掻いた。

「ホムンクルスを瓶から取り出したときです。貴方は僕に対して『すべりやすいから気をつけてくれ』と云った。助手の人たちは誰も取り出したことはないはずなのに、なぜそんなことを知っているのか。それに、実際はそれほどすべりやすくもなかったんですよね。本物の肌とまではいかないが、しっとりと手に吸いつくような感触で。貴方はきっと、博士を殺害後に取り出した、複製のホムンクルスの印象が強かったんじゃないですか。蠟だからかなりすべりやすかったはずだし、人を殺《あや》めた興奮で手が震えていたのかもしれない」

　山本の体が、微かに震え出す。両眼に、憤怒を宿らせてゆく。

「あいつが……真壁が……」山本は頽《くずお》れるようにひざまずき、床を拳で殴りつけた。

「あいつがすべて悪いんだ！」

「おい、こいつをしょっ引け！」

　警部の無慈悲な声が、地下室に響いた。

　以下はのちに判明した山本の殺害動機である。新聞での報道や、番頭の森蔵を経由して聞いた警察官の話などを総合している。

十年ほど前のこと。山本の父親である伊兵衛《いへえ》は、大学で真壁博士の助手として働いていた。それどころか、茶葉からカヘインを効率よく抽出する手法を発見したのは伊兵衛だった。思いもかけない偶然の発見であったらしい。博士はその有用性にいち早く気づき、彼を巧みに云いくるめ、その功績を自分のものにした。

伊兵衛が騙されたと気づいたときには遅かった。すでに博士の名で発表されており、助手にすぎない彼の云い分を信じる者は誰もいなかった。彼は失意のまま大学を去ることになる。そして博士は、彼が発見した成果を利用して巨万の富を築いた。一方で大学を辞めた伊兵衛は、家族を養うため朝から晩まで過酷な肉体労働に従事していた。しかし無理が祟《たた》ったのか、女房と子供を残して若くして病死。

山本は理不尽さに打ち震えた。無論、真壁博士が成功を収めたのは、彼自身の才覚によるところが大きいだろう。しかしそのきっかけを作り、世紀の発見をした父親が、なぜ無残な死を遂げなければならなかったのか。なぜ自分たち家族が赤貧に喘《あえ》がなくてはならないのか。長ずるにつれて山本は父親の仇討《あだう》ちを固く心に誓う。

しかしその頃には、すでに博士は屋敷に隠遁《いんとん》していた。素性を隠し、助手として研究室に潜り込むことには成功したものの、博士は常に地下室に籠もっている。殺害すれば、どうしても疑いは絞られてしまう。そこで自分が疑われないよう綿密な計画を立て、殺害に至ったのだという。

もちろんこれらは山本が語っただけで、本当に真壁博士がそのような非道なおこないをしたかどうかは不明である。たとえば伊兵衛は博士と馬が合わず、あるいは伊兵衛自身の過失で大学の研究室を追い出された。それを逆恨みした彼は、あることないことを吹聴していた。あるいは家族の前で体面を保つため、法螺《ほら》話を吹き込んでいた。それを幼い山本は信じ込んでしまった。そんな筋書きも成り立つよな、と柿三郎も推測している。

わたし自身の主観を述べさせてもらうならば、真壁博士がそのような鬼畜の如き所業をしたとは信じがたい。とはいえ、人の内面を見通すことなどできはしないのも事実。

伊兵衛も、真壁博士も亡くなったいま、真相は三途《さんず》の川の向こうに閉ざされている。

幕間ノ一

多くの建物が焼失、倒壊したため、随分と遠くのほうまで見渡せるようになった。その光景は東京という町の大きさを、あらためて浮き彫りにしている。

火災はすべて鎮火したはずだが、なにかを燃やしているのか、焚《た》き火でもしているのか、あちこちに幾筋もの煙が青い空に向かって棚引いていた。

「柿三郎先生！」

通りがかった五十絡みの男が、驚きの混じった声を上げた。

百栗庵の瓦礫の山に登っていた柿三郎が振り返り、「これはこれは――」と眼を見開いた。

「森蔵さんじゃないですか。随分と久しぶりですね」

彼が最初に探偵として謎を解いた、真壁達巳殺害事件。その博士の屋敷で番頭をしていた男だ。事件のときはほとんど面識はなかったものの、その後二人は何度か顔を合わす機会はあった。

がしゃがしゃと派手な音を立てながら、柿三郎が山から下りてくる。瓦の割れる甲高い音が響いた。

瓦礫の山を見つめながら、森蔵が沈痛な面持ちで尋ねた。

「もしかして、ここは」

「ええ――」柿三郎は屈託なく頷く。「かつての僕の家ですよ。ご覧の有様で」

「まったく、酷《ひど》いもんです」

森蔵は悲しげにかぶりを振った。でも――、とカンカン帽を脱いで、首にかけていた手拭《てぬぐ》いで汗を拭う。

「こう云ってはお気を悪くさせるかもしれませんが、命があっただけでも儲《もう》けもの、勿《もっ》怪《け》の幸いでしょう」

「仰るとおりです。家は、また建てればいい」

柿三郎は神妙な顔で頷いた。

「ところで……」初めて見るのだろうか、森蔵がお玉さんを見ながら不思議そうな顔をする。「こちらは」

「ええ、なんと云いますか、助手代わりとでも云いますか」

柿三郎は頬を掻きながら告げた。

「はア、なるほど」特に深い関心はなかったようで、森蔵は軽い相槌《あいづち》だけですぐに話題を変えた。「そういや、千代君は元気にしてますか。わたしもここ数年すっかり彼女ともご無沙汰なのだが」

「ええ、ずっと元気にしてました。ただ――」柿三郎は顔を曇らす。「地震のあと行方がわからないままで、まだ逢えていないのですよ」

「そうですか……」

森蔵は深い溜息をついて、周囲を見渡し、もう一度溜息を吐き出した。

「なにしろこの惨状ですからね。家族や、兄弟でも、離れ離れになっちまって、再会できていない人たちが一杯いる。あア、そうだ。上野の西郷さんの所へは行きましたか。安否を確かめるため、銅像に沢山《たくさん》の張り紙がしてある」

「ええ、噂《うわさ》を聞いて、行ってはみたんですが……」

柿三郎は苦い笑みとともに緩やかに首を左右に振った。

「そうですか……」先ほどと同じ言葉を口先でつぶやいたあと、森蔵は殊更に明るい声を出す。「なに、いつも元気一杯だった彼女のことだ。こんな地震程度でくたばるわけがない。きっと何処かに避難していて、そのうちひょっこり出てきますよ」

「ええ。僕もそう信じて、ますよ」

柿三郎は朗らかな笑みを浮かべたが、その顔には確かな憂いが滲んでいた。

二人はまるで示し合わせたかのように、随分と広くなった蒼穹《そうきゅう》を同時に見上げた。

第二話　あるべき死体

「千代君、千代君はいるか」

奥のほうから柿三郎の声が聞こえた。

玄関土間に隣接する板敷きの間で帳場箪笥を拭《ふ》いていたわたしは声を上げる。

「はい！　ここにいます」

この場所もつい先日まではがらくたが占拠していたのだが、ようやく真っ当な姿を取り戻したところだ。すべてはわたしの尽力に依《よ》るところである。

襖を開けて柿三郎が姿を現した。

「おお、ここにいたか。すまんが、実験に付き合ってくれるか」

そう云って、手に持った銀色の丸い物体を掲げた。

実験と云うからにはおそらく新たな発明品なのだろうけれど、どう見ても懐中時計としか思えない。

「なんです、それ」

「よくぞ聞いてくれた」柿三郎が満足げに頷く。

流れ的に聞かざるを得ないでしょうよ。

「名づけて！　『懐中時計型麻酔銃』だ」

ぱかっと蓋が開き、ありきたりの文字盤が見えた。現在の時刻を指し示している。

やっぱり懐中時計じゃないか。ただ、後半がよく聞き取れなかった。

「懐中時計型の、なんですか。懐中時計型、騒いじゃう？」

「ま、す、い、じゅ、う、だ。人を眠らせることができる」

これまた物騒なものが来た。思わず尋ねる。

「ね、眠らせて、どうするんですか」

「そういうことはまったく考えていないわけだが、いろいろと使い途《みち》はあるだろう。眠らせているあいだに家を物色してもいいし、拐《かど》かしてもいい」

矢張りきな臭い方面ばかりじゃないか。探偵が持つものとは思えない。

「まあ、使い途はおいおい考えればいい」柿三郎は悪びれずにつづける。「麻酔銃と名づけたように、最初は麻酔薬を仕込んだ針を飛ばそうとしたんだ。吹き矢のようにね。ところがこれが存外難しい。飛ばすだけなら簡単だが、狙ったところに、刺さる勢いで飛ばすのは至難の業だ。そこで飛ばすのは諦めた」

それは最早、銃ではありませんよね。だったら名前を変えましょうよ。

柿三郎は懐中時計の蓋を閉じ、さらに高く、頭の上へと掲げた。

「試行錯誤の結果、針が突き出るだけの仕様にした。それを、こう！」

親の仇《かたき》のような勢いで懐中時計を振り下ろす。

「力一杯殴ると麻酔で気を失う寸法だ」

「麻酔がなくても気を失いますよ！」

「取り敢えず実験」柿三郎が、じり、と近寄ってくる。眼は笑っていない。

「厭です！　後生ですから堪忍して下さい！」わたしは、じり、とあとしざる。

わたしはここで女中として働いているだけだ。どうして力一杯鈍器で殴られて気を失わなくてはならないのだ。間尺に合わない。

柿三郎は悲しそうに眉尻を下げた。

「どうしても、厭か」

「厭です」

「そうか。なら仕方ない。僕も無理強いをするつもりはない。実験はまたの機会にしよう」

いや、実験そのものを諦めて下さい。

「先生はいつもそのようなわけのわからないものを発明しているんですか」

「わけのわからないものとは失敬な」柿三郎が眉を寄せる。

「す、すみません！　少なくとも時間はわかりますよね」

慌てて謝る。不機嫌そうな彼の顔つきが変わらないのはなぜだろう。

この、おかしな機械ばかりを作っているおかしな男、百栗柿三郎の家を百栗庵という。わたしはここで女中をしている。

少し前までは真壁達巳という博士の屋敷で働いていた。けれども博士が殺され、わたしは職を失ってしまった。そこで無理やり——双方納得ずくで今度は百栗庵でご厄介《やっかい》になることが決まり、かれこれ一週間が経ったところだ。

この百栗庵、確かに襤褸家だけれども、意外と奥行きがある。裏には庭が設けられ、そこに小屋のような離れがあった。ただし元より大して広くもない庭に建てられているせいで、庭は庭としての役割をほぼ放棄していた。

以前はここ板敷きの間で発明に勤しむことも多かったようだが、いまは専《もっぱ》ら離れに引き籠もるようになった。お陰でがらくたの山ばかりであったここも、すっかり綺麗になったというわけである。代わりに離れの中がどのような惨状なのかは、見たことがないのでわからない。そちらは発明の秘密に関わる資料や、まだ世間に公表していない試作品がたっぷりと詰まっているため、立ち入りが禁止されているのだ。わたし如きが見てもさっぱり意味不明だとは思うのだけれど、使用人の身で主の領域に踏み入るほど愚か者ではない。

なお、柿三郎は独り身で、この家に一人で住んでいる。

この男、確かに少し、いやだいぶ変わっている。しかし謎を解く推理力は抜群。変な発明に勤しむより、もっと探偵を積極的に請け負っていくべきだと思っているのだが、本人はあまりその気がないらしい。

世のため人のためにも、彼をもっと探偵業に引きずり込むのがわたしの使命ではないかと密かに思っていた。

なお、住み込みで働いているわけではない。主と使用人とはいえ、狭い家で男女が寝食をともにするのもお互い変に気を遣うだろう、というのが唯一ともいえる柿三郎の条件だった。そこで引きつづき真壁博士の屋敷に住まわせてもらい、毎朝百栗庵に通っている。

食事の用意や洗濯など、要は家事、雑用全般を受け持っていた。尤《もっと》もこの一週間の主な仕事は、掃除、だったけれど。

「じゃあ先生、わたしは買い物に行ってきますから」

「あア、宜しく頼む」

百栗庵の戸を開けて往来に出る。表の戸口には看板、というより板切れが置かれ、

『よろず発明　承り』

『よろず探偵　人捜しも承り』

の文字。

現在のところ、探偵依頼にやってきたのは一人だけ。わたしだ。

この一週間、発明依頼に来た客も見たことがない。柿三郎がどうやって生活費を捻出しているかは不明だった。

聞くところによると、すごい発明をして特許なるものを取ると、寝っ転がっていても大金が転がり込んでくるらしい。それで悠々自適の生活なのかもしれない。また、警察で位の高いお兄さんもいるようなので、もしかすると元より資産家なのかもしれない。

食事代なども特に厳しく制限されているわけではなく、それなりに余裕のある生活を送っていることは確かだった。

わたしのお給金もそれなりの約束で、昨今の月給取りの人と比べても、のんびり気楽に働かせてもらっている。なにより柿三郎は口うるさいことはなにも云わず、ほとんどを任せてくれるのでありがたかった。

　太陽が天高く昇りはじめ、それとともに町は活気を増してゆく。

百栗庵は浅草の外れ、路《みち》が入り組み、家屋が密集する土地にあった。常盤座《ときわざ》や十二階などがある繁華な地域、浅草六区からは離れているけれど、少し歩くと商店が軒を並べる賑《にぎ》やかな通りがある。

「よっ、お千代ちゃん。いい鯵《あじ》が入ったよ。どうよ」

早くも馴染《なじ》みになった魚屋の店主が声をかけてきた。

「あらほんと？　じゃあ今日は鯵にしようかしら」

柿三郎という男、どうにも生活が不規則で、発明に熱中すると食事をせずに没頭するきらいがある。それはこの一週間ですぐさま理解できた。

それでは体に悪いと云い聞かせ、無理やり食事を摂らせ、規則正しい生活を送るように諭す。女中の分を超えているとは思うのだけれど、あの男を見ていると放っておけないものがあるのだ。彼も怒ってはいないようだし、渋々といった様子ながらも従ってくれているので、たぶんそれもまたわたしの役割ではないかと自覚していた。

買い物を済ませ、帰り路は隅田川《すみだがわ》の河川敷を歩く。少し遠回りにはなるのだけれども、ゆったりと流れる川を眺めながら歩くのも乙なものだ。日中はまだ暑さが残っている。川沿いは町中よりも幾分涼しさを感じられた。

わたしはなんとなく手提げ袋から梨を取り出した。

柿三郎は饅頭《まんじゅう》など甘いものが苦手でほとんど食べないけれど、果物には目がない。なるべく毎食用意するよう云いつかっている。

丸々と膨らみ、みっしりと実が詰まっていそうな梨が今日は手に入った。思わず口中に唾液が溢れる。齧《かじ》りつきたくなる衝動に駆られるけれど、勝手に口をつけるなんて許されることではないし、わたしはそこまで卑しくはない。

いや、でも、少しくらい……。

「やっ！」

邪《よこしま》な考えの罰が当たったのか、背後から突然の衝撃に襲われる。

「ご免よ、おばさん！」

生意気そうな子供たちが駆けていった。誰がおばさんだ。

あ……、そんなことより手に持っていた梨が落ちてしまった。川に向かって緩やかな斜面を転がってゆく。

「あ、こら、待ちなさい！」

子供たちではなく梨を追いかける。子供たちと違って梨は「え？」と立ち止まってはくれない。ま、子供も立ち止まってくれそうにはないけれど。

梨はころころと転がりつづけ、生い茂る葦《あし》の中に突っ込んでいった。

「あア、もう！」

しゃがんで、葦を掻き分ける。さすがにここで止まっているだろう。

幸いにも掻き分けてすぐに梨は見つかった。それどころか見知らぬ親切な人が手渡してくれている。

「すみません。ありがとうございます」

お礼を云って梨を受け取った。

………。

なぜ、藪の中に人がいる？　しかも地面に寝転がるようにして。

白い手を見る。

その奥に眼を向ける。肘のあたりで途切れた腕の先は、真っ赤に、染ま——、

「いやあアアアアアア！」

隅田川のほとりに絶叫が響き渡った。


「先生！　先生！　ほら見て下さい。昨日の事件が載っています！」

わたしは興奮とともに新聞を柿三郎に突きつけた。

『隅田川に分解死体現る』

と、おどろおどろしい見出しで大きく扱われている。

死体を発見するという未曾有《みぞう》の経験をして、一日経ってもまだ心がざわざわと落ち着かない。加えて、新聞に自分の名前が載っているのを目の当たりにして、興奮するなと云うほうが無理ってものだ。

「ほらほら、百栗庵のことも載ってますよ」

「ほお、どれどれ」柿三郎が新聞を受け取る。「ここか。『昨日の昼前のことである。発明や探偵を請け負う百栗庵で働く女中、早乙女《さおとめ》千代君が隅田川の——』」

新聞から顔を上げ、柿三郎は不審そうに眼を細める。

「君の名字は早乙女というのか」

「あれ、知りませんでした？　云ってませんでしたっけ」

「聞いてなかった。まアいいや。『早乙女千代君が隅田川のほとりを歩いていると葦の中から覗《のぞ》く白い手を発見。恐怖に駆られて然《しか》るべき状況でありながらもこのご婦人は持ち前の勇気を発揮し――』」

新聞から顔を上げ、柿三郎は不審そうに眼を細める。

「昨日聞いた話と違うな。梨が転がって見つけたんじゃなかったのか」

「そこは、ほら、せっかく新聞に載るんですから、ね」

わたしは愛想笑いを返す。

昨日、河川敷で手を見つけたあと、足を縺《もつ》れさせながら慌てて百栗庵に戻った。

「なななななな梨が梨が梨が人の人の人の人の手ににににに」

「いいから落ち着け」

おそらく要領を得ない説明だったと思うけれど、なんとか柿三郎に事実を伝えると、二人で河川敷に向かった。間違いなく人間の死体であることを――主に彼が――確認。警察へと報《しら》せることとなったのである。

見つかったのは片手だけではなかった。警察が藪の中を捜索したところ、出るわ出るわ無残に刻まれた死体の一部が次々に見つかった。

わたしが昨日知り得たのはここまでだった。

新聞によると、十箇所に分割された人一人分の死体がすべて見つかったようだ。肘と肩の所で切断された手が左右で四つ、膝と足の付け根で切断された足が左右で四つ、それに首と胴体で二つ、計十箇所である。

死体の状況から、鋭利な刃物で心臓を刺されて殺されたと見られている。

死体の身元もすでに判明していた。殺されたのは化粧品の製造と販売を手がける「秋《しゅう》桜堂《おうどう》」の創業者、秋濃冨実男《あきのふみお》、五十五歳。社長であり、市内に邸宅を持つ資産家だ。

死体は立派な背広を着たまま切断された様子で、現場には財布なども残されていた。持ち物から秋濃冨実男がすぐに浮上し、関係者による首実検で本人に間違いないことが確認されている。関係者の話によると、冨実男は死体が発見される前日から姿を晦《くら》ましていた。

なお、現場付近に死体を切断した痕跡はなかったため、別の場所で殺害、解体され、河原まで運ばれたと目されている。殺害場所が何処かはまだ判明していない。

新聞に記されている事実は概《おおむ》ねそんなところだった。

それにしても見つけたのが手だけで本当に良かったと思う。藪を掻き分けていきなり首が出てきたら、腰を抜かしてそのまま気を失ったかもしれない。

「それにしても恐ろしい事件ですよね。犯人はよっぽど秋濃さんを恨んでいたんですかね」

「それはどうだろうな」柿三郎が新聞を置いて腕を組む。「恨みに任せて死してなお執拗に穢《けが》す、という感情的な犯行は確かにあるだろう。しかし今回、幾つか見た死体の切断面からは作業めいたものしか感じられなかった。また闇雲に刻んだわけでなく、関節部分を中心に秩序だって十分割していることからも、恨みよりも実利の臭いがする。犯人はおそらく、そうせざるを得ない明確な理由があって死体を切断したんだ」

昨日の現場でそこまでしっかり見ていたのかと、呆《あき》れるやら感心するやら。

「でも、わざわざ切断する理由ってなんですか」

「うむ。釈然としないのは、刻まれた死体がすべて一箇所で見つかったことだな」

「と、仰いますと」

「死体を刻む理由としては幾つか考えられる。死体を持ち運びやすくするため。見つかりにくくするため。身元をわからなくするため。

死体は藪の中にあったとはいえ、本格的に隠されていたわけではない。被害者の身元を隠蔽する意図も感じられない。持ち運びやすくするため、という可能性は捨てきれない。しかし多大な労力を費やして死体を分割しておきながら、一箇所にまとめて遺棄している。なんともちぐはぐな話だ。死体の一部が様々な場所から見つかったのなら、もう少し色々と考えられるんだがな」

確かに死体を十個に切断しようとすると、相当な労力が必要だろう。些《いささ》か腑に落ちない、という言説も理解できる。

「あるいは——」柿三郎がつぶやく。「犯人は異常者だったか」

「目的もなく、死体を切り刻んだってことですか」

「いや、犯人には余人には窺えない目的があったのかもしれない。若《も》しくは切り刻むことそのものが目的だったのか。今回、ふと思い出した事件があるんだ。二十五年ほど前、倫敦《ロンドン》で何人もの街娼《がいしょう》が殺され、無残に死体を切り刻まれる事件があった。さらに犯人は臓器の一部を持ち去っている。被害者の数ははっきりしないが、十人以上とも云われている怪奇事件だ」

「なんです、それ。べらぼうに恐いじゃないですか」

「しかも『ジャック・ゼ・リッパー』と名乗る犯人から、警察を挑発する手紙が新聞社に届いている。そして未だに犯人は捕まっていない。当然犯人の目的や動機も不明のままだ」

「倫敦の警察も意外とだらしないですね。その、ジャックデリッパさんてのは、英国ではあり触れた名前なんですかね」

柿三郎が呆れた眼でわたしを見つめる。なにか変なことを云っただろうか。

「犯人が本名を名乗るわけがないだろう。これは名前というより通り名だな。ジャックは英国ではあり触れた名前の一つだ。日本でいうと太郎みたいなものか」

「意外と太郎さんて見かけないですけどね」

わたしの言葉を無視して柿三郎はつづける。

「リッパーというのは切り刻む人とか、切り裂く人とか、そんな意味だな。つまり犯人は『切り刻み太郎』と名乗ったわけだ。実にふざけている」

柿三郎が二十年以上前の『切り刻み太郎』に憤ったとき、入口の戸が開けられた。

「ご免下され」

立っていたのは四十絡みの洋装の紳士。帽子を脱いで問いかける。

「百栗庵はこちらで間違いはございませんか」

ぴんと来たわたしはすっくと立ち上がり、潑剌《はつらつ》とした笑顔とともに紳士を中にお招きする。

「百栗庵へようこそ！　どうぞどうぞこちらへ。すぐにお茶をお持ちしますね」

玄関土間からつづく板敷きの間に腰かけるように促した。卓袱台《ちゃぶだい》も移動させる。ここに卓袱台を置けるようになったのもわたしの片づけのお陰だ。

「あア、お構いなく」紳士が帽子を持った手を上げる。「私はただ人を捜して――」

「人捜しですね！　ええ、ええ、表の看板にあるように、探偵とともに人捜しも承っておりますよ」

「いや、そうではなく。こちらに早乙女千代さんがおられるはずだが、貴女様ではございませんか」

「へ？　はア、わたしが千代ですけど」

「矢張り！　いやはや、この度は誠にありがとうございます」

紳士は慇懃《いんぎん》に腰を折った。

なにがなんだかわからず、柿三郎と顔を見合わせる。

紳士の名は酒巻《さかまき》といった。昨日死体で見つかった、秋濃冨実男の屋敷に勤める執事であるらしい。

「昨日は慌ただしいばかりで気が回らなかったのですが、秋濃様を発見して戴いた礼を告げねばならんと思いまして。幸い今朝の新聞に百栗庵の早乙女千代さんと書かれておりましたので、こちらに参った次第で。あらためまして——」

酒巻が再び深々と頭を下げ、謝辞を述べた。

「いえいえそんな」わたしは慌てて手を振る。「たまたま見つけただけですから」

「いや、千代さんに発見されなければ、発見はもっとずっと遅くなっていたやもしれません。ただでさえあんな惨《むご》たらしい姿だっただけに——」

酒巻が唇を嚙《か》む。

遅ればせながら、わたしと柿三郎はお悔やみを述べた。

僅かばかりのお礼の品ではありますが、と前置きして、酒巻は高級そうな袱紗《ふくさ》包みを取り出した。『七ツ堂《ななどう》』というお店の金平糖の詰め合わせだった。

これしきのことでお礼を受け取るのは気が引けたけれど、必要以上に固辞するのもかえって失礼になりそうなのでありがたく頂戴した。

ひとまずお茶を淹《い》れて、座って世間話。柿三郎のことを紹介した。

「そういえば――」合点のいった顔で酒巻が告げる。「先ほど探偵を承っておると仰ってましたな。確か新聞にも書かれていましたね。こちらの方が――」

柿三郎より先にわたしが口を開く。

「そうなんです！　大正の平賀源内《ひらがげんない》改め東京のホウムス、浅草が生んだ奇跡の名探偵、百栗柿三郎先生です」

「勝手な宣伝文句を作るんじゃない」げんなりした顔で柿三郎が云う。「大正の平賀源内などと名乗ったことはないし、だいたい僕はべつに浅草生まれでもない」

「いいじゃないですか。宣伝文句なんてものは所詮はったりなんですから。『今日は帝劇　明日は三越』ですよ」

「いま一つ云っている意味がわからんが」

「あ、そうだ――！」わたしは酒巻に向かって身を乗り出す。「もし宜しければ探偵依頼してみるのはいかがでしょう。長年先生の助手を務めているわたしの勘では、今回の事件には複雑な背景があるように思うのです。なぜ、犯人は、秋濃さんの死体を切断したのか。このような怪奇事件は警察より探偵の出番であるのは明白です。きっとお力になれますよ」

先ほどの会話を基に売り込んでみる。勝手に「長年の助手」と名乗る方便は許して戴きたい。

さほど期待はしていなかったけれど、存外あっさりと「あア、なるほど」と酒巻は頷いた。

「それも妙案かもしれませんな。ただ、私は一介の執事にすぎません。屋敷にはいま、秋濃様と縁の深い人たちが集まっております。屋敷のほうに参られ、彼らと話をしてみてはいかがでしょう」

家族ではなく、縁の深い人たちという云い回しが少し気になった。

ともあれ、そういうことであれば否《いや》も応もない。

「ありがとうございます。それではさっそく――」

「ちょっと待て」柿三郎が割って入ってくる。「勝手に話を進めないでくれるか。僕にも都合というものがある」

「なんの都合ですか。日がな一日機械を弄っているだけじゃないですか。お仕事ですよ、お仕事。さア、参りましょう!」

再びなにか云いかけた柿三郎だったが、諦めたように渋面で溜息をついた。

「わかった、わかったよ。おーい、お玉さん！」

柿三郎が叫ぶと、暫く経って廊下の奥からがらがらがらがらと、不気味な音が近づいてくる。段々と見開かれる酒巻の目玉を見ているのは愉快だった。

三人と一匹で秋濃邸へと赴く。

三人は云うまでもなく、わたしと柿三郎、そして酒巻だ。そして一匹とはTAMA3号、通称お玉さんである。柿三郎の助手であり、機械仕掛けの猫のあいつだ。果たして一匹という表現が正しいかどうかわからないけれども、猫型だからいいだろう。

がらがらがらがらと揺れながら進むお玉さんに合わせ、わたしたちものんびりと歩を進めた。

到着した秋濃邸は立派な庭を備えた西洋風の邸宅だった。とはいえ、大金持ちと聞いていたわりに屋敷そのものは小振りであった。また屋敷の外観に派手な所はなく、剛健といった印象を受ける。

案内された応接室もまさしく西洋風の趣ではありつつ絢爛《けんらん》とした調度品の類は見当たらず、華美な印象はまるで感じられない。外観や内装から、主の質実さを窺うことができた。

そうして柿三郎と二人、紅茶を振る舞われて待っていると、五人の男たちがやってきた。

一番年少と思われる男で十七前後だろうか。皆若く、最も年嵩《としかさ》と思しき人物でも三十には届いていないと思われる。白シャツに吊りズボン姿の年嵩の彼が対面に座り、代表するように名前を告げる。

「初めまして、柳ケ瀬太郎《やながせたろう》です」

さっき「意外と太郎さんて見かけないですけどね」と発言した手前、気まずい。まったく迷惑な人だ。そんなわたしの勝手な云いがかりはさておき。

彼は眉の太い、精悍《せいかん》な顔つきの青年だった。両手を膝の上で組み、僅かに前のめりになる。

「酒巻さんから聞きました。柿三郎さんはとても優秀な探偵だそうで」

「あ、いや、優秀かどうかは——」

煮え切らない柿三郎の前に身を乗り出すようにしてわたしは告げる。

「それはもう間違いありません。十日ほど前に起きた真壁博士殺人事件をご存じでしょうか。この事件で犯人の施した堅牢《けんろう》鉄壁にして用意周到、完全無欠の醜悪なるからくりを見事解き明かし、事件を解決に導いたのは誰あろう、この柿三郎大先生なのです！」

些か大袈裟《おおげさ》すぎる気はしたけれど、警察がまったく気づかなかったからくりを柿三郎が暴いたのは事実だ。

事件のことを知っていたかどうかは不明ながらも、ほお、と太郎は感心した素振りを見せた。かと思えば、一転して苦渋に満ちた表情になる。

「今回の事件には、非常な憤りを覚えています。冨実男さんがなぜ、ああも惨たらしく殺されなければならなかったのか。それはここにいる全員の思いです」

そう云って取り囲むほかの面々を見渡した。皆が頷く。

なお、向かい合う長椅子には二人だけが座り、残り三人は後ろに控えるようにして立っていた。

太郎がふと思いついたように告げる。

「あ、私たちが冨実男さんとどういう関係なのか、説明しておりませんでしたね。冨実男さんは私たちの育ての親と云っても過言ではないのですよ」

「育ての、親」柿三郎が眉を寄せた。

秋濃冨実男はずっと独身で過ごしたらしい。したがって家族はおらず、それどころか親類縁者もいない。

「冨実男さんは元々捨て子だったそうです。明治政府が樹立される前の混乱期でしたが、幸い育ててくれた夫婦がいました。しかしその育ての親も幼い頃に他界し、天涯孤独の身の上になられた。にもかかわらずそののち身を寄せた奉公先で商売を学び、秋桜堂という会社を興し、成功を収められた。まさに立志伝中の人なのですよ」

成功を収めた秋濃冨実男は篤志家として、恵まれない人のために惜しみなく富を分け与えた。さらに身寄りのない子供たちを引き取って育てる施設も作った。

眼の前に並ぶ五人はすべて施設の出身者であった。もちろんほかにも大勢いて、太郎をはじめとして秋桜堂で働いている者も多い。

「冨実男さんは本当に素晴らしい人でした。育ててもらった恩義から云うのではありません。曲がったことが嫌いで、情に厚く、俠気《きょうき》溢れる人物でした。敬われることはあっても、恨まれるような人物では決してなかった。それなのに、なぜ――」

太郎は拳で自分の膝を打ちつける。

「あのような姿で殺されたのか！」

強く歯を食いしばった口許から、彼の憤慨が伝わってきた。秋濃冨実男を心底敬愛していたのがわかる。

「そこでです」太郎は両手を膝の上に置き、柿三郎を真っ直ぐに見つめた。「是非とも柿三郎先生に事件の調査をお願いしたい。是が非でも犯人を見つけて戴きたいのです」

「ううん」柿三郎が頭をぼりぼりと掻く。「そういうのは警察の役目じゃないのかな」

いやいや貴方、探偵でしょうよ。

わたしが口を出すより早く、太郎が卓子《テーブル》を両手で叩いた。

「もちろん警察には協力します。しかし犯人を捕まえるために、できるかぎりのことはしたいのです。何卒お願い致します」

太郎は深々と頭《こうべ》を垂れ、ほかの四人もそれに倣った。

「わかりました。わかりましたから顔を上げて下さい」

柿三郎は困った風に両手を前に差し出した。わたしのときもそうだったけれど、心から頼まれれば無下にはできない性分らしい。

「では、依頼料の件ですが――」

すかさずわたしは説明する。こういうのは最初にきっちりしておかなくてはならない。ちなみにわたしのときは事前になにも取り決めていなかったので、事件解決後に恐る恐る聞いてみたところ、「べつにお金はいいよ」という実にやる気のない返事であった。しかし能力を発揮、提供し、人の役に立ったのだから、その対価はきちんと受け取るべきだというのがわたしの信条だ。あやうく投獄されるところを救ってもらったお礼としては過少だったかもしれないけれど、なけなしの蓄えを半ば無理やり渡した。

その後百栗庵でご厄介になってから、探偵料について柿三郎に尋ねたことはない。というか彼はなにも考えていないとしか思えない。

わたしなりに依頼内容を吟味し、相場であろうと思われる金額を述べる。もちろん探偵料の相場など、あってないようなものだ。というかよく知らない。そこで、提供する技能、希少性、かかる時間と費用、依頼者が受け取れるであろう物心両面での便益などを勘案し、世の中に存在する様々な料金と比較して決めたものである。平たく云うと適当だ。要は双方が納得できればそれでいい。

まずは手付け金。調査が長引いたときの追加料金。犯人を見事見つけたときの成功報酬。

「――概ねこのような感じでしょうか。疑問があれば相談には応じます」

柿三郎は呆気《あっけ》に取られた顔でわたしを見ている。

太郎たちは顔を見合わせ、軽く頷き合った。

「ええ、まったく問題はないと思います。ここにいる人間だけではありません。施設出身の人間なら、冨実男さんのために皆快く協力してくれるはずです。それでは宜しくお願いします」

参ったな、という乾いた笑みで頬を掻いたあと、真摯《しんし》な顔で柿三郎は腕を組んだ。

「承知致しました。請けた以上はやり遂げましょう。無論、必ず犯人を見つけてみせると約束はできませんが、最大限の努力はします。さて、それではさっそく、秋濃冨実男氏のことをお伺いしたい。彼が姿を晦ましたときの様子も聞かねばなりませんね」

それならばと、執事の酒巻にも加わってもらうことになった。

この屋敷は冨実男の私邸であり、住んでいるのは冨実男以外は酒巻など使用人だけに限られる。

年若の青年に酒巻を呼んできてもらう。

再び応接室に姿を見せた酒巻に、柿三郎が探偵依頼を請けたことを伝えた。

「それは誠にありがとうございます」酒巻は深々と腰を折った。「是非、秋濃様のご無念を晴らして戴きたい。私にできることであれば、協力は惜しみません」

そうやって感謝されると、探偵冥利《みょうり》に尽きるというものだ。わたしは助手だけど。

酒巻には椅子に腰かけるように勧めたものの、「私は使用人ですから」と固辞し、彼は横に立ったままで話を聞く恰好《かっこう》になった。とても律儀な人のようだ。同じ使用人でありながら椅子にふんぞり返っているわたしの立場はどうなる。まったく迷惑な人だ。

と、そんなわたしの勝手な云いがかりはさておき。

まず柿三郎は、秋濃冨実男の来歴について尋ねた。

これは主に太郎が説明してくれた。

冨実男が育ての親を喪《うしな》ったあと、奉公人として幼い頃から働いていたのは間違いないと思われる。ただ、それが東京でないことは確かなものの、何処で、どのような商家であるかは不明であった。彼は昔のことをあまり語りたがらなかったからである。

二十歳《はたち》前後で東京にやってきた冨実男は、志崎十三《しざきじゅうぞう》という男と出逢った。ほどなく二人は、化粧品の製造、販売をおこなう「秋桜堂」を設立した。この十三という男はその後もずっと冨実男の懐刀として働いている。どのような経緯で二人が出逢ったかは不明であるが、冨実男に絶対の忠誠を誓っていることを十三自身が公言している。

最初は町角や家々を回って一つ一つ手で売っていたものが、段々と評判になり、やがて日本有数の化粧品会社にまで成長した。革新的な商品を作ったわけではなく、奇を衒《てら》った宣伝をおこなったわけでもない。大衆の願望を的確に摑み、商品の質と良心的な価格、それに誠実な商いで、少しずつ、地道に大きくなっていったのである。

話を聞いて、柿三郎は深く頷いた。

「なるほど。ありがとうございます。先ほど太郎さんが仰ってましたが、秋濃氏は人格者であり、篤志家でもあった。では、彼が恨みを買っていた可能性はありますか。直接ではなくとも、秋桜堂への恨みが彼に向かうことも考えられる」

秋桜堂に勤める太郎が小さくかぶりを振った。

「おそらく、ないと、思いますよ」

秋桜堂の仕事や商品絡みで最近目立った悶着《もんちゃく》はなかった。冨実男は誰からも好かれ、敬われるような誠実な人柄であり、それゆえに事業でも他人を蹴落とすような阿漕《あこぎ》な真似はしなかった。

「とはいえ秋桜堂が成長する陰で、不利益を被《こうむ》った人物がいなかったと云えば嘘になるでしょう。また逆恨みを買った可能性もある。それればかりはどうしようもありません」

「確かに。それに逆恨みとなれば把握しようもない」柿三郎は頷く。「では、非常に厭らしい質問ではありますが、これも聞かねばなりません。秋濃氏が死んで得をする人間は存在したか、ということです」

太郎が不愉快そうな顔を見せる。

「遺産目当てで冨実男さんは殺されたというのですか」

「遺産、若しくは会社の権力争いなどもあるでしょう。それは当然検討せねばなりません」

「無残に切り刻まれた死体と、いま一つ犯人像が合致しないようにも思いますが」

「仰るとおりです。しかし死体の切断は動機とは別の要因があったのかもしれません。穿《うが》った見方ですが、動機を誤魔化すため、狂人の仕業に見せかけようとしたのかもしれない。動機が遺産や権力であれば、秋濃氏の死が明確になる必要がある。犯人が死体を入念に隠さなかったこと、身元を隠蔽しなかったこととも通じます」

「なるほど。さすがは探偵殿、考えることが実に厭らしい。あ、いや、これは厭みとかではなく」

「構いませんよ」柿三郎は薄く笑う。「云ってて自分でも思いますから」

「ただ、残念ながら会社の実権を握ろうとした者の犯行、という線は薄いと思いますよ。確かに冨実男さんは現在も秋桜堂の社長ですが、ほぼ名ばかりで、事実上隠退しているんです。いま会社を動かしているのは実質的に志崎十三氏です。したがって秋桜堂の権力争いで、冨実男さんを殺して得する人間がいるとは思えない。詳しくは志崎氏に確かめるのがいいでしょう」

「そうだったのですね。では、遺産のほうはどうでしょう」

答えたのは執事の酒巻だった。

「それも考えにくいと思います。秋濃様の死後、個人資産はすべて会社組織である秋桜堂で管理し、施設の運営など慈善事業に費やされます」

「それは生前に遺言があったのでしょうか」柿三郎が尋ねた。

「左様でございます。生前、志崎十三様をはじめ秋桜堂の重役や、弁護士の先生なども立ち会いの下、正式に確認されております。隠すことでもありませんので、周知の事実でした。余談ではありますが、死後は葬儀も戒名もお墓も無用、という遺言もございました。当然ながら秋濃様のご遺志はすべて尊重されます。今回の事件が一段落すれば、このお屋敷も売りに出されることになりましょう。私たち使用人も職を失うことになります。秋濃様が死んで個人的に得をする人物など、誰もいないと思われます」

うむ、と唸って柿三郎は腕を組んだ。

唇を歪めて暫し瞑目したあと、「わかりました」の声とともに眼を開ける。

「あと、志崎十三さんにも話を聞いてみたいのですが、可能ですか」

「承知致しました」請け合ったのは酒巻だった。「志崎様は本日の夕刻までには屋敷に来られる予定です。それまでお待ち戴ければ」

「宜しくお願いします。では、秋濃氏の事情についてはひとまずこれくらいにして、引きつづき彼の失踪について伺わせて下さい。新聞によると、彼は二日前から姿を晦ましていたとか」

「はい。そうでございます」つづけて酒巻が答えた。

「その経緯を詳しく教えて戴けますか」

「はい。秋濃様の失踪に気づいたのは、二日前の朝のことでした。その前の晩、九時くらいにお見かけしたのが最後になりますから、正確に述べますと三日前、火曜日の夜遅くから、翌水曜日の朝までに秋濃様は忽然と姿を消されたのです」

ちなみに今日は金曜日。私が死体を見つけたのが昨日の木曜日、午前十一時前後のことだ。酒巻が冨実男の失踪に気づき、丁度丸一日が経過したあとである。

火曜日の夜から木曜日の朝、彼はそのあいだに殺され、切断され、河原に捨てられたことになる。

「朝、いつまで経っても秋濃様が起きてこられませんでした。おかしいな、と思い寝室に行きまして声をかけたのですが、まるで応答がありません。扉の鍵はかかったままでしたが、幸い合鍵は持っております。不安を感じつつほかの使用人とともに寝室に入りましたら、蛻《もぬけ》の殻になっておりました。しかも……」

酒巻は沈痛な面持ちを見せる。

「寝床《ベッド》はかなり乱れており、敷布には大量の血が残されていました」

「血が……」わたしは思わずつぶやいた。

「はい。窓は閉まっておりましたが鍵はかかっていませんでしたので、おそらく賊はそこから侵入し、秋濃様を無理やり連れ去ったのではないかと」

「ということは、寝室は一階にあったのですね。窓を壊されていたりは」

柿三郎の質問に、酒巻はすかさず首を振る。

「いえ、それはありません。蒸し暑い夜がつづいていましたので、秋濃様は窓を開けて寝ていたのかもしれません」

「不用心、ではありますが、それも結果論ですね。宜しければ寝室を見せて戴いても」

「承知致しました――」酒巻が大きく頷いた。「それではご案内致します」

応接室をあとにして、わたしと柿三郎は、冨実男が連れ去られたという寝室に向かった。あ、もちろんお玉さんも。

寝室は一階の奥にある広い部屋だった。

広さといい置かれている家具といい、わたしにしてみればもちろん飛び切り贅沢《ぜいたく》な部屋だ。けれど応接室と同様に装飾品の類はほとんどなく、調度品も必要最小限に抑えられているので殺風景に感じるほどだった。ここでも冨実男の質実な気風が窺える。

奥の隅に脚のついた西洋風の寝床が置かれ、扉の正面には大きな窓がある。窓帷《カーテン》は開けられていたので室内一杯にやわらかな陽射《ひざ》しが降りそそぎ、窓の向こうには緑の木立が並ぶ裏庭が望めた。

柿三郎はざっと室内を見渡したあと、寝床に近づいた。いまは布団がなく、寝台の床面である木材が剝き出しになっている。

「寝床はかなり乱れていたのですね」

柿三郎が尋ね、酒巻が答える。

「そうです。掛け布団は床に落ち、乱れた敷布には血がべっとりと残っておりました」

「血痕の量はここで殺されたと思えるほどでしょうか」

「いえ、警察の見解ではおそらくそれはないだろうと。べっとり、とは申しましたが、一番目立つところでもこれくらいでしたので」酒巻は両手で葉書大の輪っかを作った。

「あとは飛沫《しぶき》が所々に飛んでいる感じでございました」

もし刺し殺されたのであれば、その程度の出血では済まないであろうことは素人のわたしでも容易に想像ができた。ましてやここで死体を切断したとは考えられない。

窓の鍵は開いていて、布団が乱れ、さらに血が残されていた。

その翌日に死体で見つかったことから考えても、冨実男は火曜日の夜、無理やり賊に拉致されたと考えるのが妥当だろう。その際に刃物で脅され、腕など体の一部を傷つけられた。

「秋濃氏の失踪に気づかれたのは朝ですよね。夜中、不審な物音などは、誰も聞いていないのでしょうか」

「ええ――」酒巻は無念そうに頷いた。「住み込みの使用人のほとんどは離れで寝起きしておりますし。ただ、私はこの屋敷の同じ一階に個室がありますので、もし秋濃様が大声を上げられましたら、夜中でも気づいたとは思うのです。賊はおそらく、秋濃様に声を上げる隙も与えなかったのだと推測されます」

ふむ、と柿三郎が不満げに首を傾《かし》げた。

寝床に血が残されていたことから事件性が強く疑われ、酒巻はすぐに警察を呼んだ。しかし賊の足跡など痕跡は発見されず、侵入経路のほか、何人組だったのかも皆目見当がついていない。なお、寝床以外に残された血痕や、汚された箇所、荒らされた形跡はなかった。

一とおり話を聞いて、柿三郎が提案する。

「ありがとうございます。では少しばかり、この部屋を調べて宜しいでしょうか」

「はい、構いません」

「あ、その前に確認したいことが二つ。あの窓は事件のあと、清掃などはしましたか」

「いえ、そのままですね。秋濃様は綺麗好きでしたので、わりと小まめに使用人が拭いておりましたが、失踪後に清掃はおこなっていないはずです」

「では二つ目。秋濃氏の体格を教えて戴けますか」

「体格、ですか。かなり小柄な方でした。身の丈は五尺ほどですから――」酒巻の視線がわたしに向けられる。「ええ、千代さんと同じくらいですね。ただ、千代さんとは違って小太りではありました。体格というと、こんな感じで宜しいでしょうか」

「結構です。それで、最後に一つお願いがあります」柿三郎は人差し指を立てる。「彼だけしか触っていないものはないでしょうか。できるだけ表面の滑らかなものがいい」

「表面が滑らかで、秋濃様しか触っていないもの……」

額に指を当てて考え込んだ酒巻が、「あア――」と顔を上げる。

「それでしたら、こちらのものはいかがでしょう」

そう云って寝床の脇にある、小振りな箪笥の抽斗《ひきだし》を開けた。そして掌に載るくらいの、布張りの箱を取り出す。

「秋濃様の印章でございます」

わたしたちに見えるように酒巻が蓋を開ける。水牛の角だろうか、黒い光沢を放つ一寸角程度の判子が収められていた。

「これでしたら秋濃様以外は触っていないと云えましょう」

「要求どおりです」柿三郎が微笑んだ。「あ、彼の利き手は右でしたか、左でしたか」

「右利きでございました」

「ありがとうございます。十分です」

そうして酒巻が去り、寝室には二人と一匹が残された。

それにしても先ほどの質問の意味はさっぱりわからない。

「先生、調査というのは、なにをするおつもりなんですか」

「まア見ていたまえ。僕も楽しみだ。巧くいったらお慰み、だな」

言葉どおり楽しげに告げたあと、お玉さんをぽんぽんと叩く。

「顕紋粉《けんもんこ》と刷毛《はけ》、そして手袋を」

お玉さんの猫耳がくるりと回り、腹が開いて幾つかの道具が出てくる。おそらく柿三郎はこうなることを予期して、あらかじめ仕込んでおいたのだろう。

「さて、千代君」白い手袋を嵌《は》めながら告げる。「窓の外に出てくれるか。ただし、くれぐれも窓には触れないように」

そうして柿三郎は窓を大きく開け放った。中央から左右に分かれ、外に向かって開く窓だ。

云われたとおり窓から庭に出ようとしたのだが、着物だと跨《また》ぐことが難しい。結局、柿三郎に体を持ち上げてもらって外に出る。

西洋風の邸宅ながらも普通の家屋と同様、履物は玄関で脱いでいたので、足袋が直接地面に触れる。ただ、庭には芝生《しばふ》が敷き詰められ、ここ数日雨が降っていないせいか湿りけはなく、不快感はそれほどない。むしろ気持ちいいくらいだ。

柿三郎の指示はつづく。

「さて、その状態で窓を閉める振りをしてくれるか。窓には触れず、振りだけ、だ」

再び云われたとおり、あたかも窓枠があるかのように空中で手を動かして、空想の窓を閉める。なんとも間抜けだ。

「なんなんですか、これは」

わたしは思わず訴えかけた。

「そう焦るんじゃない」

柿三郎はそう云うと、袴をたなびかせて窓をひらりと飛び越えた。庭に出て窓を閉めると、手袋を脱ぎ、鞣《なめ》した革で作ったような小袋を袂から取り出した。先ほどお玉さんから受け取った道具だ。小袋は三つほどあり、柿三郎は「これがいいだろう」とつぶやいて一つを掲げた。残る二つは「持っててくれ」とわたしに差し出す。

柿三郎は掲げた小袋の紐を解き、中のものを掌にさらけ出した。

淡い黄色の粉末だった。

「なんですかそれは」

「石松子《せきしょうし》だよ」

「セキショウシ……西欧の秘薬かなにかで」

「いやいや、石に松に子で石松子。ただの日陰蔓《ひかげのかずら》の胞子だよ。非常に細かい粉末で、湿気にくく、さらさらしているから最適なんだ。場所によっては黒粉や光明丹《こうみょうたん》も使うが」

云うや否や、ふっと息をつき、石松子を閉じた窓に吹きつけた。そしてまるで綿毛を丸めたような、見たことのない刷毛で窓に吹きつけた粉を叩《はた》きはじめた。はらはらと、少しずつ粉が落ちてゆく。わたしはただ見ているしかない。

少しずつ場所を変えながら、石松子を吹きつけ、優しく叩き落とす行為を繰り返す。なにをしているのかさっぱりだったけれども、真剣そのものの彼の表情を見ていると質問するのも躊躇われる。

さすがにそろそろ手持ち無沙汰というか、ただ見ているのも申し訳なく、声をかけようとしたときだった。

「ん？」と柿三郎の片眉が上がった。「当たりかもしれない」

向かって左半分の窓、格子状になった硝子の一番右下の部分だった。

それからはわたしが小袋を持ち、柿三郎が掌を差し出すと中の粉を少し出す、という役割分担で作業がつづけられた。

途中お昼をすぎた頃、酒巻が姿を見せ、もし宜しければと云って、おむすびとお茶を置いていってくれた。今日はいろんな人間が屋敷に出入りするため、常におむすびなどは用意しているようだ。

そうして反対側の窓にも同じ作業を繰り返し、やがて窓には六つほどの丸い跡が残った。叩き落とされなかった石松子の跡だ。

柿三郎が緊張を吐き出すかのように大きく息を吐く。

「ま、これくらいでいいだろう。幾つか不完全なところはあるが、これだけ残っていれば問題はあるまい。さすがにちょっと疲れたな。さっき酒巻さんがおむすびを持ってきてくれたんだよな。少し休憩としよう。腹も減った」

「賛成です」

わたしもさっきからお腹がぺこぺこなのです。

柿三郎は片側の窓をゆっくりと慎重に開け、室内に戻った。わたしも彼の手を借りて部屋に戻る。

戴いたおむすびはよく塩が利いていて、しかも握り加減も絶妙で、すこぶるおいしかった。具は鱈子《たらこ》を焼いたもののようだった。初めて見るけれどこれまた非常に美味なるもので、今度作ってみようと思わせる。

腹が満たされ、一段落したのを見計らってわたしは問いかける。ずっと我慢していた疑問だった。

「あの、先生。一体全体あれは――」窓を指さす。「なんなんですか。どういう作業をしていたんですか」

「指紋、さ」

「しもん……？」

「そうだ。指の先、掌側にある紋様のことだ。拇印《ぼいん》は知っているよな」

「はい、もちろん。親指に墨をつけて捺《お》す、あれですよね」

「そう。あのうねうねとして、複雑に入り組んだ紋様が指紋だ。無論、指紋は親指だけでなく、すべての指にある」

お茶を一口飲み、柿三郎の講座はつづく。

「指紋は人それぞれ違う。それは昔から経験則として知られていた。だからこそ拇印が個人の証《あかし》となり得たわけだよ。これに眼をつけた英国人がいた。外科医のヘンリイだ。明治の初め、彼は築地《つきじ》の病院に勤務する傍ら、我が国の拇印という風習に興味をそそられた。支那や印度《インド》など、日本以外にも拇印を個の証とする風習を持つ国は幾つかあるらしい。しかし英国をはじめ、西欧では馴染みのない習慣だった。彼の国では専ら筆で署名をする〝サイン〟が使われているからな。

指紋に興味を持ったヘンリイは、個人識別に応用するため科学的な知見を得ようとした。そして数年間研究をつづけ、英国の著名な科学雑誌『ネイチュア』に『手の皮膚の皺について』という論文を発表した。この頃より英国を中心に指紋の研究が盛んになり、現在では指紋は精緻に観察すればすべての人で異なっており、終生不変であることが立証されている」

「はア……」

わたしは間抜けな声を出し、自分の両手の指先を見つめる。確かに複雑な紋様が描かれている。これを研究した人がいる、という事実は驚きだった。世の中には本当にいろんな人がいる。

「あ！」わたしは顔を上げ、窓の淡黄色の跡を見つめた。ここからは遠くてほとんど見えないけれど――「あれが、指紋の跡、ですか」

「そう」柿三郎は深く頷く。「指紋というのは、汗腺――すなわち汗の出る穴が隆起し、それが線上に連続して並んだものだ。つまり、指紋にそって指の先からは汗が出ている。対象物にもよるが、そうした指紋は人が手を触れたところには必ず残されているんだ。これまた対象物や、その後の保存状態によるが、条件さえ整えば数箇月程度は残ってい る。数年前の指紋を検出できた例もある。今回のは窓の外側だったから、ここ数日雨が降らなかったのは幸いだったかもしれないな」

「つまりそれを調べれば、窓に外から触った人間、つまり窓を閉めた人間がわかる」

「ご名答」

柿三郎が微笑み、立ち上がった。

でも――、わたしはすぐにこの考えの不備に気づいた。たとえ窓を閉めた人物の指紋を検出しても、それが誰かはわかりっこない。日本中のならず者の指紋と比較することはできないのだから。

わたしの疑問を余所に、柿三郎は箪笥から小箱を取り出した。戻ってきて卓子の上に置く。最前、酒巻が教えてくれた冨実男の判子だ。

「汚れる可能性があるから、おむすびとお茶は待避させてくれ。そこの箪笥の上にでも」

云われるがまま、わたしは盆ごと残ったおむすびと湯呑みを運んだ。

柿三郎は再び白い手袋をして、前後を摘むようにして慎重に判子を取り出す。わたしは思わず尋ねる。

「先生、この判子をどうするつもりですか」

「決まっているじゃないか。秋濃氏の指紋を確認するんだ」

柿三郎は判子を手に取ると、石松子の粉末をつけ、それを綿毛のような刷毛で優しく叩き落とす作業をはじめた。

窓とは違い、判子は対象となる範囲が狭いので作業はすぐに終わった。そして指紋は窓よりも明瞭に浮かび上がっているようだった。ごちゃごちゃと重なり合ってよくわからないところもあったけれど、幾つかの指紋は複雑に入り組んだ筋も鮮明に見て取れる。不思議なものだ。

柿三郎も満足げに頷いていた。

「十分だろう。しかも判子であるお陰で、どの指先であるのかほぼ確実に推測できるのもありがたい」

確かに判子の持ち方などある程度決まっている。そのために利き手のことを聞いていたのだとも気づいた。

柿三郎は判子を持って、再び庭へと降り立った。

そうして少し身をかがめ、判子に残った指紋と、窓に残った指紋を見比べる確認作業をはじめた。わたしは室内に残り、書棚にあった黒い革表紙の本を裏に当てて、窓の指紋が見えやすくなるように手伝う。

さすがのわたしももう気づいている。柿三郎は窓を閉めたのが冨実男本人ではないかと疑っている。少なくともその可能性があると最初から踏んでいた。そのため身の丈の近しいわたしに窓を閉める動作をさせ、指紋が残っていた場合のおおよその位置を推測しようとした。

たっぷりと時間をかけて検証をつづけていた柿三郎が、息を吐き出しながら腰を伸ばした。

小さく窓を開けて「どうでしたか」と尋ねると、彼はすかさず「間違いないね」と答えた。

「この窓の外に残されている指紋は、秋濃氏のものだ。両手で、こうやって窓を閉めた」

架空の窓を閉める仕草をしてみせた。

柿三郎は室内に戻り、卓子に歩みながらつづける。

「無論、それが失踪した夜だったのかどうかは厳密に特定はできない。しかし窓は小まめに拭いていたようだし、屋敷の主ともあろう人物が、外から窓を閉める状況がそうそうあったとは思えない。状況から推察しても、失踪の夜に窓を閉めたのは秋濃氏だったと考えて問題あるまい」

「それって、どういうことですか」混乱しつつも、必死で状況を整理する。「えっと、つまり、秋濃さんは賊に連れ去られたのではなく、自らの意思で部屋を抜け出した？」

「そういうことだ」柿三郎は椅子に腰かける。「だいたいおかしいとは思わないか。賊の目的は密かに彼を連れ去ることだったのだろ？　ならば寝ている彼に気づかれぬよう、こっそり侵入し、素早く拘束したはずだ。刃物が出てくる暇も、秋濃氏を傷つける意味もない。もし刃物で脅されるような状況であったとしたら、なぜ彼は大声を上げなかったのだ。声を上げれば近くの部屋で寝ていた酒巻さんは気づいたはずだ。

仮に拘束され、猿轡《さるぐつわ》を嚙まされるなど声を出せない状況で、傷も負ったとしよう。けれど敷布がべっとりと濡れるほどの傷だったのなら、賊によって運ばれる途中、絨毯《じゅうたん》や庭にも血痕が残ったはずだ。寝床の敷布だけに血痕が残されていて、あとは痕跡がなかったなんて、いかにも不自然じゃないか」

「そうですよねえ」わたしは間抜けに口を開けて頷く。「となると、賊の仕業に見せかけるため、血痕は秋濃さんが残していったんですね」

云いながらふと思う。彼もきっと、部屋の絨毯にも血痕を垂らしたほうが自然であると気づいたはずだ。けれど敷布や布団はともかく、絨毯まで汚してしまうのは抵抗があったのではないだろうか。質実な人物で、若い頃に人一倍苦労し貧困にも喘《あえ》いでいただろうから、必要以上に物を粗末にすることができなかった。そんな気がする。

「相違あるまい」と柿三郎は自信たっぷりに告げた。「ついでに云うなら、そもそも窓が閉まっていたというのも些か不自然だ。賊が丁寧に閉めて去るとは思えないからな。いくら賊の仕業に見せかけるにせよ、生真面目な秋濃氏は窓を開けっ放しにして出てゆくのは気が引けたのだろう。いずれにせよ彼の失踪については、狂言だったと見て間違いないだろう」

いきなり思いがけない事実が明らかになった。

「このことは警察は気づいているんでしょうか。あ、今回わたしたちが指紋を検出できたってことは、警察は調べてはいないってことになりますね。そもそも指紋の捜査なんておこなわれていないんでしょうね」

「あ——」柿三郎がきょとんとした顔で、わたしを見やる。「そういや説明してなかったな。さっきも云ったように前世紀、英国では指紋の科学的研究が進み、これを犯罪捜査に活《い》かす分類整理法に関する知見も深まった。これを元に、十数年前には倫敦警視庁《スコットランドヤード》で指紋を使った捜査がおこなわれるようになった。英国からは幾分遅れたものの、数年前から我が国でも指紋捜査は正式に採用されている」

「あ、そうなんですか」

「ただ——」柿三郎は肩を竦《すく》める。「今回の事件で利用はされていないだろうな。検出する意味を現場の警官は見出せなかっただろうし、思いつきもしなかったかもしれない。今回の事件は仕方ないとしても、残念ながら現状では、指紋による捜査が有効に実践されているとは思えない。現場の意識も含めまだまだ課題は山積みだし、活用するための体制整備にも時間がかかるだろう。科学捜査は一足飛びには浸透しないよ」

日本の警察捜査の現状に苦言を呈したあと、「さて——」と柿三郎は腕を組み、顔をしかめた。

「これで秋濃氏に恨みを持つ者、あるいは彼を拐かして金銭を要求するなど、悪意を持った犯人の線は薄くなった。だが、余計に謎は深まったとも云えるな。なぜ秋濃氏は自ら出ていったのか。しかも偽装を施したのはなぜなのか。その後なにがあったのか。なぜ死体は切り刻まれたのか」

彼は声に出しながら、問題点を整理しているようだった。

そのとき扉を叩く音が聞こえた。扉を開けて酒巻が顔を覗かせる。

「失礼致します。志崎様がお越しになりました。調査のほうはいかがでしょうか」

冨実男の懐刀だったという志崎十三が到着したようだ。

「おお、それは丁度いい」柿三郎が立ち上がる。「調査なら先ほど終わったところです。あ、おむすびご馳走《ちそう》になりました。大変旨かったです」

「いえ、あのような手抜きの食事で恐縮です」

「なにを仰る。僕はおむすびが大好きなんだ。我が国が誇る文化だよ。なにが素晴らしいって、手軽に食せるところがいい」

今日一番の笑顔で嬉《うれ》しそうに語る。本当に心底おむすびが好きなのだろう。ならばこれからはおむすびの機会を増やそうか。わたしも楽で助かる。

そんなことを考えながら、酒巻に連れられわたしたちは再び応接室へと戻った。

応接室で待つこと四十分。

存在を忘れられたのではないかと半ば本気で危ぶみはじめた頃、ようやく志崎十三が姿を見せた。

歳《とし》は五十路《いそじ》から五十代半ば。背丈は標準的だが、沖仲仕のように筋肉質の体をしている。体つきに限らず齢《よわい》を感じさせない精力があり、粗野でありながらも知性を感じさせる、そんな独特の雰囲気を醸し出す男だった。

彼はすこぶる不機嫌そうな顔をしていた。

「君たちが探偵とかいう輩か。うちの若い連中が依頼したらしいな。こんな胡散臭い輩を屋敷に出入りさせるなんて、まったくなにを考えているんだ」

そう云い放ち、どっかと長椅子に腰を落とした。

柿三郎はまったく気にする風もなく、涼しい顔で答える。

「お忙しいところ恐れ入ります。秋濃氏を殺した犯人を見つけるため、ご協力をお願いしたいのです」

「断る。探偵風情に協力する気などさらさらない」刃《やいば》のような勢いで十三は云い切った。

「それを伝えるためだけに来たんだ。とっとと帰りたまえ」

柿三郎は食い下がる。

「幾つか質問をしたいだけなのです。秋濃氏は仕事関係で、あるいは個人的になにかいざこざを抱えていたりはしませんでしたか」

「さア、知らんね。知っていたとしても、教える気はない。云っただろう、探偵風情に協力する気などないと。貴様らのような連中が警察を出し抜いて、犯人を見つけられるとは到底思えないのでね」

　十三が立ち上がる。

「もういいだろう。何度も云うが、とっとと帰りたまえ」

　かちんと来る。わたしたちは警察が知らなかった情報を早くも見つけ出したのだ。すでにもう出し抜いている。

　しかし云い返そうとしたわたしを、柿三郎は制した。

　そして去りゆく十三の背中に告げる。早口でいて、鮮烈な物云いだった。

「一つだけ聞かせて下さい。貴方は秋濃氏に絶対の忠誠を誓っていたとか。それは嘘偽りのないことでしょうか」

　果たして十三は立ち止まった。ゆるりと振り返り、睨《ね》めつけるような強烈な眼光で柿三郎を射貫く。

「秋濃さんのためなら、俺は我が身も惜しくはない。人殺しだって辞さない」

「率直な気持ちをお聞かせ下さい。秋濃氏を殺した犯人をどうしたいですか」

　十三は唇の端に、ふっ、と冷笑を浮かべた。

「八つ裂きにしてやるさ」

　そう云い残し、彼は去っていった。

わたしたちの秋濃邸での調査は、ひとまずここでお開きとなった。

その後の調査は芳しいものではなかった。

まず、秋濃冨実男の失踪後の足取りは、杳《よう》として知れなかった。彼は何処に向かったのか、誰と会ったのか、なにがあったのか。それがわからないことには、一向に事件が見えてこない。

冨実男をよく知る人たちにさらに話を伺ったが、殺人に結びつくような揉《も》め事の類は見つかっていない。彼を悪く云う人はおらず、皆押し並《な》べて敬意を表していた。人格者であったことに疑いの余地はない。

ただし、新たに得られた情報も幾つかある。彼が極端に体を大事にしていたことだ。

昨今、富豪のあいだでは少しずつ自動車が普及してきている。しかし冨実男は絶対に乗ろうとしなかった。馬車や人力車などに比べ、事故を起こしたときの危険が大きいからである。その慎重さは昔から変わらず、普段から事故などにはかなり気をつけていた。抱えている馬車の馭者《ぎょしゃ》にも、とにかく安全を第一に努めるよう徹底して申しつけていた。

また、健康にも人一倍気を配っていたという。そのお陰もあってか彼が医者にかかるところを見た人はおらず、それもまた会社の責任者として立派な心構えだと尊敬を集めていた。

なお、彼ほどの財を成した男が、なぜ所帯を持たなかったのか。

色街などで遊ぶことはなかった様子で、密かに女を囲っていた形跡もない。かといって、男色家だったという証言も聞こえてはこなかった。

生前冨実男は、若い時分は商いを大きくすることに必死で、女房を娶《めと》ろうとは考えなかった、と語っていたようだ。また、昔に罹《かか》った病がもとで子供を残せない体になってしまった、という噂も耳にした。その負い目もあって独り身を貫いた、というのである。

施設を作って身寄りのない子供たちを受け容《い》れたのは、自分の境遇と重ね合わせ、不幸な人間を減らしたいという慈善の心もあっただろうが、子種を失った悲しみを和らげるためでもあったのかもしれない。

ともあれ、冨実男を殺す動機を持った人物も、殺される理由も、彼があの夜こっそり部屋を抜け出したわけも、さっぱりなにも見えてはこなかった。

それが死体発見から五日、探偵依頼を請けて四日目の、偽りなき状況だった。

食べ終えた朝餉の膳を持って、柿三郎が現れた。

発明品の研究同様、食事は裏庭にある離れで摂ることが習わしになっていた。背丈は平均よりあるけれども、柿三郎はどちらかというと細身の体型をしている。にもかかわらず、意外と大食漢であった。

柿三郎曰く、発明で常人の二倍は脳味噌《のうみそ》を使っているので異常に腹が減る、そうである。なんでも最近の研究で脳味噌はかなりの大食らい——つまり大量の栄養分を必要とする臓器であることがわかってきたという。

空いた膳を受け取りながら、わたしは尋ねる。

「先生。今日の調査はどうします」

「うむ」

生返事をして、柿三郎は板敷きの間に腰を下ろした。眉間には深い皺が寄っている。

「これ以上関係者に話を聞いても、なにも見えてきそうにない。調査方法を見直す必要があるだろう。その方向性について、少し思案しているところだ」

憂え顔で彼は語った。重い空気が百栗庵を満たす。

さすがの名探偵殿も、今回の事件は厄介なもののようだ。犯人の目星もつけられずに断念するような事態は、想像したくはない。

ともあれ、ここ数日は柿三郎にお供してあちこち回っていたけれど、今日は一日、本来の女中仕事をすることになるかもしれない。

そんなふうに思ったとき、意外な人物が姿を見せた。今回の依頼人代表、柳ケ瀬太郎だ。

思いがけない来客は、思いがけない情報を運んでくる。百栗庵に飛び込んでくるなり、彼は叫んだ。

「先生、大変です！　冨実男さんと同じように切り刻まれた死体が、また見つかったようです！」

わたしと柿三郎は眼を見開いて顔を見合わせた。

今度の死体は隅田川の向こう、南葛飾郡《みなみかつしか》にある雑木林の中から見つかった。事件発覚後ほどなく、同一犯の疑いがあるためか秋濃邸に警察がやってきたらしい。それで太郎はいち早く事件を知ることができた。

そうして太郎に連れられ、柿三郎とともに現場に赴いたものの、すでに大勢の野次馬が訪れ、警察によって現場は封鎖されていた。冨実男のときのように発見者という特権もなく、結局なにも得られないまま帰ることになった。

したがって以下の情報は翌日の新聞によって得たものだ。

今度の被害者は佐倉徳子《さくらとくこ》、五十六歳。四谷《よつや》の長屋に住む婦人である。現在のところ、秋濃冨実男との関係はまったく見当たらない。

彼女の死体は冨実男と同じく、全身を十箇所に分割されていた。すべての部位が同じ雑木林で見つかっている。地中に埋めるなど周到に隠そうとした形跡はなく、藪の中に打ち捨てられていただけだった。状況も、冨実男のときと非常に似通っている。心臓を刃物で刺されて殺害されたと見られるのも、同様だった。

だからといって、同一犯だとは即座に断言はできない。冨実男の死体の状況などは広く知れ渡っている。彼の事件を模倣した、別人による犯行も十分に考えられるからだ。

ただし、冨実男の死体が見つかる前に遺棄されていたのであれば、すなわち二人が同時期に殺され、切断されていたのであれば、同一犯の可能性が大いに高まる。

そしてその可能性は少なからずあった。

まず、死体の腐敗状況から、死後四、五日は経過していると目されること。ほとんど誰も立ち入らない雑木林の中にあったため、五日間程度は発見されなくても不自然ではないこと。さらにもう一つ、不審な馬車の目撃情報もあった。

死体発見の五日前の夜、現場の雑木林のすぐ脇に停《と》められた馬車が目撃されている。その夜は冨実男の失踪が判明した日であり、わたしが彼の死体を発見する前の晩のことだ。

目撃したのは現場近くに住む農家の息子で、夜も深い丑三《うしみ》つ時《どき》だった。特になにもない場所であり、なぜこんな時間、こんな場所に馬車が停まっているのか、彼は不審に思った。ただ、そのときは変な馬車だと思っただけで、誰に告げることもなく忘れてしまった。ところが雑木林から切り刻まれた死体が見つかったことで驚いて情報を寄せた、という次第である。警察はその馬車の特定に全力を尽くすと新聞には書かれていた。

秋濃冨実男と佐倉徳子を殺したのは、果たして同一犯なのか。

なぜ二人とも、死体が切断されていたのか。

新聞の論調は概ねその二点の謎に向けられていた。

ともあれ連続して怪異なる死体が見つかったことで、どの新聞社も大張り切りで、大々的に事件を報じていた。犯人は死体を切断するという異常な嗜好《しこう》を持つ者であり、これからも事件はつづくだろうと煽《あお》っている新聞もある。

一とおり新聞に眼を通し、わたしはつい溜息をついた。

「なんだか思いがけない展開になりましたね」

柿三郎も新聞から眼を離し、同調する。

「まったくだ。こんな事態になるとは想像の埒外《らちがい》だったよ」

「でもこれで、はっきりしたんじゃないでしょうか。前に云っていた、切り刻み太郎、でしたっけ。あれと同じく異常者の犯行じゃないですかね。そうなるといくら調べたって犯人の目星がつくわけがないですよ。恐ろしいですけど、今後もさらに犯行はつづくんじゃないでしょうか」

自分で云って、本当に恐ろしくなってわたしは肩を抱いた。犯人が異常者であるなら標的に一貫性はなく、誰が狙われてもおかしくはないのだ。

そんなわたしに、柿三郎はいたって冷静に告げる。

「君はすっかり忘れているようだが、秋濃氏は自らの意思で部屋を抜け出している。無論、その道中で異常者に出くわし、なんの脈絡もなく殺されて死体を刻まれたのかもしれない。しかし彼が部屋を抜け出した理由も、賊に連れ去られたように見せかけた理由も判明していない状況では、そんな偶然で片づけるわけにはいかないな」

そう云って自らを納得させるように小刻みに頷くと、「とにかく——」と膝を叩いて声を張り上げる。

「この佐倉徳子さんのことを調べる必要があるだろう。二人は、二つの事件は、どう関わっているのか。あるいは関わっていないのか。それを確かめる必要がある」

二人で、佐倉徳子が住んでいた四谷に向かった。

わたしはなし崩し的に助手のような立場になっていた。柿三郎が請うたわけでも、わたしが願い出たわけでもない。秋濃邸で依頼を請けたあとから、調査には二人で赴くのが暗黙の了解のようになっていたのだ。

わたしとしては百栗庵で留守番をしていたほうが楽なのだろう。けれど代わり映えのしない雑用をしているより、探偵調査に同行させてもらったほうが楽しいに決まっている。

ちなみに今回、先輩助手のお玉さんには留守番をしてもらっていた。町中をうろうろと歩き回ることになるし、また道具が必要になる状況も特になさそうだと柿三郎が判断したためである。

徳子の住む長屋は、さほど苦労することなく見つけられた。

とはいえ、住戸の内部を勝手に調べるわけにはいかない。彼女の近親者から探偵依頼を請けたわけではないし、いまはまだ警察によって捜査がつづいているかもしれない。事実、玄関前には立ち番のような巡査が辺りに睨みを利かせていた。

仕方がないので、周りの住人に話を聞いて回る。

その結果まずわかったのは、徳子に家族はなく、独り身であったということだった。加えて身寄りもなかった。彼女は長らく料理屋に稼ぎ口を得ていたが、体調を崩し、ここ一年ほどはずっと自宅で療養をしていたようである。そして、彼女と一番仲が良かった婦人のことを教えてもらった。徳子の姿を最後に見たのも、その婦人だったようだ。

彼女の名は、たみといった。三軒向こうに住んでいて、丸々としたふくよかな婦人だった。五十六歳だった徳子よりは見たところ若く、四十代の後半という感じだ。

徳子の件で探偵調査に赴いた旨を伝えると、途端に彼女は眉をひそめた。

「たんてい？　なんだいそれは。巡査や駐在みたいなものかい」

困ったような顔で柿三郎が説明する。

「警察ではないのですが、依頼を請けて事件を調査している者です」

「まア、なんでもいいよ。話すくらいならいくらでもしてあげるさ。大した話ではないけどね」

上がり框に腰かけると、たみはお茶を出してくれた。

「で、徳子さんのなにが聞きたいんだい」

柿三郎が問いかける。

「徳子さんを最後に見かけたのは、たみさんだったとか。そのときの状況と、彼女の様子を教えて戴けますか」

「様子もなにも、いつもと変わらなかったよ。元気じゃないけど、体が動かないほど酷いわけでもない」

それが七日前の昼のことだった。日付は警察に念入りに確認されたので、間違いないとたみは断言した。冨実男が失踪した夜と、同じ日だ。

それ以降、誰も徳子を目撃してはいなかった。警察から自分が最後の目撃者だったと聞いて、たみは驚いた。

「一昨日くらいに、そういやこの頃徳子さんを見てないな、とは思ったのよ。でもそれはあたしがたまたまで、まさかほかの誰も見てないなんて思わないでしょ。確かに徳子さんはあまり表を出歩かない人だったよ。それでも買い物などには出かける必要はあるわけさ」

「つまり――」柿三郎があとを引き取る。「たみさんが自宅を訪れたときから、そう遠くない時期に徳子さんは失踪したと考えるのが自然ですね」

「だと思うよ」たみは眉間に皺を寄せながら頷いた。

ならば矢張り、徳子は秋濃氏と同じ夜に失踪したのだろうか。

「ちなみに――」柿三郎が質問をつづける。「そのときはどのような話を」

「いやね。あたしの弟がさ、いま箱根《はこね》の温泉宿で働いているのよ。それで空いている時期なら寝床も用意できるし、もし良ければ友人と一緒に温泉に浸かりに来ればいいって誘ってくれてね。で、せっかくだから徳子さんを誘おうと思ったわけさ。体調を崩したとはいえ、伏せってばかりじゃかえって体に良くないだろ。まったく動けないわけでもないんだからさ。だからたまには体を動かしたほうがいいし、温泉に浸かりゃなおいいって誘ったんだけどね……」

たみは無念そうに溜息をついた。柿三郎がつづきを促す。

「断られたわけですね」

「そう。ほかの人を誘ってくれの一点張りでさ。そのときは二回目だったのよ。宿も汽車賃も心配しなくていいって云ったんだけど、頑として首を縦に振らないわけ。そこまで固辞されたらこっちも無理強いはできないしね」

「見た目以上に、彼女の体調は思わしくなかったのですかね。たみさんと話しているときは無理をしていたとか」

「どうだろうねえ」たみは着物の袂を指先で弄《もてあそ》んだ。「だとしたら、ちょいと申し訳なかったかもね」

「そうみたいだね。あたしも確かなことはわからないんだけど——」

「徳子さんは独り身で、身寄りもなかったんですよね」

徳子がこの長屋にやってきたのは十年ほど前のことだった。それ以前は何処でなにをしていたのか、生まれは何処なのかなどは、たみも聞いたことがないと告げた。

「あの人は、昔のことをあまり語りたがらなかったから。そういう意味では、壁を作っているようなところがあったね。でも人にはいろんな事情があるもんさ。そこには触れないのが人情ってもんだろ」

柿三郎は頷き、次いで徳子の人となりを尋ねた。

「物静かで、優しい人だったよ」たみは懐かしむように、しみじみと云った。「お互い貧乏長屋の住民だけどさ、あたしがお裾分けを持っていくと、彼女も必ずお返しを持ってきてくれてね。気遣いのできる、気持ちのいい人だった。あと、随分恐がりな人だったね」

「恐がり、ですか」

興味を引かれた顔で、柿三郎が顎に手を添えた。

「幽霊を恐がるとか、そういうんじゃないよ。彼女が体調を崩す前のことだけどさ、繁華な町に行って路を歩いていると、やたら馬車や自動車を警戒しててね」

「それは事故に遭うのが恐かったってことですかね」

「たぶんそうだと思うよ。そりゃ誰だって事故には遭いたくないけどさ、彼女のそれは、随分酷かったもんさ。云っちゃ悪いが滑稽《こっけい》なほどだったよ」

「そういう、二人で出かけることは多かったのでしょうか」

「いやいや」たみは顔の前で大袈裟に手を振る。「滅多になかったよ。本当に数えるほどで、それもあたしが無理やり連れ出したような感じだったしね。徳子さんはあまり人付き合いは得意じゃなかったんだろうね。元気なときも、彼女から積極的に長屋の話の輪に加わることはなかったから。一年前に体調を崩してからは尚更《なおさら》だよ」

「徳子さんは、ここ最近はずっと家に籠もっていたのですね」

「そうだね」たみは深く頷く。「どうしても必要なとき以外、滅多に外には出なかったよ。なにしろ銭湯に行くのも億劫《おっくう》だってんで、土間の行水で済ますくらいだったからね。医者に診てもらいなって助言はしてたんだが、たぶん一度も行ってないと思うよ。こればっかりは先立つもんが必要だから、あまり強くは云えなかったけどね。床に根が生えちまうんじゃないかってくらい、彼女は外に出ることも、誰かと逢うことも、とんとなかったよ。あ、いや――」

突然なにかを思い出した様子で、不意にたみは口籠もった。次いで口に手を当ててつぶやく。

「でも、これは、ただの噂だしね」

「なんでしょうか」柿三郎は身を乗り出して尋ねる。

「いやさ、ほんとただの、ただの噂話だよ。徳子さんが銀座《ぎんざ》の立派な食堂で、身なりのいい紳士と逢っているのを見た人がいたんだ」

「身なりのいい紳士」柿三郎は眉を寄せた。

「そうそう。この長屋の人間なんざ入口で追い出されるような店さ。馬車から降りた二人が店に入るところを、その人は偶《たま》さか見たらしいんだよ。あとで徳子さんに聞いたら、そんな店に行ったことはないって否定してたから、きっと見間違いだったんだろうさね」

「それはいつのことですか」

「そうねえ。一箇月、は経ってないかね。三週間かそこらくらい前のことだよ」

その後、秋濃冨実男、あるいは秋桜堂と徳子になんらかの接点がなかったかを尋ねたが、まったくなにも思い当たらないとたみは首を振った。

「本当に、静かに、つましく暮らしていたんだよ」

一とおりの質問が終わったあと、嘆くようにたみは云った。

「貧乏はしていたけどさ、あの物静かで優しい徳子さんがさ、他人様の恨みを買うようなことをしたとは思えないよ。なんだって殺されなきゃならなかったのか。しかも、あんな惨たらしい姿でさ」

たみは悲しげな顔で、信じられないよ、とかぶりを振った。そして縋《すが》るような眼で柿三郎を見つめた。

「たんていさん、とか云ったね。あんた警察みたいなもんなんだろ。逆に聞きたいけどさ、ずっと家に籠もっていた徳子さんが、なんだってあんなふうに殺されたのよ」

「警察ではないのですが……」柿三郎は苦笑しながら頭を掻く。「お恥ずかしい話、現時点では僕もまったく見えてこないのですよ。なんとか犯人を見つけられるように努力は致しますが、異常な嗜好を持つ犯人に、偶然眼をつけられただけかもしれませんね。悲しいことです」

そうして礼を云って、たみさんの元を辞した。

歩きながらわたしは尋ねる。

「先生、今朝の時点では異常者の犯行ではないと云ってたじゃないですか。徳子さんのことを聞いて印象が変わったんですか。確かに誰かの恨みを買うような人じゃなさそうですもんね」

「いや、まったく逆だよ」柿三郎はきっぱりと告げる。「今朝と同じく、異常者による無秩序な犯行ではないと考えている。徳子さんのことを知って、尚更その気持ちは強くなった」

「じゃあ、どうしてさっきは」

柿三郎は立ち止まり、細めた眼でわたしを見つめる。

「徳子さんの友人に『この事件は無差別なものじゃなく、なにか裏があります』と告げるのも躊躇われるじゃないか。まるで彼女は殺されるべくして殺された、と云っているようにも受け取られかねない。無論、それが事実であるのならば仕方ない部分もあろうが、まだ推測の域は出ない状況だ。それならば現状においては異常者による犯行だとしておくほうが、理不尽ではあっても、納得はしやすい」

「はア、なるほど」

理不尽さと、納得のしやすさ。

一見相反するようでありながら、心情として確かに理解できる。わたしは素直に感心し、また意外と気を遣っているのだなと、柿三郎のことを少し見直した。

「でも――」わたしは率直な疑問を紡ぐ。「徳子さんと秋濃さんは、まるで繋がりが見えないですよね。それに今回の事件も、凄惨な猟奇事件と、被害者の人物像が一致しません」

「確かにそうだ。秋濃氏と同様、徳子さんも誰かの恨みを買うような人物ではなかった。

しかし彼女は夜中、意味もなく出歩くことがなかったのは明らかだ。そんな人間が切り刻み太郎に眼をつけられ、事件に遭ったとは考えにくいじゃないか」

「それもそうですよねえ。なんというか、どっちもしっくりこないというか、なんともよくわからない事件です」

　空を見上げる。

　両側から迫る長屋に切り取られ、空は狭く、短冊のように細長かった。青い短冊を断ち切るように、一羽の鳥が横切っていった。


　その後も長屋の住人を中心に、徳子を知る人物に話を聞いて回ったが、新たな情報を得ることはなく、彼女の人となりを再確認しただけに終わった。

　町は黄昏《たそがれ》を迎え、百栗庵へと帰り路につく。

　心なしか足取りが重い。

　冨実男の事件は手がかりが見えず、難航していた。そこに訪れた二つ目の事件。これが突破口になるかと思いきや、余計に謎が深まっただけのような気がする。

「結局、二つの事件は関係があるんでしょうか、ないんでしょうか。徳子さんの事件は、先の秋濃事件を模倣しただけの可能性はないですかね」

　まず、馬車の存在はまったく無関係だった。たまたま死体が発見される数日前の夜、雑木林の脇に停めた馬車があったというだけ。たとえば馭者が急に便意を催したとか、そういうこともあるだろう。

徳子を殺した犯人は、死体をどう処分するべきか悩んでいた。そこに冨実男の事件が起きる。この事件に紛れ込ませれば警察の捜査を攪乱《かくらん》できると考え、同じように死体を切断し、雑木林に投棄した。あるいは冨実男の事件を受けて、投棄していた死体を切り刻んだ。そんな筋書きは考えられないだろうか。

わたしは思いついた推理を提案してみた。

柿三郎は、ほお、と口をすぼめる。

「なかなか面白い推理だ」

「ありがとうございます」

わたしの推理力も満更でもないようだ。

「確かに千代君の推理に無理はないし、理に適《かな》っている。けれど、どうにも引っかかるんだよな。秋濃氏と徳子さん、二人はまったく関係がなさそうに見える。にもかかわらず妙に共通点が多い」

「あ、それはわたしも感じてました。まず、二人とも天涯孤独の身の上でしたよね」

「徳子さんの場合は多分に推測の部分を含んでいるが、ずっと独り身だったことも共通している」

「あとは……優しくて、人の恨みを買うような人ではなかった」

「昔の話は二人ともあまり語りたがらなかった、というのもある」

「あア！　そうでしたね」

「さらにもう一つ、意外な共通点がある」

「ほかにもありましたっけ」

二人について聞いた話を思い出す。性格、人となり、過去の出来事――、

「あ！　そうです、恐がりだった。二人とも車や馬車を恐がっていましたよね」

「ご名答。恐がり、とは少し違うかもしれないが、二人とも事故や怪我《けが》を極度に恐れていた節が窺える。これらがどうにも引っかかるんだ。二つの事件が無関係だとするには、あまりに妙な符合が多すぎる。さらに『秋桜堂』という屋号も意味深長ではないか。秋濃と佐倉、いかにも二人の名前を合わせたような名づけだ。しかし、いくら考えても推理が像を結ばない。納得できる仮説すら思いつかない。もどかしいのだ」

そう云ったあと、ふふっ、と不意に柿三郎が不気味に笑う。

「実はね、ここに来る前、僕は一つの仮説を思い浮かべていたんだ。秋濃氏を殺した犯人は佐倉徳子だった、って推測だよ」

「えっ？　ど、どういうことですか」あまりに突飛な推測に、わたしは戸惑った。

「あくまで思考実験だから、動機は不明だ。殺した理由も、死体を分割した理由もね。

とにかく徳子は秋濃氏を殺し、死体を切断した。彼女にそんな芸当が可能だったのか、という疑問もひとまず置いておく。

そして彼女が犯人であることを志崎十三は知っていた、と仮定する。秋濃氏の懐刀だという、あの眼つきの鋭い男だ。あるいは殺される理由について、彼には心当たりがあった。だが、それを警察に云うつもりはなかった。なぜなら、決して公にはできない理由なり過去なりがあったからだ。徳子を弾劾すると、その秘密が世間に知れ渡ってしまう。しかし十三は泣き寝入りをするつもりはなかった。彼は復讐《ふくしゅう》のために徳子を殺した。そして同じように彼女の死体を切断した。理由の一つは、純粋な恨みだ――」

「あ！」わたしは急に思い出す。「あの人、去り際に云ってましたよね。犯人を見つけたら八つ裂きにしてやるって」

「そうだ。あの時点で、すでに徳子を殺していた可能性がある。だとすれば、あの言葉は挑発だったとも受け取れる。そしてもう一つの理由は、同一犯に見せかけ、警察の捜査を混乱させるためだ。彼にしてみれば、どちらの事件も解決されないほうがありがたい。だからこそ探偵依頼にも難色を示した」

あのときの光景は、いまもまざまざと思い出せる。志崎十三の眼は、明らかに二人か三人は人を殺している眼だった。わたしは確信する。

「それ、当たりです。徳子さんを殺したのは志崎十三です」

「印象だけで決めつけていないか」

「や、そういうわけじゃ、ないですけど」眼を泳がせる。

「しかし、この推理も非常に無理があるんだ。秋濃氏が自ら部屋を抜け出したのは、指紋など寝室の状況からほぼ間違いないだろう。しかしその理由がまるで見えてこない。そしてなぜ徳子さんは秋濃氏を殺したのか。結局二人の関係がわからないことにはどうしようもない。それに体力面から考えて、彼女が秋濃氏を殺せたとも、死体を分割できたとも到底思えない。そもそもなぜ死体を切り刻んだのか。この事件の最も根幹となる疑問の答えが一向に見えてこない。そこが明快にならなければ、徒《いたずら》に推論を捏《こ》ねくり回すだけになってしまう」

柿三郎はそう云って、悔しそうに大きく息を吐いた。

四谷見附《みつけ》にある市電の停留場へと到着する。周りの人に聞かれてしまうので、殺しただの死体を刻んだだの、物騒な話をするのはそろそろ相応しくないだろう。

それにしても今日はさすがに疲れた。

「かなり汗をかきましたよね。それに半日歩き回って足も疲れました。いますぐにでも、ゆっくりと湯船に浸かりたいです」

「そうだな。僕も体がべたついている。早く銭湯で汗を流したい」

「あ、そういやアルキメデスが体積の量り方を思いついたのも、風呂に浸かったときなんですよね。湯船にゆっくり浸かって体をほぐすと、行き詰まっていた考えが整理されて、真相が見えてくるかもしれません」

「だといいがな」

そう云って笑った柿三郎の顔が一瞬にして強張る。「待てよ……」とつぶやき、俯《うつむ》き加減に額に人差し指を当てた。

矢庭にがばっと顔を上げる。

「すまない。先に帰っててくれるか。というか今日はもう帰っていい」

早口で云い残し、柿三郎は停留場から足早に去っていった。

「え、あ、何処行くんですか。電車来ましたよ！」

わたしは一人取り残される。

あの、わたくし五銭も持ち合わせておりませんで、電車に乗れないのですが。


翌日も、新聞は二つの死体分解事件を大きく取り扱っていた。

伝えるべき情報が減ってきたためか、耳目を集めるためか、読者を煽るような傾向が強まっているように思う。分解死体がさらに見つかるのではないかと、東京中の藪や林の中などを捜索する怪《け》しからぬ輩も跋扈《ばっこ》している、などとも書かれていた。

午前中、新聞に眼を通していた柿三郎が、まるで食事の感想を伝えるようにさりげなく告げた。

「あア、千代君。探偵依頼を請けた秋濃氏の事件だが、手を引くことにする。依頼者である柳ケ瀬太郎さんに、君から伝えておいてくれないか。申し訳ないから手付け金も返してくれ」

一瞬、彼がなにを云っているのか理解できなかった。洗濯物を抱えたまま暫し固まり、ようやく意味を理解する。

「ど、ど、ど、どうしてですか！」両手を広げて、彼に訴えかける。

「こらこら、いくら洗濯物とはいえ土間に撒《ま》き散らすんじゃない」

「あ、すすすすみません」慌てて洗濯物を拾い集める。「どういうことですか。なぜ手を引くんですか」

「単純な話だ。僕には手に余る事件だからだ」

新聞を見つめたまま、柿三郎は淡々と告げた。

「秋濃氏はおそらく、死体を切り刻むことを嗜好する異常犯罪者に殺されてしまったのだろう。それではいくら理詰めで推理しても、犯人を見つけられるはずがない。僕は万能ではないのだよ。この事件は、数多くの人間を動員できる警察の領分だろう。だから僕は潔く手を引く」

嘘だ。

わたしは直感でそう悟った。

柿三郎とはそれほど長い付き合いではない。彼が単純な人物であるとも思っていない。しかし理由は説明できなくとも、本心を語っていないと強く思えた。

それに昨日別れるまで、彼は頑《かたく》なに異常者による犯行を否定していた。その後なにかに気づいた。真相にまで到達したかどうかはともかく、大きな手がかりを見つけ出したはずなのだ。

それなのに、なぜ、急に……。疑問に思っても、わたしは問い質《ただ》す立場にはない。探偵本人が手を引くと云えば、それに従うしかない。

そのとき、戸を叩く音が聞こえた。「ご免」という声とともに勢いよく外の光が入ってくる。光の中に立っていたのは、志崎十三だった。

彼は柿三郎を真っ直ぐに見据え、つかつかと歩み寄る。

「貴様は自分がなにを――」

柿三郎がすっと手を上げ、十三の言葉を制した。いつになく真剣な面持ちだった。

「僕は事件から手を引く。推理を公にするつもりはない」

暫し二人は睨み合った。やがて、十三が浅く頷いた。

「わしは、なにも、知らん」

「僕も、なにも、知りませんよ」

十三の唇の端に、ふっ、と微かな笑みが浮かんだような気がした。刹那《せつな》、彼は踵《きびす》を返し、戸口に向かう。その背中に柿三郎が声をかけた。

「一つだけ聞かせてほしい。こればかりは貴方しか知らなかったはずだ。秋濃氏は、死期を悟っていたのですね」

立ち止まりはしたが振り返ることはなく、十三は小さく、けれど確かに頷いた。そして告げる。

「探偵という輩を少し誤解しておったようだな。それとも貴様が特別なのか」

「さア、どうでしょう。ほかの探偵は生憎《あいにく》知りませんし、僕はいたって普通の人間ですよ」

「そうか」

十三は去っていった。去り際の表情は見えなかったけれど、背中は彼の満足げな気持ちを語っていた。

毒気に当てられたように、緊迫したやり取りを茫然《ぼうぜん》と眺めていた。十三の余韻も消え、ようやくわたしは思考を取り戻した。柿三郎に詰め寄る。

「な、なんですかいまのやり取りは！　先生は確かになにかを摑んだんですよね。それに十三がどう関わってくるんですか。隠したってわかります。そうでないと説明がつきません。先生！　どういうことなんですか！」

柿三郎は初め、わたしの追及をのらりくらりと躱《かわ》していた。けれど、教えてくれないのならいまのやり取りを柳ケ瀬太郎に報告し、もう二度とおむすびを作りませんと彼を脅すと、不承不承といった様子ながらも折れた。

我ながら、女中という立場で無茶苦茶な云い分だと思う。でもこのまま秘密にされてしまったら、気になって気になって仕方がない。

用意させたお茶で口を湿らせたあと、柿三郎はわたしの眼を鋭く見つめた。重い口調で告げる。

「絶対に口外しないと約束してくれ。それが唯一の条件だ」

わたしはゆっくりと頷いた。

柿三郎が頷き返し、いつもの調子に戻る。

「とはいえ、あくまで僕の勝手な推理にすぎない。独り言みたいなものだと思って聞いてくれたまえ」

彼は天井を見上げた。

「二つの事件は、確かに関連があった。二つの事件は、死体を分割することに最大の意味があり、すでに唯一無二の目的は達せられている。したがってもう同一の事件が起こることはない。もし起きたとすれば、それは無関係の人物による単なる模倣にすぎない。

それでは、死体を分割する最大の意味とはなんだったのか。実に単純な話だ。二つの死体の頭部を、入れ替えるためだ」

　柿三郎の言葉が、じわじわと脳に染み込んでゆく。同時に、そんなことはあり得ない、という疑問がじわじわと湧き上がる。

「ちょ、ちょっと待って下さい……。それは、それはあり得ないです。だ、だって、二人は男と女だったんですよ。もし頭部を入れ替えたとするとですよ、最初に見つかったのは佐倉徳子さんの死体だったってことになります。徳子さんの体だったってことになります。同じく二つ目の死体は秋濃さんってことになります。おかしいです。あり得ないです」

「でも、そうだったんだ」柿三郎は冷静に告げる。「秋濃冨実男さんは、厳密に云うと秋濃冨実男と名乗っていた人物は女であり、佐倉徳子として生きていた人物は男だったのだよ。世の中には様々な人間がいる。男としてこの世に生を受けながら、生まれながらにして女の心を持つ例があるのを知っているか」

　わたしは首を振る。そんな話は聞いたことがない。

「それは、男色、とは違いますよね」

「まるで違う。男色とは男として男を愛することだ。そうではなく、心は完全に女なんだ。けれど体だけは完全に男でしかない。逆もまたしかりだ。女として生を受けながら、心は完全に男である場合もある」

頭がこんがらがってくる。そんなおかしなことがあり得るのだろうか。わたしの頭の中を察するように、柿三郎が「混乱しているようだな」と云って笑った。

「実はこれは、それほど突飛なことじゃない。僕たちが思っているよりもあり触れた事例なんだ。大昔から一定の割合で、そういう人たちは存在しつづけている。ただ、少なくとも現在の日本においては、おいそれと口にはできない。だから目立たない、気づかない、知られていないだけのことだ。そして本人たちにはどうすることもできない。想像してみてほしい。君はいま女の心を持っているよな」

「あ、はい。もちろんそうです」

「でもそれはおかしいから、明日から男になれと命じられたらどうする。男として思考し、男として女を愛し、男として生きろと」

「そ、そんな殺生《せっしょう》な。理不尽な。そんなこと云われても困りますよ。絶対無理です。だってわたしは女なんですから」

「そう、彼らにしてみても、そんなこと云われても困る、ってことだ。彼らはそんな理不尽な世界に置かれているんだ。自分が男であること、自分が女であることは、考えて決めることではなく、当たり前のことだ。でも彼らは、その当たり前を否定される。そしてその苦悩を口には出せない。告白すれば周りから奇異な眼で見られるのは明白だからな。無論、理解を示してくれる人物もいるだろう。けれど大抵の人は忌避するだろう。

気が触れたと思われるかもしれない。とても口にはできない」

わたしは考える。

たとえば近しい女性から、わたしの心は男なのだと告げられたら、どう思うだろう。どう対処するだろう。それまでと同じように付き合うことができるだろうか。

たぶんできない。いや、言葉を濁すのはやめよう。

わたしはきっと、彼女を避けるようになる。

本人に非はなく、どうしようもないことで、それは異常なことではないのだと教えられても、矢張り戸惑いが先に立つ。

逆に、自分が心と体が一致しない立場だったらどうだろう。真実を吐露すれば、多くのものを失い、多くの不利益を受けることは容易に想像ができる。とてもじゃないが口にはできない。

心は女でありながら、周りからは男として扱われ、また男として振る舞わなければならない。自己を偽り、仮面を被《かぶ》り、欲望も感情もひた隠しにして、親しい人間にも嘘をついて、他人にとってあるべき姿を演じつづけなければならない。それがどれほどの苦悩を生み出すのか、安易に想像することはできなかった。延々と心は蝕《むしば》まれ、叫び出したくなる葛藤を抱えつづけるだろう。

そこまで考え、初めて彼らの苦悩の一端に触れられた気になった。でもきっと、実際にその立場に立てば、もっと辛《つら》い現実を目の当たりにするのだろう。

「ここから先は、ほぼ想像でしかない」

柿三郎はそう告げ、遠くを見つめるような眼差《まなざ》しになる。

「佐倉徳子は、ずっと心と体が一致しないことに悩んでいた。しかしもちろん、周りの人間にそんなことを告げることはできず、ただ生きることに必死だった。二十歳前後の頃、徳子は郷里を捨てて東京にやってくる。そこで運命の出逢いを果たす。どんな経緯かはわからない。ただ徳子は、自分と同じ悩みを持つ人物と出逢った。自分とはまるきり正反対、男でありながら、女の心を持つ秋濃冨実男と。

出逢ったことはともかく、二人が互いの本質を見抜き、告白し合ったことのほうが僕は不思議に思う。ただ、心を偽って生きてきた者同士、お互いになにか感じるものがあったのかもしれない。そして二人はとんでもないことを実行する。互いの名を、互いの戸籍を交換するのだ。幸い、二人とも天涯孤独の身の上だった。自分から云わなければ過去を知られることはなく、露見する恐れはない。そうして佐倉徳子は秋濃冨実男として、秋濃冨実男は佐倉徳子として、残りの人生を生きることとなった。見た目も、自分の望むべき姿に生まれ変わった」

そして二人は、袂を分かった。

周囲に悟られないためにも、それは必要なことだった。秋濃冨実男となった徳子は、やがて会社を立ち上げ、成功を収める。

いくら自分の望む性を得たとしても、体は女のまま。男が女の見た目を手にするのは難しく、逆もまたしかりだ。化粧の力に頼ることもあったのではなかろうか。また、心は男でありながら、女の体を持ち、女として生きてきたのは事実だ。普通の男以上に女心も、女の体も理解はできる。彼に商才があったことは事実だとしても、化粧品の製造販売というのは、彼の特異な立場を巧く利用できる打ってつけの商いだったのかもしれない。

志崎十三がどの時期に冨実男と出逢い、どのように関わったのかは不明だった。ただ、おそらく冨実男がまだ徳子だった時代に出逢ったのではないかと柿三郎は推測した。冨実男の性の秘密も、佐倉徳子の存在も知っていた。

柿三郎は一気に語り、わたしの理解を待つため、暫く時間をくれる。

呆気に取られて存在すら忘れていたお茶を啜《すす》り、彼の語った言葉を反芻《はんすう》した。幾つかの疑問が思い浮かぶ。

「おおよそ、理解はできたと思います。でも、先生はどうしてそのことに気づいたんですか」

「銭湯だよ」

「銭湯……あア、銭湯」

停留場で市電を待ちながら、銭湯で汗を流したいという話をしていた。そのとき柿三郎はなにかに気づいて駆け出したのだ。

「たみさんに話を聞いたとき、彼女はこんなことを云っていた。徳子さんは銭湯に行かず、土間の行水で済ませていたと。さらに彼女は徳子さんを温泉に誘っても頑として首を縦に振らなかったと告げていた。まるで別の二つの話だが、共通している部分がある。そこに引っかかりを覚え、たみさんに確認しに戻ったんだ。予想は当たっていた。徳子さんが長屋に越してきて十年になるが、一度も銭湯で逢ったことはなかったそうだ。十年間もすれ違いつづけるわけはない。徳子さんは決して銭湯には行かなかったと考えられる。

なぜか。

真っ先に考えられるのが、体を見られたくなかった、という理由だ。とても人には見せられない酷い傷や痣があった。そう考えるのが最も自然だろう。けれど彼女にはもう一つ、やたら事故を恐れていた、という特徴がある。これもまた、体を人に見られたくないからではないのか。大怪我をすれば、あるいは大病に罹れば医者に体を調べられる。それを恐れていた。実際、ずっと臥せっていながら医者に診てもらうことはなかったようだしね。けれど、医者にまで見せたくない傷や痣があるだろうか。

この先は、すべての事象が直感で繫がった。同じように事故を恐れていた秋濃氏。天涯孤独の身の上だった二人。過去をあまり語りたがらなかった二人。独り身を貫いた二人」

そして二つの、分割された死体。

柿三郎はたみに再び話を聞いたあと、すぐさま秋濃邸へと向かった。関係者を捕まえ、冨実男と一緒に浴場に入ったことはあるか、彼の裸を見たことがあるかと聞いて回った。

予想どおり、誰一人彼の裸体を目撃した人物はいなかった。

「僕がそんなおかしなことを聞いて回ったと、今朝方、志崎十三氏の耳に入ったんだろうね。だから彼はここに怒鳴り込んできた。僕が事件の真相に辿《たど》り着いたのではないかと恐れてね」

「と、いうことは」わたしは先ほどの十三の姿を思い浮かべながら尋ねる。「彼は真相を知っているのですか」

「あア、すまない」柿三郎は軽く片手を上げる。

「話が途中で止まっていたな。つづけよう。どこまで話をしたか。そう、二人は入れ替わり、袂を分かった。それから三十年以上が経過する。二人とも五十も半ばになった。表向きの性と体が一致しないんだ。二人とも相当苦労はしただろう。冨実男については財を成したことで救われる部分はあっただろうし、余計な面倒を抱えた面もあったかもしれない。

やがて冨実男に死期が近づく。それは事業から隠退したことや、遺言を遺《のこ》していたことから推測できる。執事の酒巻さんに確認したところ、遺言の確認はほんの一箇月前におこなわれたらしい。随分と間のいい話だよ。想像にすぎないが、彼は素性を隠し、極秘裏に通える医者がいたのではないかと推測する。とはいえ表立って医者には通えないから、大怪我や大病を患うわけにはいかない状況に変わりはないけどな。

ともあれ、先ほど十三氏に確認したとおり、彼は死期を悟っていた。ここに、人生最大の問題が表出する。真っ当に死ぬわけにはいかないのだ。男であるはずの秋濃冨実男が、女であると世間に知られてしまう。それはなんとしてでも避けなければならない。一番手っ取り早い方法は、身元がわからないようにして、何処か遠くで自殺することだ。尤も性別が違うのだから、身元が発覚する恐れはないとも云える。秋濃冨実男は行方不明になり、身元不明の女の死体が一つできあがって終わる。

しかしこのとき冨実男は、徳子もまた、自分と同じ問題に直面することに気づいた。二人は表向き、接点は持っていなかった。ただし、徳子の動向は常に摑んでいたのではないだろうか。少なくとも十三氏は、徳子の居場所を押さえていたと思う。とにかく冨実男と徳子は密かに逢った。三十五年ぶりの再会だったのかもしれない。おそらくそれが目撃されたという銀座の高級食堂だったのだろう。このとき、徳子も体を患っていた。先はそう長くない体だった。もしかすると二人とも、養生すればまだ暫くは生きられたのかもしれない。けれど二人は、潔く、決断した」

人生の後始末をすることを。

三十五年前の行為の、尻ぬぐいをすることを。

「十三氏がどの段階で関わったのかは不明だ。仮に徳子との再会を手引きしたとしても、その理由までは知らされていなかったかもしれない。おそらく十三氏は、置き手紙などによって事後に知ったのではないだろうか。記された場所に彼が駆けつけると、二人はすでに自害していた。誰にも見つからない小屋の中などで、お互い相手の服を着て、死んでいた」

手紙には冨実男から十三への、最後の指示が認《したた》められていた。二人の体を分割し、頭部を入れ替えて別々の場所に遺棄すること。目的は明白だった。

十三がどんな気持ちで二人の死体を切断したか、それはわからない。けれど迷いはなかっただろう。二人は命を賭《と》して、最期まで秘密を守ろうとした。十三は、任務を忠実に遂行した。

必要以上に体を分割したのは、目的が頭部の入れ替えであることを悟らせないためだった。

そう、確かに十三は、犯人を八つ裂きにした。自害した二人の体を。

柿三郎は深い溜息をついた。

「二人は死してようやく、望む体を手に入れられたのかもしれない。心と体が解放されたのかもしれない。二人は最期、きっと幸せだったと思う。そう、信じたい」

柿三郎は悲しげな、けれどどこかしら満足そうな笑みを浮かべた。

幕間ノ二

子供たちが賑やかにはしゃぐ声が聞こえる。

人の名を呼ぶ声が聞こえる。

物売りの声が聞こえる。

怒号が、泣き声が、笑い声が、叱咤《しった》する声が風に乗って微かに聞こえる。

日常と、非日常が奇妙に入り混じっていた。

もちろん周囲に広がる景色は非日常以外のなにものでもなかったけれど、東京を襲った悲劇から六日や七日も経てば、それは緩やかに日常の景色へと溶け落ちてゆく。人はすぐに慣れる生き物だと、つくづく実感する。それは逞しいことであると同時に、哀《かな》しいことでもあるのかもしれない。

森蔵が去り、柿三郎が再び瓦礫の山へと向き直ったときだった。

再び思いがけない客人が、玄関も柱も梁《はり》も失った百栗庵を訪れる。

「柿三郎さん、ご無事でしたか」

振り返った柿三郎が、両手を広げて驚きと歓迎の意を表す。

「十三さんこそご無事でなにより。百栗庵は——」苦笑とともに親指で背後を指さす。

「ご覧の有様だが、外に出ていたので助かった」

男の名は志崎十三。

かつて秋濃冨実男の懐刀と呼ばれ、秋濃亡きあと、彼とともに創業した化粧品の製造販売会社『秋桜堂』の社長を務めていた。以前よりもさらに会社を大きくしたと聞いている。

事件をきっかけに知り合った二人は友人という感じではなかったけれど、その後も付き合いはつづき、十三経由での探偵依頼を幾つも請けていた。

「秋桜堂のほうは、どうなんですか」柿三郎が尋ねた。

普段から険しい顔をさらに険しく歪めて、十三は辛そうにかぶりを振った。彼の頭にも、随分と白いものが混じりはじめている。

「壊滅的だよ。社屋は倒壊、工場は全焼、店も惨憺《さんたん》たる有様だ。会社の人間も、半数以上の安否が確認できていない。少しでも手がかりを摑もうと、今日もあちこちの避難所を回っているところなんだ。それでさっき、そういや百栗庵はこの辺りだったなと思い出して足を向けた次第さ。けれどまさか本当に逢えるとは」

「丁度さっき来たところですよ——」

そう云って柿三郎は瓦礫を足の裏で叩いた。がしゃがしゃと、様々な材質が入り混じった雑多な音が奏でられる。

「大したものはないんですがね。いちおう使えるものや金目のものがあれば掘り出しておこうかと思いまして」

「それは早くしたほうがいい。瓦礫や焼け跡から金目のものを漁る輩も多いようだからな」

「非常時ですから致し方ないでしょう。皆、生きるのに必死ですよ」

柿三郎は遠い眼を、茫漠《ぼうばく》と広がる大地に向けた。

彼の眼になにが映っているのかは、想像することはできなかった。

第三話　揺れる陽炎《かげろう》

その日、玄関土間には結構な大きさの機械が鎮座していた。

裏にある離れから部品を持ってきては、昨日から組み立てられはじめたのである。おそらくここ以外に組み上げる場所がなかったのであろう。動力のような部品もあるが、上部についた巨大なたらいが一番目立っていた。

「先生、この機械はいったいなんなのですか」

尋ねるのはなぜだか不本意な気もするのだけれど、黙殺を決め込むほどにその存在感がのしかかってくる。となれば矢張り聞かずにはいられない。それもきっと、わたしの役目であるような気がする。

百栗庵の主、発明家、名探偵、百栗柿三郎は、よくぞ聞いてくれた、とばかりに顔を輝かせる。

「よくぞ聞いてくれた――」

あまりに予想どおりの言葉で逆にびっくりする。

「こいつは日本人、いや世界中の人の生活をいずれ変えるかもしれない画期的な発明だよ。名づけて『回転慣性乾燥装置』だ！」

「はア、よくわかりませんが、乾燥させる機械なんですね。干物でも作るつもりですか」

「あ、それも面白いな」柿三郎は掌に拳を打ちつける。「機械の力で振り回しつづければ、干物や鯣《するめ》などが早くできるかもしれない」

柿三郎は斜め上を見上げながら首を揺らした。よくわからないけれど、わたしは妙案を告げたらしい。

「ありがとうございます」

「ともあれ、こいつは干物を作る機械じゃない。これは洗濯物の水分を遠心力で吹き飛ばす装置なのだ。洗ったあと絞るのはなかなかの重労働だろ？　その労働から解放してくれる機械だよ」

「おお！」わたしは思わず手を叩く。「それは素晴らしいです。そんな機械があれば多くの女性が喜びますよ。先生もたまには役に立つものを作るんですね」

細めた眼でじっと見つめられる。またなにか変なことを云ってしまったのだろうか。

柿三郎は「まアいいか」とつぶやくと、機械上部にあるたらいに手を乗せた。

「こいつが回転して洗濯物の水分を吹き飛ばす。内部は二重構造になっていて、内側に水滴は通すが洗濯物は通さない、細かな穴が開いた一回り小さなたらいがあるって寸法だ。ただ、これだけ重いものを高速で回転させるのは、家庭用の電力では難しい。したがって動力としては小型の蒸気機関を使っている。小型と云ってもお陰でこの図体《ずうたい》になってしまった。あくまで実験段階だからな。自動車の内燃機関を利用すればさらに小型化は図れるし、構造などを工夫すればいずれ電気でも可能になるだろう。ま、なにはともあれ実際にやってみよう」

柿三郎はまず濡れたままの着物や褌《ふんどし》をたらいの中に放り込んだ。つづいて石炭をくべ、蒸気機関を作動させる。とはいえ、待てど暮らせど動き出さない。まだですか、と尋ねかけたところで、ようやく蒸気機関から伸びる鉄の棒が、上下にゆっくりと動きはじめた。

それに伴い、なんだかよくわからない感じで繋がっているたらいの下の機械が回りはじめる。当然たらいもゆっくりと回りはじめる。蒸気機関の動きは段々と速くなり、たらいの回転も速くなる。ぴし、ぴしっと、水分の飛ぶ音が聞こえてくる。

「お、これはいいんじゃないですか」

しかし、やがてそれすらも判別できないほどに回転音や、機械の作動音が大きくなってきた。

「先生。これはどこまで速くなるんですか！」

わたしは告げるが、たぶん柿三郎の耳には届いていない。

そうこうしているうちに、たらいの回転はとんでもないことになってきた。蒸気機関の音に加えて、不気味な振動音、金属の軋《きし》む音が耳障りなほどに混じりはじめる。

「先生！　先生！　これは大丈夫なんですか！　ねえ先生！」

わたしは必死で叫んだ。

そのあいだにもたらいの回転は増しつづけ、最早空に飛んでいきそうな勢いだ。気分が悪くなりそうな甲高い不協和音が鳴り響く。

あ、これはまずいやつだ。本能で察する。

茫然と機械を見ていた柿三郎が振り返る。

「千代君！　逃げろ！」

合点承知。

踵を返し、戸に向かいかけた瞬間だった。猛烈な爆発音が鳴り響き、わたしは前のめりに倒れた。

耳鳴りがする。

世界が白い。雲の中にいるようだ。

わたしは天に召されたのだろうか。短い人生だった。せめて死ぬ前に、焼き蛤《はまぐり》をお腹一杯食べたかった。

「千代君！　千代君！　大丈夫か」

柿三郎の声が聞こえる。彼もわたしと一緒に死んでしまったのだろうか。

誰かに抱きかかえられる。世界が明るくなる。白い雲が晴れてゆく。

わたしは百栗庵の前の往来にいた。あ、まだ生きてた。

開いた戸からは、まるで汽車の煙突のようにもくもくと煙が吐き出されていた。


「殺す気ですか！」

なんとか騒ぎも収まり、百栗庵でわたしは怒鳴った。

猛烈な回転に耐えかねた部材が損傷し、水分どころかたらい自身が吹っ飛び、蒸気機関に激突。機関そのものが爆発するようなことはなかったが、管が破損して、一気に蒸気が溢れ出たようだ。必然的に蒸気機関も動作を止め、最悪の事態は免れた。

なにかが飛んできたわけではなく、衝撃音にぶっ倒れてかすり傷を負っただけで済んだ。けれど金属の部材やたらいがこっちに飛んできていたら、あるいは蒸気機関が爆発していたら、冗談抜きで命に関わったことだろう。

悪びれない様子で柿三郎は頭を掻いている。

「君を殺して僕になんの得がある。それに死にかけたのは僕も同じだ」

「先生は自業自得じゃないですか。こんなわけのわからない理由で死んだらわたしは浮かばれませんよ。あの世でなんて説明するんですか。たらいを回す機械で死んだって云うんですか。死ぬまでずっとたらい女って呼ばれちゃいますよ」

「いや、すでに死んでるだろ。それにたらいを回す機械じゃない」

「あの」

「揚げ足を取らないで下さい！」

「あのう」

「揚げ足ではないと思うんだが」

「あのう！」

すぐ背後で突然響いた声に、わたしは変な声を上げて飛び退《すさ》った。

玄関の戸の前には、四十絡みの一人の婦人が佇《たたず》んでいた。

「あの、こちらは百栗庵さんですよね」

わたしは慌てて答える。

「はい。そうですそうです！　百栗庵さんです！」

いま初めて「百栗庵さん」というのは語呂が悪いと気づいた。

「あア、良かった」婦人は胸に手を当てる。「実は表の看板を拝見致しまして、お願いをしに参ったのです」

「依頼ですね！　どうぞどうぞこちらに。なんだかいろいろと散らかってますが、普段はもう少し綺麗なんですよ」

云い訳をしながら婦人を板敷きの間に案内する。

ところが彼女の視線は、玄関土間に聳《そび》える完成したばかりのがらくたにそそがれていた。

「これは、なんでしょうか」

「それはかつてたらいを回す機械だったものです。いまはただの鉄屑《てつくず》です」

「鉄屑は酷い」柿三郎が異を唱える。「再利用できる部分は山ほどあるではないか」

抗議を無視し、わたしはお茶を淹れに立った。婦人はきょとんとした顔をしていた。

婦人の名は須藤正子《すどうまさこ》といった。

「息子を見つけ出し、連れ戻してほしいのです」

それが彼女の告げたお願いだった。

「ということは――」わたしは尋ねる。「失踪した息子さんを捜し出す、という依頼ですかね」

「失踪、とは少し違うのですが、だいたいそのようなものです。あの、こういった依頼は請けては戴けないのでしょうか」

「いえいえ！」全力で否定する。「表の看板――」というか板切れ。「にあるように、人捜しもお任せ下さい！」

まだ一度も人捜しの依頼を請けたことはないけれど。

柿三郎はなにか云いたそうな顔をしたものの、すぐに呑み込んだ。婦人は「ありがとうございます」と頭を下げる。

「寅丸《とらまる》は――あ、息子は寅丸というのですが、今年十九になった寅丸は、一斎居士《いっさいこじ》の下に身を寄せ、戻ってこなくなったのです」

「いっさい、居士？」柿三郎が眉を寄せる。

「はい。果心《かしん》居士の末裔《まつえい》だと申す、怪しげな男です」

婦人は敵意に満ちた眼を柿三郎に向けた。

果心居士とは室町《むろまち》時代末期に活躍したと伝えられる、伝説の幻術師だ。七宝行者《しっぽうぎょうじゃ》と呼ばれることもある。

一斎居士と名乗る男は、彼の血筋を正当に受け継ぐ者であると標榜《ひょうぼう》し、同じように様々な幻術を人々に披露しているという。

「半年ほど前のことです。寅丸は知人に誘われて一斎居士の幻術を見たらしく、すっかり魅了されて、彼に弟子入りしたのです。実はその少し前にわたしは良人《おっと》を亡くしておりまして、その淋しさもあったのかもしれません。わたしにはなにも告げず、勝手に家を出ていってしまったんです」

わたしは確認しておく。

「息子さんは、その一斎居士の所に行ったと、そういうことですか」

「ええ、そうなんです。弟子入りすると、一斎居士の道場で共同生活をしなければならないのです。いえ、そうでない場合もあるようなのですが、わたしも詳しくは知りません。とにかく寅丸は勝手に家を出て、居士の道場で生活するようになったんです。なんの相談もなくそんな怪しげな所に行ったわけですから、当然不安に思いますわよね。何度か道場に行って説得を試みたんですけど、わたしの声には一向に耳を傾けてくれません」

「須藤正子さん、でしたね」柿三郎が口を挟む。「つまりご依頼は、息子の寅丸さんを一斎居士の道場から連れ戻してほしいと。そういうことでしょうか」

「はい、そのとおりでございます。何卒お願い致します」

「ううん」柿三郎が唸る。「それは僕の役目だろうか」

「そんな！」

婦人は柿三郎の袖を摑んだ。

「さっき云ったじゃありませんか！　人捜しも承ると！」

「いや、息子さんがいる場所はわかっているわけですよね。この場合、人捜しとは

――」

「違うのです！」婦人は訴えかける。「三週間ほど前のことです。道場に行ってどれだけ頼んでも寅丸に逢わせてくれないのです。なんでも重要な修行をおこなうため、当分

は誰とも逢えないとか。何処で修行しているのかも、どんな修行をしているのかも教えてくれません。それから度々訪れたのですが、ずっとその調子で寅丸には逢えず、まったく取りつく島がないのです。三週間以上、ですよ！　これはもう明らかに行方知れずということではありませんか」

「そうかな。そうなるのかな。どうなのだろう」

往生際悪く、柿三郎は腕を組んで考え込んだ。

婦人はさらに畳みかける。

「聞くところによりますと、百栗庵先生は発明に勤《いそ》しみ、西欧の科学技術にも深く通じていらっしゃるとか。幻術師などと名乗るあの胡散臭い連中と対峙《たいじ》し、彼らの化けの皮を剝ぐには、打ってつけではございませんか」

柿三郎の眉がぴくりと動く。若干、満更でもない表情になっている。意図してかどうかは不明ながらも、このご婦人、巧いところを突いてくる。

ここが好機とわたしは悟る。素早く婦人の手を握る。

「正子さんのご心労は大変よくわかります。大事な息子さんが行方知れずになり、さぞご心配のことでしょう。でも、もう大丈夫です。わたくしたちにお任せ下さい。きっと息子の寅丸さんを見つけ出してみせます！」

「ありがとうございます！」婦人が強く握り返してくる。「わたしはもう、寅丸が何処かに行ってしまったのではないかと、不安で不安で堪《たま》らないのです」

「心中お察し致します。それでは依頼料ですが――」

今回はさほど苦労する案件でもなさそうだし、良人を亡くして苦労もしているだろうから、依頼料は少し控えめにしておく。ただしその分、成功報酬は高めに案分。

柿三郎は呆れ顔で眉間に皺を寄せていたが、口を挟んではこなかった。すっかり往生際が良くなったようだ。

料金の説明を終えると、婦人はすぐさま頷いた。

「承知致しました。それで宜しくお願い致します。幸い良人は多くのものを遺してくれましたので、問題ございません」

しまった。もう少し吹っかければ良かった。

婦人からさらなる一斎居士の情報――といっても道場の場所くらいだったが――を仕入れ、そうして彼女は手付け金を置いて、百栗庵を去っていった。

柿三郎が苦言を呈す。

「まったく君は、またしても勝手に依頼を請けて」

「先生は困って頼ってきた人を見捨てろと仰るのですか」

「いや、そうは云ってない。そうは云ってないが……。息子さんもいい歳なのだろう。自由にさせてやってもいいのではないかな」

実業之日本社文庫

2015 2月の新刊

いざ、出陣！ 2016年大河ドラマは「真田丸」！

真田三代風雲録（上）（下）

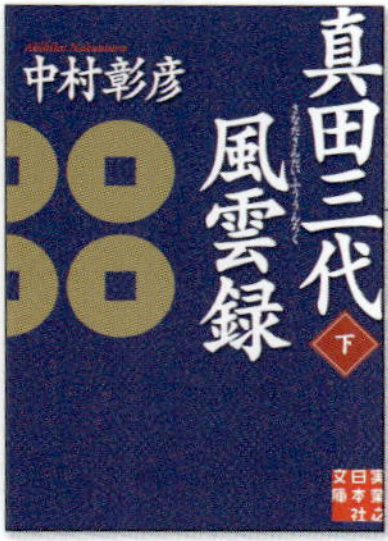

中村彰彦

定価：本体各**741**円（税別）
（上）978-4-408-55210-1
（下）978-4-408-55211-8

真田幸隆、昌幸、幸村。戦国の世に最も輝きを放った真田一族の興亡を歴史小説の第一人者が描く、傑作大河巨編！（解説・山内昌之）

花は散っても思いは永遠——

桜の首飾り

千早 茜 定価：本体**593**円（税別）
978-4-408-55209-5

『男ともだち』で話題の著者が贈る、烈しくも切ない、「桜」をめぐる7つの物語。（解説・藤田宜永）

実業之日本社ホームページ　http://www.j-n.co.jp/

文庫 警察・探偵小説フェア　絶賛開催中!

十津川警部 わが屍に旗を立てよ

西村京太郎　定価：本体602円（税別）　978-4-408-55212-5

武田信玄VS織田信長――怨念と狂気が連続殺人を呼ぶ!
東京・琵琶湖・京都を駆け巡る歴史トラベル・ミステリー。（解説・小梛治宣）

コーヒーブルース
Coffee blues

小路幸也　定価：本体685円（税別）　978-4-408-55208-8

このカウンターには、常連も事件もやってくる――
紫煙とコーヒーの薫り漂う喫茶店ミステリー。（解説・藤田香織）

小路幸也 好評既刊
モーニング Mourning　定価：本体619円（税別）

からくり探偵・百栗柿三郎

伽古屋圭市　定価：本体593円（税別）　978-4-408-55206-4

あっと驚く機械仕掛けの名推理!　気鋭の若手が描く
"大正モダン"な本格ミステリー。（解説・香山二三郎）

いきなり文庫!

偽花《にせばな》

探偵・藤森涼子の事件簿

太田忠司　定価：本体593円（税別）　978-4-408-55205-7

実業之日本社

名推理が冴える、シリーズ第2弾！（解説・大矢博子）

太田忠司　好評既刊
探偵・藤森涼子の事件簿　定価：本体648円（税別）

処女刑事《でか》　歌舞伎町淫脈

沢里裕二　定価：本体593円（税別）　978-4-408-55207-1

現場で喪失?!　純情美人刑事が風俗界の闇を暴く！
団鬼六賞作家が描く警察官能小説の新傑作。

文庫書き下ろし！

志高く　孫正義正伝　新版

井上篤夫　定価：本体741円（税別）　978-4-408-55215-6

孫の半生を描いたベストセラー『志高く』に大幅加筆、
直近の米国進出からロボット事業までフォローした新版。（解説・柳井 正）

姫の秘めごと

睦月影郎　定価：本体593円（税別）　978-4-408-55216-3

山暮らしの冴えない男が姫君の〝初物〟を奪う——
名匠が贈る究極の時代官能小説！

いきなり文庫！

睦月影郎　好評既刊
淫ら上司　スポーツクラブは汗まみれ　定価：本体593円（税別）

終戦70年記念 特別編集企画

永遠の夏 戦争小説集

柴田哲孝、坂口安吾、大岡昇平、田村泰次郎、古処誠二、帚木蓬生、城山三郎、山田風太郎、皆川博子、徳川夢声、島尾敏雄、五木寛之、目取真俊、小松左京

定価：本体880円（税別）
978-4-408-55214-9

ノモンハン事件から真珠湾攻撃、そして現代の沖縄まで。14人の作家が織りなす"魂の記録"。（編・解説 末國善己）

青春ミステリーの旗手、
実業之日本社文庫初登場！

ガレキノシタ

山下貴光 定価：本体602円（税別）
978-4-408-55213-2

校舎が崩れた。日常が壊れた。生き残ったのは幸運か、悲劇か――。極限状態に置かれた命が輝く、傑作青春小説！（解説・大森 望）

実業之日本社

☎03-3535-4441（販売本部） ☎048-478-0203（小社受注センター）
【ご購入について】お近くの書店でお求めください。書店でご注文いただくことも可能です。
※定価はすべて税抜本体価格です（2015年2月現在）。13ケタの数字はISBNコードです。ご注文の際にご利用ください。

「確かに、やたらと干渉してそうな母親ではありましたね。息子さんも、だから家を飛び出したのかも」

「だろ」

「でも——」わたしはほくそ笑む。「今回はすごく容易《たやす》いじゃないですか。なにせ場所はわかってるんですから。人捜しとなれば東京中を、下手すれば日本中を捜し回らないといけないのですよ。これほど旨味のある依頼はないですよ。お茶の子さいさいじゃないですか」

「果たしてそうだろうか……」

柿三郎は難しい顔で腕を組んだ。挑むように壁を睨めつける。

「こういう連中は、非常に厄介だぞ。ま、僕も一斎居士とやらには少々興味を引かれる。請けた以上はきちんとやるよ。その幻術とやらを、せいぜい拝見させて戴くとするか」

柿三郎は居士との対峙を楽しむかのように、微かに唇の端を歪めた。


調べてみると二日後に、一斎居士の道場では体験希望者や入門者を募る集まりが催されることがわかった。道場内部の様子を探るまたとない機会だ。開催は月に一度程度らしいので、非常に頃合いが良かった。

道場は東京府内であるものの、市中から遠く離れた豊多摩《とよたま》郡は高井戸《たかいど》村にあった。当然のこと市電は通っておらず、鉄道の停車場を降りてから、かなり歩かされる場所にある。このような道程であるから、残念ながら先輩助手のお玉さんを連れていくわけにいかなかった。

田畑の広がる郊外ということもあり、道場は結構な広さを持っているようだった。大きな広場があり、幾つもの宿舎、道場、集会所と思しき建物がある。脇には森も広がっていた。

なお、一斎居士の道場のことは「一斎道」と呼ぶようだ。

参加希望者は集会場のような建物に集められた。すし詰めにすれば三百人は入ろうかという広さがあり、天井が高い。前方には一段高くなった演壇がある。

「結構な人だな」柿三郎がつぶやく。

「そうですね。こんな辺鄙《へんぴ》な場所なのに、予想以上に盛況ですね。百五十人以上はいますでしょうか」

「まア、さくらも多いだろうがな」

見たところ年配の人が多いようだが、若い人もそれなりにいる。男と女もおおよそ半々。まさに老若男女といったところだ。

それからさらに二、三割は増えたところで、壇上に一人の男が現れた。修験者のような恰好ながら、布地は紫色をしている。

「ようこそ、我が一斎道へ！」

男は朗々とした声を響かせた。彼が一斎居士だろうか。

「一斎居士への帰依を希望する者が、かように大勢集まり、居士も大変満足しておられるだろう。我は居士の弟子である斎圓《さいえん》である。それではこれから、我が一斎道の説明をしたいと思う」

さすがにいきなり親玉は登場しないようだ。

斎圓は会場中に響く、それでいて聞き取りやすい美声で、一斎道の説明をはじめた。

まずは一斎居士がいかにして幻術を会得したかが語られた。些か眉唾の物語である。

つづいて幻術とはなにか、が語られる。

「幻術とは、すなわち体内に宿る気を増幅し、操る術でもある。無論、誰も彼もが一斎居士のような素晴らしい力を得られるわけではない。先ほども説明したとおり、居士はかの有名な七宝行者の血を引いておられる。その上で血の滲むような、人並み外れた修行を通して、初めていまの力を会得なされた。しかし皆の衆、安心してほしい。居士のような摩訶《まか》不思議な力を得るのは難しいが、一斎道で修行し、力の一端に触れるだけでも様々な利福がある」

そこで壇上に、矍鑠《かくしゃく》とした老人が現れた。

曰く、彼は一年前に死の淵にいたという。西洋医学の医者に匙《さじ》を投げられ、一月も持たないと断言されていた。藁《わら》にも縋る思いで一斎道の門を叩き、修行をはじめると、病は消え、みるみる健康になっていった。いまでは十八の若者にも負けない体力があると告げ、大きな樽《たる》を持ち上げてみせる。

一斎道で修行すれば、たちまち健康になり、体力も増進するという。どんどん話が胡散臭くなってきた。

直接修行することには及ばないが、一斎居士の霊力を封じたお守りやお札などの販売も、あとでおこなわれるらしい。さらに胡散臭くなってきた。

それでも会場からは感心する溜息や、どよめき、拍手などがことあるごとに起きていて、結構な盛り上がりを見せていた。それは時間が進むにつれ増しているようにさえ思える。先ほど柿三郎が云ったさくらの聴衆がどれくらいいるのかはわからないけれど、素直に信じ込んでいる人も大勢いそうな気がする。

もちろんわたしはこんな胡乱な話を頭から信じ込むほど間抜けじゃない。

「さて、皆の衆。予定にはなかったのだが、大変ありがたいことに一斎居士が話をして下さるようだ」

会場は割れんばかりの拍手に包まれた。ようやく親分の登場らしい。予定外を装っているが、たぶん最初から組み込まれていたのであろう。

斎圓と同じく、一斎居士も修験者のような法衣を着ていた。ただし色は白で、その代わりとばかりに派手な色の紐を腰に巻いていたり、これまた派手な色の結袈裟《ゆいげさ》を肩からかけたりしている。大層立派な錫杖《しゃくじょう》も手にしている。編笠《あみがさ》を被り、口の周りは豊かな白髭に覆われていた。

親分が登場すると、斎圓の地味さが際立つ。

いや、逆なのだろう。居士を目立たせるために、ほかは地味な恰好をしているのかもしれない。

「一斎道へよくぞ参った。それがしが一斎居士である！」

威厳に満ちた声を響かせる。ただし真っ白な口髭の印象ほどには老けた感じはしない。髭と編笠のあいだに覗く目許も、老人のそれとは違っていそうだ。せいぜい四十代の半ばではないだろうか。

「一斎道のあらましについては、すでに斎圓のほうから縷々《るる》説明は受けたと思う。それがしからあえて付け加える必要もないだろう」

間を取るように、居士は聴衆をゆっくりと眺めた。錫杖を、しゃん、と鳴らす。

「さて、皆の衆の中には、それがしの幻術を期待しておる者もいるであろう。それについては今夜、大々的に披露する」

盛大な拍手が起きる。

そうなのだ。今夜、一斎居士による幻術披露がおこなわれる予定になっている。この説明会に人を呼ぶための撒《ま》き餌なのかもしれない。

居士は満足げに首を揺らしたあと、手を上げて聴衆を鎮める。

「ただ、せっかく顔を出したのだ。肩慣らし程度に、ちょっとした余興を執りおこなおう」

どよめきとともに、再び大きな拍手が起きた。

居士は嘗めるように会場を見渡すと、唐突に錫杖を水平に振り翳《かざ》した。その先端は、真っ直ぐわたしに向けられている。居士が告げる。

「そこの、柿色の着物の、二十前後のご婦人」

きょろきょろと辺りを見回す。どう考えてもわたし以外に該当者はいない。

恐る恐る胸に手を当てる。

「わたし、ですか?」

「そう、貴女だ。手伝ってほしい。こちらに来てくれるか」

助けを求めるように横を見ると、柿三郎はにやにやと笑っていた。

「おめでとう。行ってくるといい」

え? え? え?

周りの人の拍手に背中を押されるようにして——というか実際に背中を押され——わたしはあれよあれよと演壇へと押し上げられた。

間近で居士と対峙する。遠目に見ていたときには気づかなかったが、とても凜々《りり》しい眼をしている。

「名前は」

「……は、はい？」

「貴女のお名前は」

「あ、は、はい！　さ、ささささ早乙女、ちち千代です」

緊張する。心臓が飛び出しそうなほど高鳴っている。

「早乙女千代さん、だね。素敵な名前だ。そんなに緊張することはない。それがしに身を委ねればいい」

居士がわたしの肩にそっと手を乗せ、微笑む。

わたしはぼんやりと居士を見つめる。

「は、はい」

居士は、実はとても紳士的な人かもしれない。

壇上には卓子《テーブル》と、背もたれのない二つの丸椅子が用意された。椅子は卓子を挟んで、壇上の奥と手前に置かれる。わたしは手前の椅子に、ひとまず聴衆を向いて座るように促された。居士は立ったまま説明をはじめる。

「さて、これからお見せするのは古来存在する、千里眼、あるいは天眼通と呼ばれる力だ。ご存じのように、見えないものを見る力である」

ここで斎圓が歌留多《カルタ》のような札を居士に手渡した。

「ここに五枚の札がある。このように、それぞれ違う五つの絵が描かれておる」

居士は五枚の札を広げて持つと、左右に振り、聴衆に満遍なく見せつけた。ただ、わたしは居士の後ろにいるので、絵柄は見えない。

「裏側はこのように墨一色。まったく違いはない」

居士は何人かの聴衆に札を回して確認してもらったあと、わたしに札を手渡した。

「それでは千代さんも、じっくり観賞したまえ」

確かに五枚の札にはそれぞれ別の絵が描かれていた。筆による簡素な筆致で、鶴、月、牡丹《ぼたん》、杯、紅葉《もみじ》、この五つの絵柄が描かれている。裏面は紛れもなく墨一色で、濃淡も一切ない。

「確認はできただろうか。それでは、これからその五枚の札を、後ろにある卓子を使って掻き混ぜてほしい。札は伏せた状態でだ。それがしはもちろん、聴衆にも、そして貴女自身も判別できなくなるくらい、自由に、思い切り混ぜたまえ」

「はい」

わたしは云われたとおり、会場に背を向けて卓子に一人向かった。卓子は中心に一本の脚がついた長方形のものだ。上には赤く光沢のある、天鵞絨《ビロード》と思しき布がかけられていた。卓子の四辺に、布が三角形に垂れるような恰好だ。

わたしは卓子の上に五枚の札を伏せた状態で置き、思う存分搔き混ぜた。こうなるともう、どの札がどの絵柄か、誰にもわかりっこない。伏せた状態で表の絵柄を判別するのは絶対に不可能だ。

卓子に背を向けたままの居士に、わたしは顔を向けた。

「混ぜました」

居士は聴衆のほうを向いたまま背中越しに告げる。

「うむ。それではその中から、自由に一枚の札を選んで取りたまえ。ただし、札の絵柄は絶対にほかの誰にも見られないように、だ」

「はい。わかりました」

再び、卓子の上に広げられた札を見つめた。

もちろん考えたところで仕方がないので、適当に一枚を選ぶ。後ろにいる聴衆からも見えないように、卓子の上をすべらせ、そのまま自分の体に密着させて取る。

「取りました」

「うむ。では、これまたほかの誰にも見られないように、こっそり絵柄を確認して、そのまま懐に隠してほしい」

「はい」

わたしは椅子の上で半回転して聴衆のほうに向き直った。胸に押しつけていた札の左右に手を当て、少し傾けると、上から覗き込むようにして絵柄を確認する。

牡丹、だった。すぐにまた胸に押しつけ、体に密着させたまま懐に潜り込ませる。

壇上にはいま、わたしと居士しかいない。もし仮に演壇の奥の壁や、天井に覗き穴があったとしても、わたしの体と頭に邪魔されて、絶対に絵柄は見えなかったはずだ。

つまり、いまこの札の絵柄を知っているのは世界でただ一人、わたしだけだと断言できる。

「終わった、だろうか」居士が問いかけた。

「あ、はい。もう大丈夫です」

「うむ」

居士が振り返る。彼はわたしに札を手渡してから、ずっとこちらに背を向け、聴衆を向いて立っていたことになる。

居士はそのまま、卓子の奥にある椅子に座った。

わたしも再び、彼と向き合うように卓子のほうに体を向ける。居士は卓子を覆っていた天鵞絨の布の頂点を無造作に摘むと、左右から、四枚の札を隠すように被せる。

居士がわたしにだけ聞こえるような声量で、聴衆に語りかけるときとは違って、とても優しい声で問いかける。

「もう、緊張は解けたかね」

「あ、はい。お陰さまで」

「それは良かった」

云いながら、さらに奥、手前と風呂敷で包むような塩梅《あんばい》で布を畳み、卓子の上に残されていた四枚の札を完全に隠してしまった。居士は座ったまま再び声を張り上げる。

「さて、ここまでで千代さんが持っている札がなんなのか、彼女以外は何人《なんぴと》たりとも知ることはできない、できなかったと、ご理解戴けるだろうか。ではこれからそれがしの持つ力を用い、千代さんが隠し持っている札の絵柄を覗き見る」

居士はわたしの胸を鷲摑《わしづか》みにするように右手を伸ばした。そして俯いて気合いを発する。

「はあアアアアアアアアア！」

その気迫に気圧され、思わず少しばかり仰《の》け反《ぞ》った瞬間、居士は気合いをやめて澄ました顔を上げた。

「と、いうのは冗談だ。それがしは先ほど云っただろう、千里眼の能力をお見せすると。千里眼は未来を見通すこともできる。貴女がなにを選ぶかなど、とうの昔に見通しておる」

会場内がざわざわとした空気に包まれた。

居士はいつの間にか演壇の脇に控えていた斎圓に眼を向ける。

「斎圓、それがしが壇上に上がる直前、其方《そのほう》に封筒を渡したな」

「はい。預かっております」

「それを出してくれ」

「承知致しました」

斎圓は懐から封筒を一つ取り出す。皆に見せつけるように、あるいは以降のすり替えができないように、腕を目一杯前に伸ばして封筒を掲げた。

居士が厳かに告げる。

「それでは斎圓、その封筒から札を取り出してくれるか。ただしまだ見せないように」

「はっ」

手を伸ばしたままの状態で、斎圓は封筒をちぎり、一枚の札を取り出した。封筒を脇に控えていた同じ衣装を着た人物に渡すと、彼は封筒をびりびりに引き裂いて、ぱらぱらと捨てた。封筒の中には札が一枚しか入っていなかったという証明だろう。

「それでは千代さん、皆さんのほうを向いて、選び取った札がなんだったのか、披露してくれたまえ」

「は、はい……」

わたしの声は震えていた。なぜなら、斎圓は聴衆に見せないように札を取り出したが、横に座るわたしからは、すでに絵柄が見えてしまったからだ。

わたしは震えはじめた手で懐から札を取り出し、聴衆に向けて牡丹の絵柄が見えるように掲げる。

「では斎圓、札を皆さんに見せたまえ」

「はっ」

斎圓は札をくるっと回転させる。会場がどよめきに包まれる。

つづけて、割れんばかりの拍手が巻き起こった。足先から脳天へと、ぞくぞくとした震えが駆け抜ける。

そう、彼が持っていたのは、紛れもなくわたしと同じ、牡丹の札だった。

あり得ない……、わたしの体は小刻みに震えつづけていた。

五分の一の当てずっぽうでないかぎり、絶対に当たりっこない。

誓って断言できる。わたしがどの札を持っていたか、一斎居士も、そして斎圓も、どうやっても知ることはできなかった。

居士は確かに五種類の札をわたしに手渡した。その後は一切札に触れず、わたしが選ぶときもずっと背を向けていた。牡丹の絵柄を確認するときも、左右から札を包むようにしていた。たとえ斎圓が舞台袖にいても、絵柄を見ることはできなかった。絶対に、だ。

あり得ない。どう考えてもあり得ない。いかさまはなかったと、わたしは誰よりも確信できる。

一斎居士は、本物の能力者だ。

彼は立ち上がって、聴衆に鎮まるよう促していたが、拍手はなかなか鳴りやまなかった。一分以上が経ってようやく収まり、彼は満足げに頷いた。

「それでは、夜も楽しみにしていてほしい。より多くの参加を、期待している」

そうして居士が退場してゆく。またしても会場は盛大な拍手に包まれた。わたしはふらふらと元の場所に、柿三郎の隣に戻った。

壇上では再び斎圓がなにかを告げているが、まるで耳には入ってこなかった。

「千代君。千代君」

肩を揺すられていることに気づき、わたしは我に返った。

どうやら説明会はひとまず終わったらしく、会場はざわめいていた。皆銘々のほうを向いて、連れ合いと話し合ったりしている。もちろんわたしの肩を揺すっていたのは柿三郎だった。

「どうした千代君。ぼうっとして」

陶然としていた、という表現が最も的を射ているかもしれない。

「は、はい。すみません。それであの、説明会はどうなったんでしょうか」

「どうもこうも、もうすぐ会場内で居士のお札やお守りの販売がはじまるらしい。そのあと希望者には道場の見学がおこなわれる」

　わたしは彼の両腕を、はっしと摑んだ。

「先生。先生！　買いましょう！　できるだけ買いましょう。彼は、一斎居士様は本物です。すべて霊験あらたかに決まっています！　この機会を逃してはいけません」

「なにを云っている」柿三郎が眼を細めた。

「あア、そうか。一斎道に入ればいいんですよ。そうすれば一斎居士様の力に、もっと傍《そば》で、もっと触れることができます」

　柿三郎は呆れ顔をすると、会場の隅、人の少ない所にわたしを無理やり引っ張っていった。そうして両肩に手を乗せる。

「気は、確かか」

「確かですよ。確かに決まってます。先生こそなにを見ていたんですか。一斎居士様には摩訶不思議な霊力が確かにあります」

「まったく嘆かわしい」

　柿三郎は額に手を添えながらゆるゆると首を振った。そしてわたしにだけ届く小声で、けれど確固たる意思を滲ませて告げる。

「無論、君が一斎道に入りたいのなら僕は止めはしない。君の自由だ。しかし先ほど彼が見せたのは、実に単純な奇術、単なる手妻にすぎないぞ」

　今度はわたしが首を振る番だった。

「そんな、あり得ないです。先生は遠くから見ていたから信じられないのです。わたしの選んだ札は絶対に誰にも見られていません。神通力を使わないかぎり、当てることなどできっこありません」

「そんなもの見る必要などない」

「……え？」

「この百栗柿三郎の助手を務めているんだ。少しは頭を働かせろ」

　初めて、面と向かって〝助手〟と云われた。ずっと真似事のようなことはしていたけれど、初めて認められた。それは矢張り、とても嬉しかった。

　わたしは考える。先ほどの行為が、単なる手妻などということがあり得るだろうか。

あっ、とあることに気づく。

「先生はもしかして、わたしが札を見せてから、斎圓が巧みに持っている札を差し替えたと考えているのではないでしょうか。あるいは、少し無理のあるやり口ですけど、白紙の札を持っていて、ひっくり返す直前に素早く絵柄を描き込んだ、とか。でもそれはあり得ないのです。なぜならわたしからは見えたからです。わたしが懐から札を出す前に、彼は牡丹の札を持っていました。間違いありません。あの時点では、絶対に、誰も、わたしの持っている札が牡丹だと知ることはできないのです」

わたしは早口に訴えかける。けれど柿三郎はまるで動じる気配を見せず、微笑みを浮かべ、首を縦に揺らした。

「そういった可能性に気づくのは、大変素晴らしい。君が論理的に物事を考えられる証拠だ。手順や見せ方に工夫を凝らせば、その手のからくりも十分に考えられる。ただ、会場側から見ていても斎圓に怪しい動きは一切なかったし、複数の札を持っているとも思えなかった。だからそんなことは端から考えていない。彼は確かに懐から出した時点で、牡丹の札を持っていた。それは理解している。まア、ここまで来れば、答えは目の前だろう。あっさり答えを聞こうとするのではなく、自分の頭で考えてみるといい」

「はア……」

なんだか放り投げられたような気分で、わたしは間抜けな相槌を返すことしかできなかった。

けれども自信満々に語る柿三郎に触れ、ようやくわたしは冷静さを取り戻していた。よくよく考えてみれば、確かに不自然なやり方なのだ。居士が使ったからくりはまだわからないけれど、彼がもし本物の神通力を持った幻術師であれば、こんな間怠《まだる》っこしい見せ方をするだろうか。

途中、何処かに、巧妙にからくりが仕込まれていた。

きっと、そういうことなのだ。

ほどなくして会場の一角で、お札などの販売会がはじまった。これもまた幾人ものさくらがいたかもしれないけれど、思いのほか多くの人が群がっていた。わたしも下手をすれば群がる人たちの一人だったのかと思うと、なんとも云えない恥ずかしさがあった。

もちろんわたしたちは手を出さずにやり過ごした。思いのほか多くの人、とはいえ、半数以上の人は販売会に興味を示さず傍観していたので、その点では特に目立つことはなく、咎《とが》められることもなかった。

柿三郎が先ほどの会話を目立たないようにしたのは、揉め事を起こすのを避けたからだろう。敵地の真っ只中《まただなか》で、声高に一斎居士をあげつらうわけにはいかない。聴衆の振りをして、何処にどれだけ一斎道の息がかかった人間がいるかわからないのだ。

わたしたちの目的は、あくまで消えた須藤寅丸の行方を探ること。いまここで一斎道の関係者に眼をつけられるわけにはいかない。

販売が一段落したあと、一斎道内部の見学を希望する人たちの募集がおこなわれた。当然、これには参加する。

なにかと胡散臭い団体ではあるものの、なにごとも強制しない点は好感が持てる。それもまた、彼らの策略の一つなのかもしれないけれど。

施設内の見学は五、六人に分かれ、一斎道の人に伴われて回る。

まずは修行の様子を見せられた。柔道場のような場所で瞑想《めいそう》する人々もいれば、中央の広場で体操のような動きをしていたり、武道の組み手のようなことをしていたり、一人で気勢を上げていたり、と様々な人がいる。皆同じ、鼠《ねずみ》色の地味な法衣を着ていた。

引率の人物の説明によると、修行の段階によって内容が変わってくるらしい。途中からは個々人の体力や資質、求めるべきものに応じて鍛練の仕方は異なってくる。なお、いま見たのは入門二、三年以内の基礎的な鍛練であって、それよりも高位の修行は入門者でも見ることは叶《かな》わないとのことであった。

共同で生活する宿泊施設も見学させてもらう。一部屋に二段式の寝床が四つ、計八人が一緒に寝起きしている。宿泊棟にはそういった部屋がずらりと並んでいた。そこはあくまで寝るだけの部屋で、食事や読書や語らったりするための部屋もある。皆ここでの生活に満足し、不平不満を述べる人は誰もいないと引率の人物は強調していた。

ここでの生活が厭になった人はすぐに帰れるのかと質問してみたところ、無論それは完全な自由意思だと返答があった。

さらに建物の裏手のほうには広大な田や畑があり、稲のほか様々な野菜を育てているようだった。修行していた人たちと同じように地味な法衣を着て、多くの人が農作業に従事している。

想像以上に大勢の人がいて、大がかりな組織のようである。

そうやって見学をつづけながら寅丸を捜したけれど、一向に彼の姿は見当たらなかった。

少し古いものではあったが寅丸の写真は母親から入手している。見れば気づけるはずだった。また、可能であればその写真を用いて、一斎道内部で生活する人たちに聞いて回ることも目論《もくろ》んでいた。

しかし引率していた人物への質問は認められた一方、それ以外の人たちに話しかけることは許されていなかった。修行や作業の妨げにならないように、という理由である。彼らにしてみれば勝手に嗅《か》ぎ回られるのを防ぐ意味合いもあったのかもしれない。

かといって勝手に集団から抜け出せば、五、六人しかいないのですぐに露見してしまう。見学者が勝手に歩き回らないように、抜ければすぐに気づくように少人数に分けているのだと容易に想像がつく。

結局、寅丸の行方を探ることは叶わず、大人しくついてゆくしかなかった。

さしたる成果もないまま、黄昏とともにわたしたちは見学を終えて再び集会所へと戻ってきた。待ち時間のあいだ、柿三郎と密かに会話を交わす。

「この様子では、寅丸さんの行方を探るのは難しそうですね」

「そうだな。ある程度は予想していたがな」

「どうします。入口に一斎道の人はいますが、いまなら抜け出すことはそれほど難しくはないと思いますよ」

「いや――」柿三郎は静かに首を振る。「焦って襤褸《ぼろ》を出しては元も子もない。急《せ》いては事をし損じる、と云うだろ。仮に巧く抜け出したとしても、彼らと同じ法衣を着ていない人物が敷地内をうろうろしていれば、すぐに捕まってしまう」

「あ、そういえばそうですね」

わたしは唇を嚙む。そのために皆お揃いの、見慣れない服を着ているのかもしれない。

「調査ははじまったばかりだ。急ぐ必要はあるまい。まずはじっくりと、一斎道のことを知るのが先決だろう」

集会所の高い天井を見上げ、柿三郎はゆるりと頷いた。

ぱちぱちと爆《は》ぜる篝火《かがりび》の音が、闇夜の下で奏でられていた。

一斎道の敷地内にある広場において、今夜、一斎居士の幻術披露がおこなわれる。

篝火に照らされ、皆の顔が赤く揺れている。今夜は細い三日月で、篝火の灯《あか》りだけが頼りだった。

「諸君、今夜はよくぞ参った！」

時間となり、朗々とした声が響いた。斎圓だ。ざわめいていた会場が一気に鎮まる。

彼は昼間の説明会と同じく一斎居士と幻術の素晴らしさを語りはじめたが、昼ほどには長くなかった。

「皆、待ちくたびれているであろうから、話はこれくらいにしておこう。それでは一斎居士!」

篝火の向こうの暗闇から、居士が登場する。鳴り響く拍手の音で、炎の揺らめきがさらに増したような気がした。

相変わらず威厳に満ちた声で、居士は幻術についての前口上を述べた。そして一際大きな声で断言する。

「幻術を究めたそれがしにとって、壁をすり抜け、空間を浮遊し、誰の眼にも触れずに移動することなど、造作もないことである!」

いよいよ居士による幻術披露がはじまった。

会場には、二つの匣《はこ》が用意されていた。木材で作られた簡素なものだ。高さ六尺ほどの直方体で、幅と奥行きは襖の幅の六掛けくらいだろうか。人一人が余裕を持って――普通の体格の人なら詰めれば四人が――立ったまま入れそうだ。

それが二つ、おおよそ四間ほどの距離を空けて置かれていた。

二つの匣が並ぶ舞台には、居士のほかに二人の人物が出てきた。全身が一枚布で作られた、体をすっぽりと覆う衣装に包まれている。腰だけを紐で結び、頭部も衣装と一つづきで、外套《がいとう》の頭巾のように覆われている。なにかの挿絵で見た、西欧の魔術師のような恰好だ。おどろおどろしい雰囲気が増す。衣装は黒一色であり、いわゆる黒子の役回りなのだろう。

二人の黒子は、二つの匣をそれぞれ開いて中を見せた。左右とも前面が蓋状になっており、扉のように開けることができる。

「なるほど」柿三郎がつぶやく。「匣の中にはなにもありませんよと、観衆に知らしめたわけだな」

確かに匣の内部は二つとも、綺麗に空洞だった。

居士は観衆に向かって手を上げると、向かって右の匣に入った。両方とも匣の扉が閉められる。

ただし右の匣には、観音開きの小さな窓が前面についていた。その窓が開けられることで、匣の中に入った居士の顔が丁度見えるようになっている。

そして二人の黒子はともに右の匣——居士の入った匣に集まり、縄でぐるぐると巻きはじめた。

尋ねるでもなく、わたしはつぶやく。

「絶対に匣から出られないようにするため、ですかね」

「そういうことだろう」柿三郎は頷いた。「正確に云えば、そのように見せるため、かもしれないがね」

おそらく十五周、いや、二十周以上は念入りに縄が巻かれただろうか。もちろん観音開きの小さな窓の向こうには、ずっと変わらず居士の姿が見える。

つづいて二人の黒子は左の匣に向かい、右と同じようにこちらも縄でぐるぐる巻きにしはじめた。ほぼ同じ調子で、こちらもほどなく巻き終わった。

これで左右両方とも、匣の蓋は絶対に開けられないようになった。

その後一人の黒子が、再び右の匣へと戻った。そして観衆に見せつけるように観音開きの小窓を指し示す。暫くして居士がゆるりと頷くと、そっと小窓が閉じられた。これでもう、居士の姿は見えなくなった。

そのとき、もう一人の黒子が火矢を手にして登場した。矢の先で赤々とした炎が揺らめいている。黒子は舞台中央で観衆に近づき、まるで威嚇するように火矢を向けた。

小さな悲鳴が幾つか上がる。会場がざわざわとした空気に包まれる。

黒子が徐《おもむろ》に背後を振り向く。そして居士がいるはずの右の匣に向かって、躊躇なく火矢を放った。

「やっ！」

わたしも思わず声を上げてしまった。

矢は見事に匣に突き刺さる。

どよめきと悲鳴が交錯する。

矢が突き刺さった周囲でじわじわと広がった炎は、やがて勢いを増して匣全体に燃え広がった。

瞬く間に匣は炎に包まれ、会場が一気に明るくなった。溜息のような、嘆くような声があちこちで漏れていた。なにかが弾《はじ》けるような衝撃音が断続的にこだまし、そのたびに小さな悲鳴が上がり、わたしは身を竦めてしまう。

そのうちに右の匣は音を立てて崩壊した。

火の勢いが収まり、余韻のように、ぱちん、ぱちんと木の爆ぜる音がつづいている。

けれどなんだか急に静寂に包まれたような気がした。気持ちの悪い間だった。待てど暮らせどなにも起こらない。

観衆のあちらこちらから、ざわり、ざわりと、ざわめきが広がりはじめた。嘆息するような声も聞こえる。篝火の傍に控えていた二人の黒子にも落ち着きのない、不穏な挙動が混じりはじめ、ますます会場のざわめきが大きくなりはじめた——ときだった。

矢庭に、匣を殴りつけるような音が響いた。

皆の視線が左の匣にそそがれる。

衆目を集める前で、匣の前面、蓋の隙間から鋭い刀剣が飛び出した。一気に下に振り下ろされ、すぱっと縄が切断される。上方にある縄も同じように刀剣によって切断され、

次の瞬間——、

蓋を蹴破るように一斎居士が姿を現した。

会場は怒号のような歓声に包まれる。誰も彼も一斎居士の名を叫んでいた。

二人の黒子の腕に乗るようにして、居士は高々と抱え上げられた。彼の声が響き渡る。

「この程度の幻術は、それがしにとっては造作もないこと！」

声も、姿も、紛れもなく一斎居士のものだった。疑う余地はない。彼は確かに右の匣から左の匣へと、一瞬にして移動してみせたのだ。

右の匣にあった覗き窓の向こうには、確かに居士の顔があった。居士が入ってから、火矢が放たれる直前まで、覗き窓はずっと開けられていた。もちろん一瞬たりとも眼を離さず見ていたわけではなかったけれども、たとえば左の匣に縄を巻いているときでも、視線を向ければ右の匣に必ず居士の顔はあった。これだけの観衆がいたのだ。実質的に常に監視の眼はあったと考えて差し支えないだろう。

覗き窓が閉じられて、火矢が放たれるまでには一分もなかったように思う。

二つの匣の距離は四間ほどなので、歩いても十秒はかからない。しかしいくら薄暗くとも、二つの匣のあいだを誰にも目撃されずに移動することは不可能だ。二人の黒子が縄を巻き終わって以降、居士はもちろんのこと、誰も左の匣には近づいてすらいない。

舞台では何人かの選ばれた観衆が、匣の周囲に地下の抜け道などがないことを確認し、皆揃って首を横に振っていた。

わたしは柿三郎に問いかける。

「ど、どういうことですか」

さすがにもう、彼が本物の幻術師だとは思わない。きっとこれにもからくりがあるのだろう。

しかし喧噪《けんそう》の中わたしの声は届かなかったのか、柿三郎は問いかけには応じず、険しい面持ちでじっと居士の姿を見つめるばかりだった。

会場の興奮もようやく落ち着きを見せはじめる。

けれど幻術の盛り上がりとは違う熱気が、会場を覆いはじめていた。

一斎居士は舞台に立ち、自分の持つ力や、一斎道の素晴らしさを弁じていた。自信に満ち溢れた言葉が、説得力を持って胸に響く。彼の力は虚構なのだと思ってはいても、信じて身を委ねたくなるような強烈な魅力が感じられた。持って生まれた、人を先導する力、指導者として人を惹《ひ》きつける力、とでも云えばいいだろうか。一斎道がここまで大きくなった理由も、わかるような気がした。

背後で、ぽつりと誰かがつぶやいた。

「今日はすぐにお開きにならんのだな」

なんとなく背後を振り返る。ご老人と呼んでも差し支えのない男性だった。居士の言葉に特に聞き入っている風ではない。

わたし以上に興味を示したのは柿三郎だった。

「すみません。お尋ねしたいのですが、お爺《じい》さんは前回の幻術披露もご覧になったんでしょうか」

「まあね」老人は軽い調子で頷く。「家が近くだから。いい暇潰しになるし」

「それで前回は、すぐさまお開きになったと」

「そうじゃ。一斎居士が左の匣から出てきて、大した余韻もなくすぐに篝火も消されて解散になったな。いまみたいに——」前方に顎をしゃくる。「居士もだらだらと話をしていなかった」

「ほかになにか違いはありましたか」

「そうじゃな。あア、そうそう。前回のほうがよく燃えていた」

「右の匣が」

「うむ」

「それが一月前のことですね」

「そうじゃ。今日と同じく——」夜空を見上げる。「薄い眉月の晩じゃった」

「なるほど。ありがとうございます」

礼を云って前方に眼を戻した柿三郎は、突然「いかん」と小さく叫んだ。そして移動をはじめる。

「先生、何処に行くんですか」

わたしは慌ててあとを追った。人混みのあいだを縫って、なんとか群衆から抜け出す。

柿三郎はそこで突如立ち止まった。

「ぎゅっ」彼の背中に鼻をぶつける。「突然止まらないで下さいよ」

柿三郎が振り返り、小声で告げた。

「特に監視の眼はないし、たぶん大丈夫だとは思うんだが、念のため――」

そう云って、耳打ちで指示を出してくる。

え、そんなことするんですか……。

柿三郎は「早く」と声には出さずにわたしを急かす。

わかりましたよ。やればいいんでしょ、やれば。一肌脱ぎますよ。

「居士！　一斎居士！」

わたしは手を挙げて、ずんずんと人混みを掻き分けて前へと向かった。大声で居士の名を呼びつづける。

やがて観衆を抜け、眼の前が開ける。数間先に居士がいた。

「あの、昼間の幻術のときの千代です。早乙女千代です」

「おお、君か。覚えているよ。どうしたのだ、突然」

「感動致しました！　素晴らしいです。わたしも是非一斎道に入門したいのです。どうすればいいのでしょうか！」

「それは嬉しい言葉だ。ただ、わざわざそれがしの言葉を遮り、前に出てきてまで云うことか」

居士の言葉は茶化すような軽い調子であったため、観衆から笑い声が起きた。同じ調子でつづける。

「あと、その話は昼の説明でもあったと思うが」

さらに笑い声が起きる。しまった。完全に聞き逃していた。

居士は再び観衆に向かって語りかけはじめた。

「そこのご婦人のように、入門を希望する者はいると思う――」

お役ご免とばかり、わたしはそろそろと観衆の中に紛れ込んだ。

柿三郎からの指示は、とにかく大声を上げて注目を集めながら舞台に出ろ、というものだった。皆の意識がわたしに集まっているあいだに抜け出すためである。

先生は巧く抜け出せただろうか……。

舞台から眼を逸《そ》らして横を見つめたけれど、篝火の向こうは漆黒の闇が広がるばかりだった。

予想外に長かった居士の話も終わり、ようやく解散と相成った。

一旦全員が集会所へ向かうようで、一塊《ひとかたまり》になってぞろぞろと歩き出す。そうして集会所に入る直前、突然柿三郎が横に立った。

「あ、先生。巧くいきましたか」

「うむ。万事滞りなく」

ということは無事に抜け出し、今し方集会所の近くで巧く紛れ込んだのだろう。

集会所の中では、最後の説明が軽くおこなわれた。

体験入門を希望する者は今夜からここで起居することができる。まずはここでの生活や修行などを数日間体験し、それから正式な入門に至るらしい。

柿三郎が早口の小声で告げる。

「千代君。君は体験入門したまえ」

先ほど前に出たとき、特に云うことも思いつかず咄嗟に入門したいと口走ったが、これで辻褄《つじつま》が合いそうだ。

「はい。それは構いませんが、先生は」

「僕は帰る」

「なんか狡《ずる》いですね。というか、わたし一人で調査しろと仰るんですか」

「いや、しなくていい。大人しく、怪しまれず、溶け込んでいればいい。ただ――」

柿三郎は懐をまさぐり、握り締められる程度の、小さな機械らしきものを取り出した。金属製で、大きな碁石のような形をしている。

「丑三つ時――正確には午前二時、これを広場の中央に置くんだ」

そう云って謎の機械とともに、「あと、これも」と懐中時計を手渡してきた。見覚えがある。

「あ、これっていつぞやの『懐中時計型麻酔銃』じゃないですか。これで何処のどいつを気絶――」

「させなくていい。時計がないと正確な時刻がわからんだろ」

「あ、そういうことですか」少し残念だ。「ところで、広場の中央ってのも、随分と漠然としてますけど」

「いや、その辺は適当でいい」

本当によくわからない指示だ。

そうして柿三郎は大半の人たちと一緒に帰っていった。

あとに残ったのは四十人余りの、体験入門希望者。

取り残されたような、見捨てられたような気がするのは、きっと気のせいだ。


草木も眠る丑三つ時。

などと云うけれど、ざざざっ、ざわざわっ、と揺れる草木の葉擦れの音が、余計に不気味さを醸し出していた。

わたしは懐中時計を確認する。午前一時五十分。指示されたとおりの時刻だ。

あのあと、まずは部屋を割り振られた。もちろん男女は分けられていて、わたしは四十前後の三人のご婦人と一緒だった。八人部屋に四人だけなのは、まだ体験段階だからかもしれない。

そこでここの道着に着替えさせられた。色は斎圓の紫や、見学時に見た鼠色ではなく、色褪せた朱色というか、あまり趣味がいいとは思えない色だった。

実際、道着を渡された瞬間、婦人の一人が「趣味の悪い色ね」とつぶやいたくらいだ。その直後、わたしの着物とほぼ同じ色だということに全員が気づき、なんとも云えない気まずい空気が流れた。

ぜんぜん気にしていない。いや、本当に、まったく気にしていない。

その後は、芋の煮っ転がしや菠薐草《ほうれんそう》のお浸しなど贅沢ではないが質素というほどでもない夕餉をご馳走になり――味つけもとてもいい塩梅だった――あとはなにをするでもなく過ごしただけだ。こんなにのんびりとしていいのだろうかと申し訳なく思うくらいだった。

とはいえ、本格的な修行は明日以降なのだろうし、いまは体験入門だから殊更優しくされていることくらいには理解が及ぶ。

まだ眠れないわよね、と暫く四人で取り留めのない話をしていたものの、ほどなく皆夜は十時に就寝。

寝入った。わたしも寝た。

でも、ちゃんと午前二時前にはぱちりと眼が覚めた。尋常ではないほどの寝不足であったり、よっぽど心身ともに疲弊しきっている状態でないかぎり、起きようと思った時刻にはきちんと起きられる。これがわたしの数少ない自慢だ。

柿三郎から受け取った例の機械と懐中時計型麻酔銃は、畳んだ着物の中に隠しておいた。それらを取り出し、同室の人たちに気づかれないようにそっと部屋を抜け出した。

左右に延びる廊下を見渡す。

宿舎棟は南北に細長い建物だった。ずらりと並ぶ部屋の前に、校舎のように一本の廊下が通っている。ここは二階になる。階段と出入口は両端にあるので、広場中央に近い北側に向かってわたしは足を忍ばせた。

万が一誰かに逢えば、厠に行くつもりだと嘯《うそぶ》くつもりだった。それでも執拗に怪しまれるようなら……。わたしは懐中時計型麻酔銃をそっと握り締めつつ歩を進める。

幸い誰にも逢うことはなく、二階から一階へと下りる階段に差しかかった。足音を立てないよう、ゆっくりと階段を下りる。そのときだった。

下のほうから、妙な声が聞こえた。

唸るような、ぶつぶつとつぶやくような不気味な声。

誰かいるのかと、わたしは体を強張らせた。階段は途中で折り返しているので、まだ直接一階を見ることはできない。

中央の壁に寄り添うようにして、ゆっくり、ゆっくりと階段を下りる。下からは、湿ったような冷気が立ち上ってくるようだった。

肌が、段々と、粟立《あわだ》ってくる。

声は、少しずつ、はっきりと聞こえてくる。

「……い……つい……」

罅割《ひびわ》れ、反響し、揺れる声。

「……つい……あつい……」

階段の折り返しで、そっと下を覗く。

白く、ぼんやりと光っていた。

生身の人間とは思えない、霊魂のように光る、酷く曖昧な人影。踊るように、苦しむように、身を捩《よじ》らせ、ゆらゆらと揺れている。

「や……」思わず尻餅をつく。

「あつい……たすけて……」人影が近づいてくる。

「いやアアアアアアア！」

「あつい……たすけて……あつい……」

「いや……」

宿舎棟に絶叫が響き渡った。


「貴女が昨日、幽霊を見たって人？」

心を整える瞑想を終え、食堂に向かう途中で見知らぬ婦人に声をかけられた。鼠色の道着を着ているので、二年未満の入門者だろう。

「そうなんですよ！」

わたしは右手の手首から先を振り、鬼気迫る調子で告げる。

「昨夜の、あれはそう、草木も眠る丑三つ時でした。わたしははっと眼が覚めたんです。なかなか眠れなくて、ご不浄に行こうかと階段を下りていったんです。そしたら、ぼんやりと白く光る人間がいて、熱い、熱い、と云いながら助けを求めるようにこちらに近寄ってきたんです。その表情はもう、この世のものとは思えない恐ろしいもので、焼け爛《ただ》れ、苦悶に顔を歪め――」

昨夜から、もう三十回以上は話しただろう。

話しているうちに昨夜感じた恐怖はすっかり彼方《かなた》へと追いやられ、語り口も手慣れたものになっていった。そして段々と脚色が加わっていった。幽霊は薄ぼんやりとした人影でしかなかったし、表情なども存在していなかった。

正直、同じ話を何回もしていると飽きてくるし、相手が期待するおどろおどろしさを付け加えるのも奉仕の心だと思うのだ。

「――そこで着物の袖がはらりと焼け落ちて、焼け爛れた手が露わになり、幽霊の手が……わたしの肩に！」

そこでわたしは相手の肩に勢いよく手を乗せる。だいたい皆ここで驚いてくれる。

昨日の幽霊騒ぎは、今日の午前中には道場中に広がったとみえる。

昨夜、わたしの絶叫を聞きつけて起きてきた人もいたし、それ以外の人でも直接間接を問わず、すでに噂は聞き及んだだろう。大勢の人がいるとはいえ閉ざされた狭い集団だし、この手の怪談話は大抵の人が好きなものだ。

その後食事を終え、同室の三人と歓談室に向かった。基本的には同室の仲間と行動をともにするように云いつかっている。

いちおう施設内で逢う人の顔には気を配っているけれども、残念ながら寅丸を目撃することはなかった。同室の人間と連れ添ってはいるが、一人の時間がまったく作れないわけではない。昨日の見学時とは違い、出入りが許されている施設内なら一人でうろうろしていても咎められることはない。いまなら寅丸の行方について入門者に聞いて回ることも、ある程度はできそうだ。しかし昨日柿三郎から「大人しく、怪しまれず、溶け込んでいればいい」とお達しを受けていたので、余計なことはしていなかった。

そうして歓談室で他愛もない雑談に興じていると、

「早乙女千代さんはいますか」

と呼び出された。

わたしの正体が露見したのだろうかと幾ばくかの不安を抱きながらついていくと、入口にある門の傍で柿三郎が「や」と手を上げていた。ほっと脱力する。

「あア……先生でしたか」

案内してくれた人に礼を云い、門番の人にも目配せして、門から少し離れた所で立ち話をする。

「どうだ、一斎道は」さっそく柿三郎が尋ねてきた。

「悪くないですね。食事は旨いし、重労働を強制されるわけではないですし、わりとのんびりできますし、いい人も多そうだし。女中をしているよりいいかもしれません」

「なら、このまま入門するか」

「冗談ですよお」わたしは唇を尖《とが》らせる。「それはご免こうむりたいです。奇術をさも幻術であるかのように欺いている時点で、矢張り胡散臭いですよ」

普通に話しても門番に聞かれる距離ではなかったけれど、後半は声を潜めた。

「後ろめたい組織ほど、表玄関は小綺麗にするものだ」

「かもしれません。――あっ！」

柿三郎に謝らなければならないことを思い出した。

「あの、昨夜の指示ですけど……広場の中央に丸い機械を置いてくるという。それが、のっぴきならない事情がありまして、達成できませんで。申し訳ありません。なんでしたら今夜にでも――」

話の途中から柿三郎は手を振っていた。

「それについてはもういい。それより確認したいことがある」

柿三郎は一枚の紙を取り出した。彼自身の手で描かれた、一斎道の施設の見取り図のようだ。これに間違いはないかと尋ねられた。

一斎道の敷地内には広場と建物群と田畑があった。

唯一の出入口が北端の中央付近にあり、その南側には広場がある。広場の東側と南側には幾つもの建物が並んでいた。そして広場から建物を挟んで南半分には、田畑が広がっている。田畑の南と西側には森が隣接していた。

とはいえ足を踏み入れたことがなく、用途のよくわからない施設も多々ある。建物の配置などは意識していなかったので、さほど指摘できることはなかった。

「だいたいそんな感じです。もし必要でしたら、より完璧な見取り図を作れるように努力しますけど」

「いや、大まかに間違いがなければそれでいいんだ。そこまで必要はない。ところで──」柿三郎がわたしの耳元に顔を近づけてくる。「夜中、抜け出すことはできるか」

「そうですね。就寝は十時なので、そのあと少し時間を置いてからでしたら大丈夫かと」

「承知した。では──」柿三郎は見取り図を睨み、一点を指さした。「十時半でも、十一時でもいい。この付近に来てくれるか」

指定されたのは敷地の下──南に広がる森の中央だった。森の中央というか、田畑と森の境界の、左右中心付近だ。

「ちょっと場所がわかりにくいですけど、なにか目印がありますか」

「そうだな。取り敢えず南の端を歩いてきてくれ。僕のほうが先に着いているだろうから大丈夫だろう」

「わかりました。なるべく早く行くようにします」

「うむ。それまでは昨日も云ったように余計なことはせず、怪しまれないように溶け込んでくれ。以上だ」

柿三郎は手を上げて、背中を向けた。

というか、当たり前のようにわたしは今日もここで過ごすんですね。

「あ、そうそう」

外に向かいかけた柿三郎が振り返る。

「お玉さんからの伝言だ。千代君がいなくなって淋しいし、おいしい食事も食べられなくなって悲しいと」

ふふっ、とわたしは笑う。「なるべく早くわたしも戻りたいです」

「ではな」

柿三郎が去ってゆく。

からくり人形のお玉さんが伝言を残すわけはなく、食事を摂るわけもない。当然のように柿三郎自身の言葉を、照れ隠しでお玉さんに置き換えて告げたということだろう。

「まったく素直じゃないなア」

去りゆく彼の背中を見つめながら、わたしは微笑んだ。


同室者が静かに寝息を立てているのを確認し、わたしはそっと寝床から這い出した。

起床が早く、修行だ農作業だと一日体を動かしていたので、昨日と違って夜十時の就寝後は三人ともすぐに寝入ったようだった。就寝後すぐだとほかの部屋でも起きている人が多そうなので、念のため三十分ほど待ってから部屋を出ることにした。

階段に差しかかると、昨日の心霊現象を思い出し、さすがに動悸《どうき》が激しくなった。ただし今日は昨日とは反対の南側の階段で、変な声も聞こえてこない。湿ったような冷気も感じられない。

階段で折り返し、恐る恐る下を覗いたけれど、まるで異常は見当たらなかった。胸を撫《な》で下ろし、迷いを振り切るように一気に外に出る。

宿舎棟を出てからは、目立たないように建物の裏手を腰をかがめて進む。南の田畑に行き着くと、さらに南の端、田畑と森の境界付近をゆっくりと西に向かって進んだ。

ときおり草木の揺れる音が周囲でざわめくだけで、人の気配はまったく感じられなかった。しんと静まりかえっている。不気味さはあるものの、努めて考えないようにしてとにかく足を動かした。

そろそろ柿三郎と約束していた地点、敷地内の東西中央付近かなと思いはじめたところで、わたしはぎょっとして立ち止まった。

数間先に、なんだか不気味なものが立っている。

ここにはまったくと云っていいほど人工の灯りは届いていない。頼りは月の光だけで、それも新月に近いいまの時期は非常に朧気《おぼろげ》なものだった。したがってこの距離では輪郭くらいしか見て取れない。近づきながら、わたしは推測を重ねる。

高さは子供の背丈ほど。けれど明らかに、人、ではない。動物、でもなさそうだ。かといって植物など自然のものでもない。生物の気配はない。

近づくにつれ、徐々に輪郭が明瞭になり、細部までが見えるようになってくる。そしてわたしは安堵の吐息をついた。

近づいて、親しみを込めてぽこんと頭を軽く叩く。

「お玉さんじゃないの。ということは、先生、傍にいるんですね」

がさがさと草の揺れる音がして、森、というか森の手前の藪の中から柿三郎が姿を現した。昼間逢ったときは着ていなかった、二重廻《にじゅうまわ》しを羽織っている。

「早かったな。ご苦労様。それではお玉さんは、ひとまずお役ご免だな」

動作音を響かせないためか、柿三郎は自ら押して、お玉さんを藪の中に引っ込めた。頭のほうは少し飛び出しているけれど、この暗闇の中では問題ないだろう。

わたしも柿三郎の傍に近寄る。その周辺は背の高い草はないので、さほどわずらわしくはない。柿三郎が再びしゃがんだので、わたしも倣って腰を落とした。

「で、こんなところでなにをしているんですか」

「うむ。一斎道の施設から、誰かがやってくるのを見張っている」

「誰かが、やってくる?」

わたしは周囲を見渡した。田畑を挟んで一斎道の建物が、遠く、僅かな闇の濃淡の差で見て取れた。

「来るとしたら、今晩。せいぜい明日の晩まで、だな。それで来なければ、そのときはまた別の手立てを講ずるしかあるまい」

「先生の推理というのは、まだ教えてはもらえないのですか」

「そうだな」柿三郎は腕を組み、気難しい顔をした。「推理には絶対の自信を持っている。ただし、今回の目論見《もくろみ》が成功するかどうかは五分五分といったところだ。もし失敗した場合、君にはまた頼み事をすることになるだろう。そのとき、先入観を持っていてはまずい場合も考えられる」

「わかりました。そういう事情であれば催促はしません。で、わたしも、その誰かとやらを見張ればいいんですね」

「うむ、頼む。君はそっちの右半分、東方面を中心に見ていてくれ。北のほう、施設のほうから森にやってくる人物がいないか」

「わかりました」

とはいえ、月の明かりも乏しいこの暗闇だ。動く人影に眼を凝らすのも大変そうだ。

「あ、君の分も用意している。使いたまえ」

柿三郎が二重廻しを差し出した。

「わア、助かります！」

ありがたく受け取る。震えるほどの寒さではないけれども、夜になって肌寒くはなってきていた。用心するに越したことはない。

「あと、これも。差し入れだ」

柿三郎が小袋を差し出す。中には金平糖が入っていた。

「あ、これって以前、酒巻さんが持ってきた」

秋濃氏の死体を発見してくれたお礼を告げに、酒巻が百栗庵を訪れたとき、手土産として金平糖の詰め合わせを持ってきた。それ以来、すっかり存在を失念していた。

申し訳なさそうに柿三郎が告げる。

「すまんが、それで最後だ。離れの中で研究しながら、ついほとんど食べてしまった」

「はア、それは一向に構いませんけど」

金平糖を口の中に放り込む。体中に甘みとともに幸せな気持ちが広がった。体力的にも助かる。

そうして二人して、監視をはじめた。

いちおう藪の後ろに隠れてはいるものの、激しく動かないかぎりは遠方から見つかる危険は少ない。ときおり腰を伸ばしたり、金平糖を頬張ったりしつつ、眼を凝らしつづける。

しかし、非常に退屈だ。

「あ！」

わたしは思い出す。そして、ふふふ、と含み笑いをした。

「先生、わかりましたよ」

「なにがだ？」

西と東、お互い外方《そっぽ》を向きながら会話を交わす。

「昨日出されたお題です」

「お題？　あア、昼間、一斎居士が見せた手妻だな」

「そうです」

昨日の説明会でわたしの持つ札を見抜いた、例の幻術だ。今日、瞑想や作業をしながら、そのからくりについて考えていた。そして、おそらく正解だろうと思える結論に辿り着いた。

「最初は、斎圓がどうやってわたしの取った札を知り得たのか、ずっと考えていたんです」

昨日の手妻——と云い切ってしまうが——をよくよく考えると、居士はべつにわたしの手札を知る必要はなかったことに気づいた。あらかじめ斎圓は五種類の封筒を用意しておき、わたしの手札を見破ったうえで、さも一通だけ封筒を受け取っていたかのような体《てい》で取り出せばいいのだ。

居士は最後まで、わたしの手札を告げることはなかった。それは演出上の必要性に加えて、「云えなかった」可能性もある。

「でも、それではいくら考えてもわからないのです。斎圓がわたしの手札を知り得る機会は、絶対になかったんです。それこそわたしの視界を神通力で拝借でもしないかぎり、無理なんです。そこで考え方を改めてみました。わたしが牡丹の札を選ぶのは、最初から仕組まれていたのではないかと」

「ほお、なるほど」

力強く、柿三郎が相槌を打った。

この発想に至ったときは、わたしも手応えを感じたものだ。気をよくして、つづける。

「ただし、居士から手渡された札は、紛れもなく五種類の札でした。そのあと札はずっとわたしの手の内にあって、すり替えることは不可能だと思います。卓子の上で掻き混ぜたあと、確かに少しばかり眼を離した時間はあります。けれどそのときも、二百人近い観衆が見つめていますからね。到底無理です」

「そうだな」柿三郎が同意する。「居士はもちろんのこと、壇上に怪しい動きは一切見受けられなかった。あのときに札のすり替えはできないだろう」

「はい。そのあと、わたしは一枚の札を選びました。そこに作為の入り込む余地はありません。牡丹を選んだのは、本当に偶然でしかあり得ないのです。そうなると結局、最初から決まっていた、とする考えも袋小路に陥ります。矢張り、誰かが、何処かで、わたしの選んだ札を知り得たのです。

それは、いつ、どうやって、なのか。考えて、ようやく気づきました。先生の言葉がきっかけです。先生はこう云いましたよね、わたしの選んだ札など見る必要はない、と。そうなんです。わたしの手札を覗き見なくても、知ることはできるんです」

「ようやく辿り着いたか」柿三郎が満足げに告げた。

「はい。思いついてみれば、なんで気づかなかったのか脱力するほどでした。簡単な話です。残った四枚の札を見ればいいんです。存在しない札が、必然的に、わたしの選んだ札です」

昨日の情景を思い浮かべながら、一気に真相に向かう。

「居士はわたしに札を選ばせたあと、初めて椅子に座りました。卓子の奥、観衆のほうを向いて座る形です。そして卓子にかけていた赤い天鵞絨の布を、左右から、そして奥と手前から畳みました。札が隠され、居士にとっての状況はより厳しくなったように一見思えます。まったく逆なんですよね。むしろ観衆から、わたしから、残った札の存在を隠したんです。

おそらく左右から布を被せたとき、死角で、薬指や小指などを使って札を手前に弾いたんだと思います。居士の膝の上と云いますか、道着の上に集められていたんです。そのときはまだ前後に垂れた布は残っているので、観衆からは死角になります。この瞬間、一番危険なのはわたしの視線です。居士はちゃんとここにも策略を用意していました。

さりげなく語りかけることで、わたしの意識を巧妙に卓上から逸らしたんです。一瞬でも視線を逸らせれば、熟練した手技を持っていれば十分でしょう。左右から布を被せた時点で、すでにそこに残り四枚の札はなかったのです。

その後居士は札を見抜くと嘯いて、片手を伸ばして気合いを入れました。そのとき下を向いて、素早く四枚の札を確認したんです。神通力ではありませんが、わたしの札が牡丹であることを確かに彼は見抜いたんです。そしてこのことを斎圓に伝えます。

あのとき居士がなんと云ったのかは覚えてないです。けれどとにかく、符帳を定めていたんでしょう。『先ほど封筒を渡したよな』と云えば牡丹、『さっき封筒を』と云えば鶴、『最前』と云えば紅葉、という風にです。あくまで一例です。符帳は言葉ではなく身振りだったかもしれません。ともあれ、斎圓は符帳に応じた封筒を出せばいいだけです。これが昨日、一斎居士がおこなった手妻のすべてです」

目立たぬように控えめながらも、柿三郎が手を叩いた。

「素晴らしい。完璧だよ」

「本当ですか！　ありがとうございます」

「うん。なに一つ付け加えることもないな。お見事だ」

「いやア、先生の元で助手のようなことをつづけて、わたしも少しは推理力が上がりましたかね」

「いや、元々備わっていたのだろう。僕がなにをしたわけでもない」

こんな風に褒められたのは、生まれて初めてのことだった。わたしはほくほくした気分で、でもなんだか照れ臭くて、無意味に体を動かしてしまう。

「なにをごそごそしている」柿三郎が不審そうに告げる。

「あ、いえ、べつに――」

「静かに！」

鋭く、けれど囁《ささや》き声で柿三郎が叫んだ。

彼が見つめる方向に眼を向ける。畑を突っ切って、誰かが森の方向に向かっていた。微かな黒い影が蠢《うごめ》いているようにしか見えないけれど、人であることは間違いない。

「行くぞ」

柿三郎が小声で告げ、お玉さんを二人で手で押しながら、そろりそろりと西に向かって移動をはじめる。

藪の中に隠れていても、激しく動けば気配を悟られかねない。また、大きな音を立てるわけにもいかなかった。たとえゆっくりでも藪の中を移動すれば音は立ってしまう。しかし幸いにも、風による葉擦れの音は断続的につづいている。微かな音ならば、ある程度の距離を保っていれば大丈夫だとは思えた。

そしていま気づいたことが一つ。お玉さんの背後に、なんだか見慣れない機械が取り付けられている。真っ黒な提灯《ちょうちん》のようなものもある。そのせいで、かなり重さが増しているようだった。とはいえ、これまで藪の中でお玉さんを押した経験はないのだけれど。

人影は、敷地の南西角に向かっているようだった。やがて森との境界に到達する。そこで周囲を窺うような素振りを見せたあと、藪の中に分け入り、木々の中に姿を消した。

柿三郎はそこで一旦藪を出て、小走りで距離を詰めた。わたしもあとを追う。彼は人影が入った地点から森の内部を覗き込み、囁く。

「君はここに、ゆっくりお玉さんを持ってきてくれ」

そう云い残し、森の中へと入っていった。

森の中はさらに暗く、視界も悪い。相当距離を詰めないとすぐに見失ってしまうし、そうなると足音、あるいは小枝を踏んだ音などで気づかれる危険が膨らむ。二人で追うのは得策ではないと判断したのだろう。

わたしは云われたとおり、お玉さんを角の地点まで移動させる。

十分も経たずに柿三郎は戻ってきた。

「作戦決行だ」

彼は楽しげに唇を歪めた。

辺りに冷気が漂い、ぞくぞくとした悪寒に包まれる。

ぼんやりと光る人影が、闇に閉ざされた森の中に浮かぶ。

ゆらゆら、ゆらゆらと不気味に蠢く。

「あつい……あつい……」

わたしが昨日、階段下で遭遇したのと同じものが、柿三郎の手によって作り出されていた。

そう、昨夜の幽霊は、柿三郎の仕業だったのだ。

「『幻燈機』と呼んでくれ」

そう彼は告げた。

この装置の元になったのは、ほかならぬ『回転慣性乾燥装置』だった。先日短い生涯を終えた、たらいを回す機械だ。あのとき機械が壊れ、溢れ出た蒸気が百栗庵を襲った。幻燈機はそこに着想を得て、がらくたと化した部品を巧く再利用している。

仕組みは非常に単純だった。蒸気を発生させ、そこに人影を投影するのだ。活動写真の映写幕の代わりに、蒸気を利用するようなものだ。

投影する仕組みは、活動写真のように大層なものではない。まず、光を通さないように提灯を加工する。そして一箇所だけ人の形にくり貫いただけのもの。そうすれば蒸気の膜に、人影が適度に朧気に浮かぶ。蒸気は場所によって濃くなったり薄くなったりと揺らめいているので、投影した人影も勝手に蠢いてくれるという寸法だ。

声は箱状のものを口に当て、反響させて不気味な声を作っていた。

実にお手軽な幽霊である。

お玉さんから『幻燈機』を外して、森の中に運び込んだ。わたしが提灯を持って投影係を受け持ち、柿三郎が声を出す。昨日は柿三郎がこれを一人でやっていたかと思うと、少しおかしい。

「寅丸……寅丸か！」

森の奥で男の声がした。柿三郎の演技にも熱が入る。

「あつい……あつい……たすけて……」

男の声には涙が混じりはじめた。

「許してくれ。許してくれ。どうしようもなかったんだ。事故だったんだ」

「どうして……あつい……どうして……」

「頼む……頼む……！」男の声は懇願の色を帯び、悲痛な叫びへと変わる。「後生だから！　成仏してくれ！　頼む！　俺を恨まないでくれ！」

柿三郎は口に当てていた箱を外すと小さく溜息をつき、ゆっくりと立ち上がった。立ち籠める蒸気の向こう、男のほうへと歩む。

「須藤寅丸さんが眠っているのは、ここだったんですね」

眠っている……。

先ほどの会話で察しはついていたけれども、矢張り寅丸はすでに死んでいるということか。

提灯を持って、わたしもあとにつづいた。

男は地面にひざまずいていた。見慣れない紺色の道着を着ている。彼は突然出てきたわたしたちの姿に、あからさまな狼狽《ろうばい》の色を見せていた。

「な、なんだ。あんたたちは！　ど、どうしてここにいる」

「寅丸さんを見つけ出すためですよ」

「な、なにを云ってるんだ。あんたはさっきからなにを云ってるんだ」

男の声は甲高く、早口で、明らかに視線が泳いでいた。見事なまでの動揺ぶりだ。

柿三郎は悲しげな笑みとともに、諭すように告げた。

「昨日の幽霊騒ぎは、僕が起こしました。寅丸さんの事故を知り、責任を感じ、同時に恐怖を感じている人物が、寅丸さんの元に案内してくれるのを期待してね。どうやら、貴方自身が事故の元凶であったようですね」

「違う！　俺は悪くない！」訴えかけるように叫んだあと、ようやく失言に気づく。

「違う、そういうことじゃない。貴様がなにを云っているのかさっぱりわからない。寅丸君は、修行中なんだ。そう、高位の修行をおこなうため、とある山中へと旅立った」

「ええ、昨日も、そう仰ってましたね」

男が怪訝そうに眼を細めたあと、「あ！」と声を漏らした。

「あんた、昨日の、材木問屋……」

「はい。申し訳ありません。嘘をついたことは謝罪致します」

「あの——」わたしは二人の会話に割って入る。「さっきからさっぱり話が見えないのですが」

「うむ。では、今回の事件をすべて説明しようか」

柿三郎は立てた人差し指を振りながら、男の周囲を回るように歩を進める。

「そのためにはまず、昨日一斎居士がおこなった幻術について、その種明かしをする必要がある」

「居士の幻術に、種など存在しない！」男が吐き捨てる。

「まア、頭のおかしな男の戯言《ざれごと》だと思って聞いて下さい。異論、反論があればあとで拝聴します」

柿三郎は男を制すと、幻術の謎解きをはじめた。

「さて、昨夜の幻術は、巧妙な入れ替わりによって為されていたんだ。まず前提として、匣の裏側には人が出入りできる扉が密かに設けられていた。左右両方ともの匣に、だ。高さ一尺もあれば出入りは可能だから、ある程度縄が巻かれていても問題はない。そしてこの幻術における最大のからくりは、左の匣の中にもう一人、黒子が存在していたということだ」

「もう一人？」わたしは思わずつぶやく。「つまり黒子は三人いたんですか」

柿三郎が笑みを浮かべて頷いた。

最初に黒子によって二つの匣が開けられたとき、三人目の黒子は左の匣の裏側に隠れていた。匣と観衆とは距離があったので、匣の裏側は死角になる。というより、それらを計算して観衆の配置は定められていた。

その後、居士は右の匣へと入り、蓋が閉じられる。

「さて、ここからがこの幻術における最大の難所だ。右の匣に縄を巻きつける黒子と、居士が入れ替わるのだ。予想では縄を半分くらい巻きつけ、代わり映えしない光景に観衆が若干飽きてきた頃に、それはおこなわれた。

まず、黒子の一人が裏の隠し扉から素早く内部へ入る。そして黒い衣装を脱ぎ、用意しておいた白髭をつける。つまり居士に成りすまし、素早く本物の居士と立ち位置を代わった。おそらくその瞬間はもう一人の黒子が前に立ち、小窓を隠していた。いずれにせよほんの一瞬、居士の顔が揺れたように見えるだけで、まず悟られる心配はないだろう。むしろ大事なのは時間のほうだ。匣の裏に回った黒子がいつまで経っても出てこなければ怪しまれるからな。居士は付け髭を外し、黒子の衣装を着て裏の隠し扉から外に出る。そして何食わぬ顔で縄の巻きつけ作業に参加した。練習を重ねれば五秒とかからず入れ替わりは可能だと思う」

わたしは昨日の光景を思い出しながら、話を聞いていた。

居士が入れ替わっていても、まず気づけなかったと思えた。

そもそも小窓を通して見える居士の顔は、それほどはっきりしていたわけではない。灯りは篝火だけで、匣の中にまで十分な光は届いていなかった。月夜でなかったことも計算のうちだったのかもしれない。幻術披露は月に一回程度だったようだから、月の満ち欠けと巧く合わせていたとも考えられる。

そのような状況下で顔の下半分を覆う立派な髭をつければ、ほぼ見分けはつかない。逆に髭を外し、黒子になった居士に気づく人もいなかっただろう。黒子は頭巾のように頭部をすっぽりと布で覆っていたから尚更だ。

昨日の説明会で居士の顔を間近で見たとき、真っ白な口髭ほどには老けている印象はなかった。付け髭であったならばそれも納得で、矢張り彼は四十絡みだと思える。

「入れ替わった居士は黒子に成りすまし、右につづいて左の匣に縄をかける作業をおこなう。そしてここでも同じように入れ替わりがおこなわれた。左の匣の裏に隠れていた三人目の黒子と居士とが入れ替わった。

尤も左の匣では黒子用の黒い衣装を受け渡しするだけなので、ほとんど瞬時に終わる。居士は裏の隠し扉から匣の中に入り、髭をつけて再び本来の姿に戻ればいい。これで左の匣に居士は移動し、右の匣には居士の振りをした黒子が存在することになる」

そういうことかと、わたしは素直に感嘆した。

居士は黒子の存在を巧みに利用し、右から左へと移動してみせた。

両の匣に縄を巻くという行為は、二度の入れ替わりを実現するために必要な段取りだったのだなと気づかされる。

一見、さらに脱出が難しく、居士にとって不利益になるように見えて、実態はまったくの逆だった。説明会で見せた奇術における、札を布で覆い隠す行為と同様だ。悟られたくない本当の意図を、見せかけの演出で巧妙に糊塗《こと》している。

柿三郎の謎解きは淀《よど》みなくつづく。

「そして右の匣に設けられた小窓が閉じられる。同時に、もう一人の黒子が火のついた弓矢を持って登場した。あの状況で輝く火矢が出てくれば、観衆の注目は厭でもそこに集まるだろう。さらに彼は矢を観衆に向けるなど盛り上げるような演出をしている。しかしこのときの裏の目的は、右の匣でずっと居士の振りをしていた男を脱出させることだった。

小窓を閉じた黒子は、裏の扉から抜け出した男を、全身を覆う衣装の中に隠した。そして目立たぬように舞台の外まで移動したんだ。篝火の光がほとんど届かない右手のほうに詰所のような天幕が用意されていたので、おそらくそこまで連れていったんだろう。

観衆の注目は火矢を持った黒子に集まっているし、役目を終えて舞台から去ってゆくだけに見えるから、まず怪しまれることはない。

あとは右の匣に火を放ち、たっぷりと勿体をつけて左の匣から居士が登場する。これが昨夜、そして一月前にもおこなわれた居士の幻術のからくりだ」

いろんなものが巧妙に仕組まれていたのだなと、本当に感心する。

一方で、そんな単純なからくりだったのか、と気が抜ける感じもした。それは先の、札を使った奇術の真相に気づいたときも同様だった。

でも往々にして奇術や手妻の種とはそういうものなのだろう。わかってしまえば「なんだ、そんなことか」と思ってしまう。むしろそのようなからくりほど優れているものなのかもしれない。

ひざまずいたままの男は特に反論はせず、気まずさを誤魔化すように地面を睨みつけていた。謎解きを終えた柿三郎が、彼の前に立つ。

「ただし一月前と昨夜では、一つ、大きく異なることがあった。それは右の匣で居士の振りをしていた男が、脱出し損ねたのだ」

「それが須藤寅丸さんだった」

わたしはつぶやくように告げた。話を聞き、状況を重ね合わせ、それは薄々感づいていた。

柿三郎がこちらに顔を向け、小さく頷いた。わたしは質問を重ねる。

「先生はいつからそのことに」

「うむ。そもそも昨日の見学時の説明では、二年程度はここで基礎的な修行をおこなうと云っていた。ところが寅丸さんは高位の修行のため、何処か遠くに行ったという。入門して半年しか経っていないというのに、だ。無論、素質があって特別待遇を受けることもあるだろうが、些か不自然であることは否めない。そして寅丸さんは三週間以上前から姿を見せなくなった。前回の幻術披露と時期が一致している。

居士の幻術を見ながら、彼が右から左の匣へと移動することはすぐに読めたし、入れ替わりのからくりを用いることも容易に予想できた。そうすると、密かにもう一人が存在するはずだってことも気づいていた。そして最後に匣に火が放たれたとき、もし中にいるはずの黒子が逃げ損ねたとしたら――そんな推測が思い浮かんだ。もちろんその段階では根拠のない単なる憶測でしかない。しかし念のため、前回の幻術披露を見学した人物を捜し出し、話を聞く必要はあるなと考えていた」

「そうしたら丁度――」わたしは手を叩く。「後ろにそういう人がいた！」

「うむ。少しばかり手間が省けた。そして彼の答えは、完全に僕の推測を裏づけるものだった。まず、彼は前回のほうが右の匣はよく燃えていたと云った。昨夜は火矢が放たれてから匣全体に火が回るまで、少し時間がかかっていた。前回は木材に油を染み込ませるなど燃えやすくしていたんだろう。無論それは見た目を派手にして、見世物として面白くするためだ。火矢を放つと一気に匣が燃えた。でもそのせいで、取り残された男は逃げる暇がなかった。狭い匣の中だ。瞬時に立ち籠めた煙に燻《いぶ》され、気を失ったかもしれない。

そして前回は幻術終了後、すぐに解散になったという。火矢を放ったあと、居士役の男が中に残ったままだったことに気づいたんだろう。居士が左の匣から飛び出したあと、惨事を隠すためにすぐさま篝火は消され、観衆は広場から退散させられた。そう考えればすべての辻褄が合う。

一点、入門半年に満たなかった寅丸さんがなぜ黒子に抜擢《ばってき》されたのか、という疑問は出てくる。あくまで推測だが、彼は居士と体格が一致していて、目許などの雰囲気が非常に似ていたのではないだろうか。このからくりには居士と体格の近い黒子が二人、必要になる。とりわけ右の匣で居士に成りすます黒子はなるべく似ているに越したことはない。寅丸さんの修行態度や性格なども考慮して、彼なら問題ないと抜擢されたのだろう」

じっと地面を睨みつけていた男はすでに、脱力したように肩が下がり、惚《ほう》けた顔をしていた。

幻術を見たあと、前回も見学していたご老人の話を聞いた時点で、柿三郎はほぼ真相に辿り着いていたのだ。そのときの状況を思い起こすと同時に、ずっと気になっていたことを思い出した。

「そういえばあのあと、先生は慌てて何処に行ってたんですか」

「あア、引き揚げる二人の黒子のあとを追っていった。もし僕の推理が正しければ、必ず黒子は真相を知っている。新たに加わった黒子を除いた、三人中二人は、ってことになるがな。

この幻術を成し遂げるには居士と黒子がぴったりと息を合わせる必要がある。相当に訓練を重ねたのは間違いない。加えて、幻術の秘密を知るわけだから、そうそう黒子役が入れ替わることはないはずだと確信もあった」

機会を窺い、少し離れた場所で柿三郎は黒子たちに声をかけた。

いかにも一斎道と付き合いが深く、幻術披露にも何度も立ち会っている材木問屋を装った。一種の賭《か》けであった。堂々と、馴れ馴れしく声をかければ、意外と怪しまれないものである。すべてを知悉《ちしつ》している責任者でもなければ、そういう人もいるのかなと思ってしまう。

そうやって親しげに声をかけた柿三郎は、そこで鎌をかけた。

「そういや前回黒子をしていた、寅丸君？　だったっけ。は、今日はいないのかな」

二人のうち一人はきょとんとした顔をしていたが、もう一人は明らかに狼狽していた。

その彼が慌てた口調で説明する。

「ええ、そうなんです。寅丸君は居士に認められましてね。一気に昇格して更なる修行を積むため、とある山中にまで修行の旅に出かけたんです。当分は帰ってこないみたいですね」

これで前回の幻術披露に、寅丸が黒子として参加していたことが確定した。きょとんとしていたのは過去の事情を知らない今回新たに加わった一人で、もう一人の狼狽した様子から、矢張りなにかしら後ろめたい事情が存在していそうだ。

柿三郎は推理に自信を深めた。

同時に、ある計画を思いついた。

「寅丸さんは残念ながらもう生きてはいないと、僕は確信した。では、事故のあと居士たちはどうしたか。事故を公にすることはできなかった。そのような不祥事は一斎道にとって好ましくなく、なにより幻術のからくりを世間に公表することになってしまう。一斎道の評判が一気に地に堕《お》ちる恐れがあった。絶対に許されないことだ。事故を隠蔽することを、居士はさほど迷わなかったのではないだろうか。幸い、一斎道という閉じられた世界での出来事で、事故のことを知っている人間は少ない。そして居士が決めたことに逆らえる者はいない。

では、寅丸さんの焼死体は何処で処分されたのか。どこかの施設内で極秘裏に、という可能性も考えられるが、敷地のすぐ傍には森が広がっている。死体を埋めるのに、これほどお誂え向きの場所はないだろう」

そこで柿三郎は、幽霊騒ぎを起こすことにした。

午前二時、広場にわたしが行くように仕向ける。

説明会のときに宿泊棟の場所は把握しているし、広場中央と指示していたから使う階段も推測できる。準備を整え、柿三郎はわたしを待って例の幻燈機を作動させた。

わたし以外の入門者に目撃させてもよかったのだけれど、時間を指示しておけば待ちぼうけをしなくて済む。わたしが恐がりなことを知っていて、尾鰭《おひれ》をつけて幽霊話を吹聴することも予想できた。柿三郎の目論見どおり、翌日には道場中に広まることになった。

幽霊は焼死を窺わせるもので、寅丸の事故を知っている人間であれば厭でも彼のことを連想してしまう。事故の原因となった人物、あるいは極度に恐がりの人物がいれば、気が気でなくなる。

寅丸の霊を鎮めようと、彼が眠る場所に行こうとする可能性に賭けた。あるいは寅丸の事故の真相が露見したのではないかと、死体を確かめようとする人物がいるかもしれないと考えた。

そこで今夜、森にやってくる人物がいないか見張っていたというわけである。

柿三郎は推理の手順を一気に説明した。

すっかり項垂《うなだ》れてしまった男を見下ろす。

「そこに、貴方がやってきたというわけです。地面に平伏して一心に祈っていた。寅丸さんはここに眠っているのだなと、すぐにわかりました。再び幽霊を見せたのは、貴方が云い逃れできなくなるように、でした。いずれにせよ寅丸さんの死体が出てくれば、真相は明らかにされるでしょう。これ以上、嘘を重ねますか」

「俺が……」

俯いているので表情は見えなかったが、男の声は、そして男の肩も、微かに震えていた。

「俺が、しくじったんだ……。しくじっちまったんだ」

男がゆっくりと顔を上げる。彼の頬は、涙で濡れていた。

「あの幻術は、前回が初めてだったんだ。もちろん本番までに、何度も何度も練習した。完璧になるまで、四人の息がぴったりと合うまで、密かに何度も繰り返した。けど、本番は違ったんだろうな。平常心でいたつもりだったけれど、舞い上がってしまっていたんだろうな」

悲しげに、小さく首を振る。

「最後の最後で、寅丸を連れ出す手順を完全に失念していた。俺が裏に回り、隠し扉を足で開ける手筈《てはず》になっていた。けれどなぜだか勝手に、もう一つ段取りを挟んだあとだと思い込んでたんだ。気づいたときには、火矢が用意されていた。今回と違って、ほとんど時間の余裕はなかった。すぐに火矢は放たれた。でも……でも……！」

男が拳を地面に打ちつける。

「俺がすぐに叫べば、矢を放つなと叫べば、寅丸は救えた！」

男の顔が涙でぐしゃぐしゃになる。

「でも、そうなると幻術のからくりがすべて明るみに出ちまう。そのことが頭をよぎった。俺は動けなかった。叫べなかった。寅丸を、寅丸を、見殺しにしちまったんだ……！」

男は地面に突っ伏し、泣きじゃくった。

柿三郎は男の肩に、静かに手を乗せた。

「その懺悔《ざんげ》はここですることじゃない。警察で、裁判の場でするんだ。それが寅丸さんのためだ」

男はただ泣きつづけるだけだった。

困ったような顔で柿三郎がわたしを見つめる。

わたしは小さな吐息をついた。

「依頼者への、正子さんへの報告は、辛いものになりますね」

「そうだな」

柿三郎は虚空を見上げた。

月の光も届かない森の中で、幻燈機の提灯からこぼれた蠟燭《ろうそく》の灯りが、ぼんやりと木々を揺らしていた。

幕間ノ三

大正十二年九月一日。

良く晴れた、夏の盛りがぶり返したような、茹《う》だるような暑さの昼どきだった。

正午を迎えようとしたそのとき、地面が揺れた。初めは小さく、やがてこれまでに経験したことのない猛烈な揺れに見舞われた。立っていられないほどの激しい大地の咆哮《ほうこう》は、永遠に終わらないのではないかと思えるほどに長くつづいた。

家の中のありとあらゆるものが倒れ、掻き回され、襲ってきた。数多《あまた》の家屋、建造物が倒壊した。浅草の象徴だった十二階も、上半分を失った無残な姿を晒《さら》していた。

しかし、最も被害を助長したのは東京中で同時多発的に発生した火災だった。お昼前であり、火を使っていた家庭も多かったのだろう。消火活動などもまともにできる状況ではなかった。昼すぎから東京の空は黒煙に包まれた。夜になり煙に包まれた世界は鮮烈な赤に染まった。火災の猛威は三日に亙《わた》ってつづき、東京市内の半数近い市街地が焼失したと見られている。

被害の全容は未だ知れないが、帝都が壊滅的な状況であることは誰の眼にも明らかだった。多くの財産とともに、多くの人命が奪われたことだろう。

隅田川には幾つもの死体が浮かび、広場や公園、焼け跡には数多くの焼死体が転がっている。

生き存《ながら》えただけでも僥倖であるのは間違いないが、誰もが不安を覚え、これからどうするべきか途方に暮れていた。家族など親しい人を喪った人、未だ安否が摑めていない人たちも多い。

けれど、嘆いていても仕方ない、というのも裏面の真理だ。落ち込んでいても腹は減る。悲嘆に暮れても腹は膨れない。とにかく明日に向かって今日を生きるしかない。

行き場を失った人がひしめく公園では炊き出しがおこなわれ、水の配給に人々が列を成していた。非日常の悲劇は、少しずつ日常という秩序に駆逐されてゆく。

「では、わしはそろそろ。お互い負けずに頑張りましょう」

志崎十三が帽子とともに片手を上げ、互いの再建と近いうちの再会を柿三郎と誓い合った。けれど立ち去りかけたところで十三はすぐに立ち止まる。

「おっと、忘れるところだった。良かったら、これを」

そう云って彼は風呂敷から紙包みを取り出すと、柿三郎が曳《ひ》いてきた荷車の上に乗せた。

「饅頭だよ。知人に逢えたら配っとるんだ。腹の足しにしてくれ」

「おお、それはかたじけない！　助かります」

「そういや――」ふとなにかを思い出した風情で、十三が顎を撫でた。「このあいだ小耳に挟んだのだが、近々結婚するとか」

「ええ、そのつもりだったんですが――」柿三郎の顔が曇る。「なんせ、このような事態ですから……」

それ以上は云い淀み、柿三郎らしくない、引き攣った笑みを浮かべた。ついつまらぬことを聞いてしまった、という表情で十三は曖昧な相槌を返し、今度こそ立ち去った。

百栗庵の跡地には、再び柿三郎とお玉さんだけが残される。

そろそろ、頃合いかもしれなかった。

第四話　惨劇に消えた少女

柿三郎の左の掌には、珍しい一円銀貨が乗せられていた。内地ではほとんど見ることのない硬貨だ。

彼は袖を肘の上にまでまくって、襷掛けをしている。一円銀貨の上に手拭いがかけられる。

「ひい、ふう、み！」

小気味よく三つ数えると手拭いが取り払われ、銀貨が忽然と消えていた。

でもわたしとて間抜けではない。銀貨は手拭いとともに巧妙に移動したのだろう。素早く手拭いを持った柿三郎の右手を見る。しかしそこには手拭いすらなかった。

なにもない両の掌を上に向け、さらに手首を捻り、手の甲と掌を交互に見せつける。

「え？　あれ？　あれ？」

呆気に取られていると、柿三郎の手が一瞬素早く交差した。元の場所に戻ったときには拳を突き出すような恰好で、両手が握られていた。

右手の指先を捻って、下からなにかを取り出すような仕草をすると、指先には銀貨が摘まれていた。さらに左手を上に向けて開くと、ぼわっと花が開くように中から手拭いが出てきた。

「わ、すごい、すごい」

わたしは手を叩く。

日に日に、柿三郎の手妻は進化している。

「うむ。我ながら非常に巧くいった」

先日の一斎道の一件以来、奇術や手妻のからくりを考え、それを披露するのが柿三郎の中でちょっとした流行になっていた。

「どういう仕掛けなんですか」

思わず尋ねてしまう。眼を皿のようにして見ていたつもりだったけれど、まるでなにもない空中に溶けるように消えて、再びなにもない空中から出てきたようにしか思えなかった。

「教えるわけがないだろう」柿三郎はいつもの無表情。「手妻というのは種があるとわかったうえで、その不思議さを素直に楽しむから乙なんだよ。種を聞くのは野暮ってものだ」

にべもない。まア、いつものことだけど。

「わかってます。わかってますけど、つい聞いちゃうんですよ」

「とはいえ、種自体は大したことじゃない。この類の手妻はいかに淀みなく実践できるか、手先の技術、手技の問題になってくるな」

「なるほど。掏摸《すり》、みたいなものですね」

「厭な喩《たと》えだな」

柿三郎が眼を細めたところで、

「ご免」

と、野太い声が響いた。百栗庵への来客である。

木綿の薄汚れた着物の男だった。半端に短い頭髪で、顔には垢抜《あかぬ》けなさが滲んでいる。どう見ても上客の匂いはしなかったけれど、もちろんそんな邪推はおくびにも出さず、極上の笑みを浮かべる。

「はい、こちら百栗庵でございます。どういったご用件で」

「表の看板を見たんだが、ここでは探偵や人捜しを請け負っているんだよな」

「ええ、そうですそうです」笑みが本気のそれに変わる。「どうぞどうぞこちらに、いまお茶をお持ちしますね。こちらが探偵の百栗柿三郎先生です」

二人がぎごちなく会釈を交わした。


依頼人の名は梅松《うめまつ》といった。

場所は明かせないが、東京の人間ではないという。なるほど都会の洗練とは無縁の無骨さがあるが、かといって野卑な雰囲気ではなく、真面目そうな印象はある。歳は三十には届いていないだろう。

「ある人物を、捜してもらいてえんだ」

梅松の依頼は、その言葉からはじまった。

わたしは愛嬌《あいきょう》たっぷりに告げる。

「捜し人のご依頼ですね。もちろん承っております。詳しくお話し戴けますか」

「玉緒《たまお》という名の、女の子だ」

柿三郎の眉が、微かにぴくりと動いた。すっと身を乗り出す。

「もしかしてそれは、あの事件の少女、ですか」

「おお、ご存じで」

「もちろんですとも」柿三郎は大きく頷いた。「あのような凄惨《せいさん》な事件が近所で起きたわけですから」

「ならば話は早いです」

「ちょ、ちょっと待って下さい」わたしは二人の会話に割り込んだ。「あの事件とは、どの事件ですか」

「なんだ、君は知らないのか。つい最近の出来事だぞ」

柿三郎が面倒臭そうな顔で眼を細めた。

「はア、わたしがこちらでお世話になってからのことですかね」

「いや、その少し前のことだ」

ということは、かれこれ一月半は前のことになる。

柿三郎の双眸に、凄《すご》みさえ感じさせる鋭利な光が宿った。

「世に云う、質屋音塚《しちやおとづか》事件だ」

「質屋……」わたしは必死に記憶を辿る。「すみません。とんと聞き覚えがないですね」

「うむ」頷いたあと、柿三郎は依頼人に眼を向けた。「梅松さん、確認のためにも、ここで事件の概要を振り返っても宜しいだろうか」

「へえ、構いませんが」

そうして柿三郎はわたしに聞かせるように、事件を語りはじめた。

それは夏の盛り、八月の半ばに起きた。

質屋を営む音塚夫妻は目利きが素晴らしく、また商才もあったのだろう。音塚質店は大変繁盛していることで有名だった。

音塚家には、尋常小学校に通う十二歳の一人娘がいた。それが玉緒である。諦めかけたときにようやく恵まれた子宝らしく、夫婦は玉緒を大層可愛がっていた。

事件が起きた夜、玉緒は同じ学校に通う、友人の家に泊まっていた。八重《やえ》という名の女の子だ。けれど二人はわけあって八重の部屋を抜け出すと、音塚家に向かった。夜十一時頃のことだった。

ところがなぜか屋敷の中はひっそりと静まりかえっていて、玉緒の両親の姿は何処にも見当たらない。二人が疑問に思っていると、蔵のほうから物音がした。玉緒と八重は恐る恐る蔵へと近づき、そっと扉を開けた。月の光に照らされた内部には、一面の血溜《ちだ》まりが広がっていた。その上に横たわる二つの死体。二人は悲鳴を上げ、必死に逃げた。

気づくと、八重は自宅に辿り着いていた。しかし一緒に逃げたと思っていた玉緒の姿はなかった。八重は自分の両親に事件のことを伝えた。

「八重ちゃんの両親が警察官とともに現場に駆けつけたところ、蔵の中は確かに血みどろで、惨殺のあとが残っていた。ところが犯人が運び去ったのだろう、二人の死体は残ってはいなかった。大八車がなくなったようなので、それに死体を乗せて運んだと目されている。そしてそれ以来、玉緒ちゃんも忽然と姿を晦ましたままだ。

音塚家の人間がすべていなくなってしまったので、金目のものが奪われているかは判然としない。ただし金庫が開けられ、屋敷にほとんど現金は残されていなかったため、強盗殺人の可能性が高い。以上、事件のあらましはざっとこんな感じだな。なお、未だに犯人は捕まっていない」

確かにとても凄惨な事件だった。しかし事件に巻き込まれたわけでもないのに、その後一人娘までが行方を晦ますとは奇妙な話だ。

柿三郎は梅松に視線を向け、促すように手を差し出した。

「梅松さん、なにか付け加えることがあれば」

「いえ、まったく」梅松は顔の前で片手を振った。「俺自身、事件のことは詳しくはねえんで。なんせ片田舎《かたいなか》にいますし、新聞などを読む習慣もねえもんですから」

「ほお、そうですか。では、なぜそんな貴方が、玉緒ちゃんをお捜しに」

「ええ」梅松が緊張の面持ちで唇を嘗める。「俺は使いなんですよ。音塚夫妻の遠縁の人物に頼まれたんで」

「夫妻の遠縁の人物。それは、どこの、誰なんでしょう」

柿三郎が尋ねると、梅松は小さく首を左右に振った。

「それは……申し訳ないすけど、云えません。そういう約束なんで。だから俺が使いに出されたわけです」

わたしは思わず眉をひそめた。それはなんとも怪しい話だ。秘密にする理由が皆目見当がつかないし、果たして彼は本当のことを云っているのか、という疑念も生じる。

「胡散臭く思われるのも仕方ねえです」

まるでこちらの心を読んだかのように、梅松が申し訳なさそうに告げた。

「その遠縁の人物は商売を営んでまして、彼らもまた、随分と繁盛しとるんです。詳しくは云えないんですが、風聞に敏感な商売でして、おかしな噂が立つと非常にまずいわけです。親戚筋が凄惨な事件と関わりがあると知られると、差し障りがあるとかで。田舎町なものですから、東京で起きた事件そのものはほとんど知られてませんが、広まったらあっという間ですからね。

彼らは、とても心を痛めてます。だからせめて一人娘の玉緒だけでも、なんとか見つけ出したいと考えとるわけです。もし無事に見つけ出すことができたなら、当然のように引き取って育てるつもりでおります。そのときに玉緒が周りから同情や好奇、蔑《さげす》みの眼で見られることなく、生活させてやりたいと。そのためにも秘密裏に事を進めたいと考えておられるわけです。ご理解、戴けますでしょうか」

梅松は頭を下げた。

それは不器用な所作ではあったけれども、十分に誠意は伝わってきた。

でも、わたしは正直、この依頼を請けるのは得策ではないなと思っていた。

いまの説明で梅松の怪しさは薄らいだ。直感として、彼は嘘はついていないと思う。けれど根本的な問題として、玉緒を見つけるのは非常に難しい。

真っ当に考えれば、彼女は逃げる途中で犯人に捕まったのだろう。非情な話、犯人が目撃者を生かしておくわけがない。すでに二人を殺した犯人だ。躊躇する理由もない。両親と一緒に人知れず葬られたと考えるのが自然だった。また、そうでなければ玉緒が姿を晦ましたままでいるわけがない。

柿三郎ならもしかすると事件の真相を炙《あぶ》り出すことができるかもしれない。

けれど事件解決を願う依頼ならともかく、玉緒を見つけることが目的の依頼となると、仮に巧くいっても悲しい結末しか待ってはいまい。わたしが得策ではないと思ってしまうのは、そこだった。前回のように、悲しい結果を依頼主に告げるのは、お互いに辛い。

でも、あくまで決めるのは柿三郎だ。

尤も彼は基本的に探偵依頼に乗り気ではない。わたしがしゃしゃり出なければ、なし崩し的に依頼は流れるかもしれない。

「なるほど。よくわかりました」

柿三郎は腕を組んで、重々しく頷いた。依頼人を真っ直ぐ見据える。

「依頼を、承りましょう」

え……？

「い、いいんですか、先生？」

「いいも悪いも、『よろず承り』だからな。これまでもずっと、すべての依頼を請けてきただろう。断る理由が見当たらなければ請けるよりあるまい」

澄ました顔で告げる。よくそんなこと云えますね、と喉元まで出かかった言葉を呑み込む。依頼をすべて請けてきたのは事実だけれども、それはわたしが半ば強引に話を進めたからだ。

とはいえ、べつに不満があるわけでもない。

「承知しました。良かったですね、梅松さん。この先生、こう見えて気難しい気分屋なんですよ。こんなに素直に依頼を請けてくれることなんて滅多にないんですから」

「はア、そうなんですか」

「こらこら――」柿三郎が眼を細める。「嘘を吹き込むんじゃない」

嘘を云ったつもりはさらさらないけれど。

「実はな……」

柿三郎が眼を細めたまま、遠くを見つめるように視線を上げた。

「質屋音塚事件のことは、ずっと気にかかっていたんだ。あそこの夫妻と個人的な付き合いがあったわけではない。近所とはいえ、一等近い質屋だったわけでもない。だが、なにしろ評判の店だったからな。音塚質店を利用したことは何度かあったんだよ。ただそれだけの関係だとしても、直接会って話したことのある人物が無残に殺されたんだ。感じるところはあった。だから、できるだけのことはしたいと思っている」

柿三郎は神妙な顔で告げた。

振り返ってみれば、今回に限って彼は最初から妙に乗り気だった。率先して依頼人から話を聞き出し、事件の説明も自ら買って出た。依頼が質屋音塚事件に関連することだとわかってからだ。どのような内容であれ、最初から請けるつもりでいたのだろう。

柿三郎は依頼人をしかと見つめ、頭を下げた。

「必ず玉緒さんを見つけますと断言はできませんが、最大級の努力は致します」

「あ、ありがとうございます」梅松がぎくしゃくと返礼する。「あの、ただ、まだお金の話が……」

「あア、面目ない。すっかり忘れていた。千代君、頼む」

「はい」

わたしに向けられた柿三郎の眼には、そういう事情だから勉強してやってくれ、と書かれていた。

厄介そうな依頼ではあるものの、そこは彼の意を酌んで、いつもの料金から三割ほど引いた控えめな額を提示する。

「――と、こんな感じでいかがでしょうか」

柿三郎と梅松、二人の様子を同時に窺う。

梅松がほっとした顔ですぐに大きく頷いた。

「ええ、わかりました。むしろ、思ってたより随分安くて――あっ」

梅松が慌てて口を押さえる。柿三郎がはははっと笑った。

「大丈夫ですよ。だからといって料金を上げたりはしません。では、依頼は成立ということで宜しいですすな」

「はい。宜しくお願いします」

二人は握手を交わした。

あ、そうだ、と柿三郎は口の先で小さくつぶやき、「おおい、お玉さん！」と声を張り上げた。暫くして毎度お馴染み猫型のからくり機械、お玉さんが奥へとつづく廊下の向こうから姿を現す。例によって梅松はぎょっとした顔を見せた。

「な、なんですか、この物体は」

「TAMA3号。僕の助手だよ」

「はて面妖な。さすが東京にはいろんなものがありますな」

いや、梅松さん。ここは特別だと思いますよ。

柿三郎はお玉さんに「釣糸を出してくれるか」と頼み、「あア、そうだ」と梅松を振り返る。

「本当の依頼人については、事情を斟酌《しんしゃく》して伺いはしません。それで梅松さんはいまどちらに。どのように連絡を取ればいいでしょうか」

「あア、それでしたら――」

彼は近くにある宿屋の名を告げた。暫くはそこに逗留《とうりゅう》しているとのことだ。

考えてみれば彼の東京までの汽車賃やこちらでの宿賃、及び日々の食事代などの費用もすべて、その音塚夫妻の遠縁にあたるという人物が出しているはずである。羽振りがいいのは間違いなく、それらの費用に比べれば、探偵への依頼料など大きな額ではない。わざわざ割り引く必要はあったのかな、とわたしは密かに首を捻りつつ、ひとまずの手付け金を梅松から受け取った。

その後、柿三郎は戸を開けて梅松を見送り、玄関先で再び固い握手を交わしていた。本当に今回はいつになくやる気を見せている。

梅松が去り、柿三郎は玄関口に立ったまま、わたしのほうに体を向けた。

「千代君も、そろそろ一人で動いてもらってもいい頃合いだな」

「え、一人で、ですか」

「そうだ。いつまでも二人一緒に行動していては不効率だろう」

「は、はい！　わたしにできることなら」

いよいよ探偵の助手として認められてきたのかもしれない。自然と力も入る。

「うむ。では、さっそく行ってほしい所がある」

そう云って柿三郎は、微笑みながら人差し指を立てた。

「この辺、よね」

わたしは独りごちながら辺りをきょろきょろと見回した。とはいえ、見回したところで家に名前が書いてあるわけでもないのでわからない。

玄関先で掃除をする老婦を見つけ、尋ねる。

「あの、すみません。倉持《くらもち》さんのお宅をご存じですか」

「あア、倉持さんなら——」三軒先の向かいの家を指さす。「そこの柿の木のある家じゃ。ほれ、前で子供が遊んでおる」

指し示す家はすぐに理解できた。十歳前後の女の子が二人、家の前にいる。

「ありがとうございます」

礼を云って行きかけたものの、ふと思いついて老婦を振り返った。

「あの、前で遊んでる子供は、倉持さんのところの八重ちゃんですかね」

「そうじゃよ。朱色のべべを着ているほうじゃ」

わたしは再度礼を述べ、倉持家に歩を向けた。

労せず八重に逢うことができた。

質屋音塚事件で行方知れずになった女の子、玉緒。事件の夜、玉緒を自宅に泊め、ともに事件を目撃することになったのが、倉持八重である。

八重が年少の子に、お手玉を披露しているようだった。しゃりしゃりと小豆《あずき》の擦《こす》れる小気味いい音とともに、可愛い唄声が聞こえる。

——四はまた信濃《しなの》の善光寺《ぜんこうじ》
——五つ出雲《いずも》の大社《おおやしろ》

――六つ村々鎮守様
一緒に小さく唄いながら近づいて、区切りがつくのを待った。右手から放たれた三つのお手玉が、乱れることなく宙を舞っている。歌の終わりとともに彼女がぱしっと両手でお手玉を受け取ると、わたしは思わず手を叩いた。

「上手、上手。八重ちゃん、すごく上手だわ」

「ありがとう。でも――」八重は小首を傾げる。「どうしておばさん、あたしの名前を知っているの」

「お姉さんはね、探偵の助手なの」

「探偵？　あの、活動写真とか探偵小説に出てくる探偵さん？」

「えと、活動に出てくる探偵みたいに悪党と剣戟《けんげき》とかはしないけど、だいたいそんな感じ。それでね、玉緒ちゃんの事件を調べているの。少し話を聞かせてもらってもいいかしら」

「うん、いいよ。――じゃあ貞子《さだこ》ちゃん、また今度ね」

八重が年少の子に告げる。貞子と呼ばれた、おそらく九歳くらいの女の子は「うんっ」と元気よく頷いて、たったたったと駆けていった。

「ご免ね。二人で遊んでいたのに」

「ううん。構わないよ。そろそろ終わるつもりだったし。でもどうして探偵さんは、玉緒ちゃんの事件を調べてるの」

八重は尋常小学校五年生の十二歳のはずだけど、随分としっかりしている。そして「探偵さん」と呼ばれると、なんだか気恥ずかしい。

特にはぐらかす理由もないので、玉緒を見つけてほしいという依頼があったことを率直に説明した。

「わたしもなんとか玉緒ちゃんを見つけてあげたいの。だから協力してくれるかな」

小学生らしからぬ真摯な顔つきで、八重はつっと頷いた。

ゆっくり話ができるように、倉持家の縁側に場所を移した。わたしはあらためて探偵助手を務めている千代だと名乗った。

「八重ちゃんは、玉緒ちゃんと仲が良かったのよね。彼女は、どんな感じの子だったの」

「どんな……」八重は可愛らしく首を捻る。「大人しい子、だったかな。でも明るくて楽しい子だったよ。大人しいってのは、大声ではしゃいだり、木登りとかお転婆じゃないって意味でね」

「そっか」

前置きはそこそこに、わたしはすぐに核心に迫る。

「それじゃあ、事件の夜のことを教えてほしいの。あの日、八重ちゃんの家に泊まることは以前から決まっていたことなのかしら」

「うん、そう。玉緒ちゃんとはお泊まりしたいね、って話してて、そしたら彼女のご両親からお許しが出たって教えてくれたの。一週間くらい前には決まっていたわ」

「それで玉緒ちゃんはこの家に泊まっていたのよね。でも、夜中の十一時だったかしら、彼女の家に二人で向かった」

「うん……」

矢張りあのときのことを思い出すのは辛いのか、八重は物憂げな面持ちで俯いた。けれど気丈に顔を上げ、訥々《とつとつ》と話しはじめる。

あの日、音塚家に行くきっかけになったのは、お化粧の話からだった。

実はこっそり、とても珍しい白粉《おしろい》を持っているのだと玉緒が告げた。今夜はせっかくの機会だし、それほど離れてもいないのだから取りに行こうか、という話になった。

「遅い時間に出歩くことに、不安はあったの。でも玉緒ちゃんも、そしてあたしも楽しくなっていて。歩いて十分もかからない距離だったし、じゃあ行こうか、ってなったんだ」

音塚家に入ってすぐ、二人は異変に気づいた。

まるで人けが感じられないのだ。そのとき、蔵のほうから、なにかが倒れるような大きな音がした。二人は恐る恐る蔵に向かった。玉緒は小さな声で「お父さん？　お母さ

「蔵の扉は、観音開きの大きなものだった。二人で取っ手を一つずつ持って、ゆっくりと開けたのを覚えてる。そして、あの光景が飛び込んできた」

月の光に照らされ、中の様子ははっきりと見えた。

大量の血溜まりの中に、男と女、二人の死体が倒れていた。

わたしはすかさず確認する。

「その死体は、間違いなく玉緒ちゃんのご両親だったのかな」

八重はゆるゆると首を振った。

「それは、わからないわ。だって顔は見えなかったもの。体格やお着物、髪型から、男と女だって咄嗟に思ったけど」

八重は悲鳴を上げ、逃げ出した。そのとき玉緒がどうしたか、悲鳴を上げたかどうかもわからないと八重は告げた。

「あとから思えば、悲鳴なんて上げちゃ駄目だったの」彼女は口惜《くや》しそうに唇を噛んだ。

「犯人に気づかれないように、そっとその場を離れて、警察官を呼ぶべきだった」

そのあとのことはほとんど覚えていなかった。とにかく遮二無二走った。気がつくと自宅の前にいた。玄関先で父母の名を叫んで、そのとき初めて、玉緒がいないことに気づいた。

「翌日から、警察の人は一所懸命玉緒ちゃんを捜してくれたの。あたしも、学校の友達も、先生も、近所の人も、みんなで協力して捜したの。でも、玉緒ちゃんは見つからなかった。それどころか、逃げる玉緒ちゃんを目撃した人、叫び声を聞いた人すら見つからなかったのよ」

八重は腿《もも》の上で、ぎゅっと着物を掴んだ。

「ずっと後悔してるの。どうして玉緒ちゃんの手を握って、一緒に逃げられなかったのかなって」

ぽろりと涙をこぼす。

わたしは彼女の肩に手を回し、そっと抱き寄せた。

「そんなの見たら、誰だって気が転倒しちゃうよ。誰だって悲鳴を上げちゃうし、誰だって無我夢中で逃げちゃう。八重ちゃんはなんにも悪くないんだから、気にしちゃ駄目。それに玉緒ちゃんはきっと、どこかに逃げ延びたんだと思うの」

「じゃあ――」八重がわたしの袖を掴み、訴えかける。「どうして彼女はいまも見つからないの」

「それは……玉緒ちゃんはそのとき、犯人を目撃しちゃったんじゃないかな。犯人にもそのことを知られている。そうすると犯人が捕まるまでは命を狙われちゃうから、出てこられないのよ。きっと親切な人に助けられて、いまは余所の土地で生活をしているのだと思う」

わかっている。無理のある、気休めにしかならない憶測だってことは。

でも、気休めが必要なときもある。幼気《いたいけ》な少女に、それくらいは許されてほしい。

「そうなの……かな」

八重は再び俯いた。

彼女と同じく、わたしも微かな希望に縋っていた。

八重を安心させるために咄嗟に口を衝《つ》いた推測だったけれど、これに限らず、玉緒が生きている可能性が皆無というわけではないはずだ。玉緒捜しを請け負って動いているいまは、その僅かな可能性を信じてみるべきだと思えた。

とはいえ八重から聞き出した当時の様子から、玉緒の足取りを推理するのは難しそうだ。八重自身が何処をどう走ったのかさえ覚えていない。

ただし、柿三郎から命じられたことはもう一つあった。

「あのさ、八重ちゃんに一つ、お願いがあるんだ」わたしは肩から手を離し、努めて明るい声を出した。「玉緒ちゃんの持ち物を、なにか持ってないかな」

八重が顔を上げ、こくりと頷いた。

「うん。持ってるよ」

「本当？」

「玉緒ちゃんがうちに泊まりに来たときの荷物、そのままあたしが預かっているから」

当時、警察も念のため中身を検《あらた》めたようだが、特に捜査に役立つものはなかった。また、いまのところ音塚家と縁の深い者は見当たらず、そのまま八重が預かっているとのことだ。

わたしは玉緒の持ち物を一つ、暫く貸してほしいと頼んだ。できれば布製のもの、たとえば玉緒がいつも使っていた手巾《ハンケチ》があれば一番いい。

そうお願いすると、たぶんあったと思う、と云って八重が家の中へと取りに行ってくれた。

すぐに彼女は戻ってきた。手にはハンケチが握られている。

「あったよ。これでいいかしら」

「ありがとう！」

わたしは両手で恭しく受け取る。隅に兎《うさぎ》の刺繍《ししゅう》が施された、可愛らしいハンケチだった。再度確認する。

「さっきも云ったけど、二、三日借りてもいいかな」

「うん。ちゃんと元どおり返してくれたら」

「わかってる。それは約束する」

八重に礼を云って、わたしは立ち上がった。ところが門に向かいかけたとき、「あの

「──」と八重が声をかけてきた。

「ん。なに？」わたしは振り返る。

「あのね。五日前、だったかな、同じように事件の夜のことを聞きに来た人がいたの」

「え、そうなの？　警察とかではなく」

「うん、違うと思う。男の人。その人も玉緒ちゃんを見つけるために調べているんだって云ってた。千代さんとは、関係ないのよね」

「そう、ね……」

誰かしら……、わたしは首を捻る。

その男は警察だとも探偵だとも名乗らなかったらしい。ただ玉緒の行方を捜していると告げ、わたしと同じように事件の夜のことを詳しく聞いた。けれど話を聞いて落胆した様子で、すぐに帰っていった。

おそらく八重の証言からは、玉緒の行方に繋がる手がかりは見出せないと気づき、早々に退散したのではなかろうか。

いずれにせよ、ほかに玉緒の行方を捜している人物がいる。

それともその男もまた、梅松の依頼を請けた探偵なのだろうか。彼とはなにかしら悶着があり、梅松はすぐに手を切ってあらためて百栗庵に依頼してきた。そんな可能性も考えられる。

八重から聞いた話とともに、この謎の探偵のことも柿三郎に報告しておくべきだろう。彼の判断に委ねるが、梅松に確認を取ったほうがいいかもしれない。

最後に小さな疑問を投げかけられて、わたしは帰路についた。


八重から話を聞いた二日後、買い物から戻ってきたわたしを出迎えたのは、思わぬ相手だった。

「ただいま戻りました」

戸を開けるなり、鋭い殺気を足下から感じた。

――わんっ！

「ひゃあ！」

頓狂な叫び声を上げて、買い物袋を落としそうになる。

「こらっ、トビイ」すぐ近くにいた柿三郎が叱《しか》る。「彼女はこの家の人間だ」

「な、なんですか、この犬は」

全身が黒い毛に覆われた、見慣れない大型犬だった。大きな耳が垂れていて、人懐っこい顔つきをしている。

犬の頭を撫でながら柿三郎が答えた。

「知人に借りてきたんだ。玉緒ちゃんを見つけるための切り札だよ」

「切り札、ですか」

「そうだ」

柿三郎は幸せそうな微笑みを犬に向けた。

随分と賢そうな犬で、戸口の脇でお尻をつけて、ちょこんと座っている。柿三郎は上がり框へと腰かけながらつづけた。

「君はシャロック・ホウムスを読んだことは」

「あいすみません。とんと」

「そうか。『四つの署名』や『スリーコーターの失踪』にも出てくるんだがな、犬に匂いを辿らせて捜査する手法がある」

「へえ、そんなことができるんですか」

「西欧ではすでに警察での活用が進んでいる。日本の警視庁でもようやく先頃、英国から警察犬二頭を購入し、採用に至ったところだ。専門の訓練係員も任命されている。本格的な活用は、まだまだこれからだろうがね」

犬の優秀な嗅覚を利用し、証拠品の発見や収集、犯人の追跡などができるという。犯人を見つけたときは捕獲にも役立つ。

犬や猫の嗅覚が優れているのは知っていたけれど、そんなことが可能なのかと、わたしは素直に感心した。

「こいつの名はトビイだ」

柿三郎は再び立ち上がり、トビイの頭を撫でた。

「いくら犬の嗅覚が優れているとはいえ、きちんと訓練をしないことには役に立たない。そしてもちろんこいつは本物の警察犬ではない。僕の知人に、ホウムスを読み、犬を捜査に利用する手法に感動した変わった奴がいてな。元々犬の輸入や販売を手がけていて、犬にしつけを施す素養はあった。そこで独学で、警察犬のような訓練を施している好事家だよ。中でもこのトビイは抜群の嗅覚を持つうえに頭もいい、優秀な犬だそうだ。そうだな、トビイ」

わん！　と人語を解しているかのように見事に吠《ほ》える。

なるほど確かに頭は良さそうだ。

「あ！」わたしはようやく気づく。「先日、玉緒ちゃんのハンケチを借りたのは――」

「そういうことだ」

柿三郎は振り返りながら、にやり、と口の端を歪めた。

「彼女がどうやって逃げたのか、臭気を辿る」

トビイを使った玉緒の追跡は、翌日におこなわれた。

依頼人の梅松も参加している。

昨日、彼が逗留している宿屋に行って今回の計画を伝え、もし良かったら立ち会ってくれないかと頼んだのだ。そんな素晴らしい方法が存在するのか、と梅松は驚き、こちらこそ是非に見届けたいと答え、参加はすんなりと決まった。

昼すぎに百栗庵に集まり、三人と一匹は音塚質店へと向かった。

追跡は蔵の前からはじめるのがいいのだろうが、許可なく勝手に入り込むわけにもいかない。店の裏手にある蔵の前から逃げ出したとすれば、十中八九裏庭に設けられた勝手口から飛び出したのだろうと当たりをつけ、そこからはじめることにする。

柿三郎が八重から受け取ったハンケチを掲げた。隅に兎の刺繡が施されたものだ。梅松に説明する。

「玉緒さんがずっと使っていたというハンケチです。ここに染み込んだ玉緒さんの匂いを、この警察犬トビイに覚えさせ、彼女の臭気を辿ります」

説明が面倒だったためか、トビイは勝手に警察犬になっている。

柿三郎はハンケチをトビイの鼻先に持っていった。鼻を頻《しき》りに動かして、トビイは貪《むさぼ》るように匂いを嗅いだ。

「ようし、覚えたな。この匂いを追うんだ」

柿三郎がトビイの肩口を軽くぽんと叩くと、合点承知とばかり、わん！　と力強くトビイが吠えた。そしてくるくると回るようにして周囲の地面を嗅ぎはじめた。これだけでも十二分に訓練が積まれていることがわかる。

やがてトビイが歩きはじめた。柿三郎が綱を持ち、わたしたちもそのあとを追う。

頭を振りながら、地面を嗅ぎながらなので、その歩みは速いものではなかった。交叉《こうさ》点《てん》などで一瞬見失う素振りを見せ、辺りをぐるぐると回るときもあった。けれどそんなときも、ほどなく玉緒の匂いを再び捕まえることができていた。確信の感じられる歩調で、トビイは着実に進んでゆく。

「すごい、ですよね」

わたしのつぶやきに、梅松が反応する。

「本当です。まさかここまでとは思いもよりませんでしたよ。なにしろ事件が起きたのは、一月半も前だってのに」

まったくだった。本当に驚くべき能力だ。

そして現状ですでに、思いがけない事実を得たことにわたしは気づいた。

玉緒がもし犯人に見つかったとするならば、それは蔵の前で悲鳴を上げたときだろう。悲鳴を聞いて蔵から飛び出してきた、あるいは近くに潜んでいた犯人に、玉緒は捕まった。だとすれば彼女は、ほとんど逃げる暇もなかったと考えられる。

その大きな根拠となるのが、玉緒の逃走を目撃した人も、彼女の叫び声を聞いた人も存在しないことだった。子供が大人に追いかけられていたら相当に目立つ。玉緒も叫び声を上げつづけただろう。いくら深夜でも目撃者や、少なくとも悲鳴を聞いた人が必ず出てくるはずだ。これらの事実から、玉緒は敷地内か、せいぜい家を飛び出してすぐに捕まったと考えるのが自然だと思えた。

しかしトビイによる匂いの追跡はすでに幾つもの街区をすぎ、かなりの距離に達していた。

まるで犯人の視界から逃れるように、小まめに曲がりながら進んでいる。ただし闇雲に走っているわけではなかった。一方向に向かって、なるべく出発地点から離れようとする意図が感じられた。曲がりくねりつつも、基本的には北東方向に進んでいる。

土地勘のない場所なので、ここが何処であるのかはすっかりわからなくなっていた。進んだ距離からして、おそらくすでに東京市を外れ、北豊島《きたとしま》郡に入っていそうだ。

「何処まで、行くんでしょうね」

わたしのつぶやきに答えは返ってこなかった。その代わり、大きな川が見えてきた。

隅田川だ。

トビイは隅田川に向かって、迷うことなく突き進んだ。河原特有の丸い石が敷き詰められ、所々に雑草が生い茂っている。トビイは川のすぐ傍までやってきて立ち止まると、矢庭に頭を高々と掲げた。わたしも視線の先を追って空を見上げる。

「ここで、玉緒ちゃんは空に飛んでった？」

「そんなわけないだろ」柿三郎が冷静に告げる。

トビイは空中に漂う残り香を探すように困り顔で頭を振ったあと、もう一度地面に鼻を向けた。暫く辺りをぐるぐると回るものの、くうん、と情けない声を上げて座り込んでしまった。

柿三郎がしゃがんで、トビイの頭を何度も撫でる。

「よおし、よおし、よくやった。お手柄だぞトビイ」そして立ち上がってわたしたちに体を向けた。「どうやら、ここが終着点、みたいだな」

「どういうことですか」わたしは思わず大きな声を出す。「ここで玉緒ちゃんは消えちゃったとでも云うんですか」

柿三郎は悲しげな溜息をついた。

「それは推して知るべし、だろう」

そう云って背後を振り返る。悠々と流れる川を見つめる。

玉緒の匂いは、ここでふっつりと途切れていた。空を飛んでいったわけでないなら、川に身を投じたと考えるしかあるまい。

梅松が柿三郎に向かって一歩を踏み出す。おそらく彼も同じ考えに至ったのだろう。

「それで、玉緒はどうなったんでしょう」

「どうなったか……」柿三郎は難しい顔で腕を組んだ。「現在に至ってもなお、玉緒ちゃんは行方知れずのままです。その事実に鑑《かんが》みれば、順当に考えて溺《おぼ》れ死んだのだろうと云わざるを得ませんね」

「そんな……ここまで来て……」

ひざまずきこそしなかったけれど、梅松の肩ががくんと落ちた。相当に落胆している様子がありありと伝わってくる。

一方で、わたしは大きな違和感を抱いていた。

柿三郎、らしくない……。

云うべきか、云わざるべきか、暫し逡巡《しゅんじゅん》したものの、わたしは思い切って口を開いた。

「あの、先生、幾つか疑問があるんですが」

目線だけで、柿三郎が質問を促した。

瞳に「いまは黙っていろ」という牽制《けんせい》の色はなく、むしろ楽しげな様子が感じられたので、自信を持って彼の不備に切り込んだ。

「まず、玉緒ちゃんはここで舟に乗り込んだ、という可能性は考えられませんか」

そのことに一切言及しないのはおかしい。

柿三郎はゆるゆると首を振る。

「それは考えにくい。船着き場でもないこの場所に、舟が舫《もや》っていたとは考えにくい。ここに舟があることを彼女が知っていたとするのも不自然だ。思いがけず事件に遭遇した彼女が、あらかじめ舟を用意していたわけもない」

想定された答えだ。

ここに舟があったとするのは、確かに無理がある。たまたまここで休憩していた舟があり、などと薄い可能性を論じても仕方がない。

「では、対岸まで泳いだ可能性はないでしょうか」

「十二歳の女の子に可能だろうか。しかもここまでずっと走りつづけてきたんだぞ」

「そうかもしれません。ですけれど、絶対に不可能だとも云い切れないと思うんです」

「溺れ死んだというのも、可能性の問題だ」

確かにそうなる。これでは水掛け論になってしまう。

しかし、ここまではあくまで前置きだった。わたしは最も不自然な状況に言及する。

「それでは根本的な疑問です。なぜ、玉緒ちゃんは川に飛び込んだのですか」

「なぜ？　それは犯人に追われていたからに決まっている。ここまで来て、もう逃げ場はなかった。川沿いに逃げてもいずれ追いつかれる。そこで一か八か、川に飛び込んだのだろう」

今度はわたしがゆるゆると首を振る番だった。

「それは、おかしいです。不自然です。そうなると、彼女はずっと犯人に追われ、ここまで逃げてきたってことになりますよね。この場所は、音塚質店からかなりの距離があります。子供の足で、これほど長い距離を逃げつづけられたとは思えません。それにずっと犯人に追いかけられていたなら、必ず叫び声を上げて助けを求めたはずです。夜とはいえ、まだ深夜零時にも至らない時刻です。これほど長い道中、誰にも逢わなかったとは考えられません」

わたしは一気にまくし立てた。

道中では、それなりに人通りの多い路を横切ることもあった。追いかけられていたなら必ず目撃者がいたはず。玉緒は凄惨な現場から必死に遠ざかろうとはしていたものの、犯人が間近に迫るほどの切迫した状況だったとは思えなかった。それは道々考えていたことだった。

それだけに、ここで川に飛び込んだという柿三郎の推理は、到底納得できるものではなかったのだ。彼らしくもない、拙速な推理だとしか思えなかった。

柿三郎は不機嫌そうにするでなく、難しい表情を浮かべるでなく、いつもの飄々とした風情で「なるほど」と頷いた。

「千代君の云うことも尤もだ。しかしここに至る道筋は小刻みに曲がっていて、いかにも犯人から逃げている風ではなかったかな」

「そうとは限りません」自分でも驚くほど明瞭な声で、わたしは彼の言葉を否定していた。「犯人の姿が見えていなくても、仮に追いかけられていなくても、すぐ近くまで犯人が迫っているかもしれない、と考えるのが心情ではないでしょうか。万が一にも見つからないようにぐねぐねと曲がるのは、あり得ることだと思います。そう考えると、そもそも川に向かったこと自体が不自然なんですよね。こんなに開けた場所だと、余計に見つかってしまいます」

追ってくる人物がいるかもしれない、と考えている人間が、河原に逃げ込むだろうか。それ以前の疑問として、玉緒はなぜ道中で道行く人に助けを求めなかったのか。彼女の足取りが見えてきたことで、かえって謎が膨らんだようにも思える。

「そうかもしれない」

柿三郎はそう云って再びしゃがみ込むと、わたしたちのやり取りをじっと黙って聞いていたトビイと視線を合わせた。

「しかしながら玉緒ちゃんの匂いが自宅からここまでつづき、川沿いで忽然と消えているのは事実だ。そうだよな、トビイ」

わん！　相手は飼い主でもないのに忠実に吠える。

「あのう……」トビイと同じく、黙ってわたしたちのやり取りを聞いていた梅松が、恐る恐るといった体で言葉を挟んだ。「なんだかわかりやせんが、それで一体全体、玉緒はどうなっちまったんでしょうかね」

「うむ。こう考えてみてはどうだろうか」柿三郎が立ち上がり、遠くを見つめるように眼を細めた。「玉緒ちゃんは蔵の前から逃げるとき、犯人の姿を見かけたんだ。犯人と眼が合った。彼女は必死に逃げた。後ろを振り返る余裕はなく、声を上げる余裕もなく、とにかくひたすら逃げつづけた。しかしやがて体力も限界に近づく。気づくと川の近くにいた。ふと見ると、川には一艘《いっそう》の舟が浮かんでいた。一艘しかないのだから、これに乗って逃げれば犯人から逃れられると考えた。彼女は最後の体力を振り絞って舟に辿り着いた」

「でも先生——」梅松は辛そうに顔を歪めていた。「いまも行方知れずのままってことは、結局のところ玉緒が生きている可能性は、ほぼあり得ないってことになるんですかね」

「そう決めつけるのは早いと思います」

わたしは口を挟む。そして八重から話を聞いたときに思いついた推測を語った。

犯人を目撃した玉緒は無事に逃げ果《おお》せたものの、命を狙われる危険があるのでおいそれと姿を現すことができない、というものだ。

わたしの推測を受け、柿三郎が大きく頷いた。

「つまり、玉緒ちゃんはまだ生きている可能性があるってことだ。無論、薄い可能性なのかもしれない。でも、いまはそれに縋って調査をつづけるべきだろう——」

柿三郎の言葉を聞きながら、彼は最初からこの結論に導くつもりだったのだろうな、と漠然と感じていた。

わたしの反論を受けても、まるで最初から想定していたように柿三郎は常に涼しい顔をしていた。そもそも、わたしに反論を許すほどの拙《つたな》い推理を、彼が展開するとは思えない。とどのつまりは彼の筋書きどおりに問答が進んで、ここに至ったような気がした。

ただし、その狙いはまるで見当もつかなかった。

柿三郎の言葉はつづく。

「玉緒ちゃんがこの地点で川に入ったのは、状況からして疑問の余地はなさそうだ。泳いだのか、あるいは偶然ここにあった舟に乗り込んだのか、それはわからない。いずれにせよ彼女がもし生きているのならば、どこかの川岸に辿り着いたのは間違いない。地道な作業になるけれど、それを見つけ出そう」

「それは、どうやって」わたしは尋ねる。

「こいつがいるじゃないか」

柿三郎はトビイの頭にぽんと手を乗せた。

俺に任せろ、とでも云いたげな勇ましい鳴き声が河原に響いた。

トビイが雄《おす》かどうかは知らないけれど。

ここからは非常に地味な作業であるし、どれほど時間がかかるかわからない——ともすれば数日に亙る――ので、梅松は先に帰路についた。

柿三郎が考えた方法は単純明快だ。

トビイとともに川岸に沿って南下し、玉緒の匂いを再び見つけ出そうというものだ。泳いだにせよ舟に乗ったにせよ、川の流れに逆らって北上したとは考えにくい。また、犯人がすぐ傍にまで迫っていなかったとしても、逃げる者の心理としては向こう岸――左岸に上陸したのではないかと思える。

したがって左岸沿いから調査をはじめることにした。

大回りをして橋を渡り、玉緒の匂いが消失した地点の丁度対岸に到達する。こちら側も雑草がまばらに生い茂る河原だった。ただし川を越えたこちら側は南葛飾《みなみかつしか》郡になる。舟を使った場合はともかく、彼女が泳いだと仮定した場合、対岸付近は上陸した可能性が最も高い地点となる。

念のためもう一度ハンケチを嗅がせ、玉緒の匂いが残っていないか、念入りにトビイに捜させる。

けれど従順で優秀な黒い犬は、まるで反応を見せなかった。うねうねと河原を巡りながら、なにも起こらないまま少しずつ出発点から離れてゆく。質屋からの追跡でトビイを酷使していたこともあり、結局この日は対岸付近を調べただけで打ち切ることにした。

ただトビイのあとをついていくだけでも、半日歩き回るとかなり疲れる。彼――聞いたら雄だった——の疲労はわたしたちの比ではないだろう。元より微かな残滓《ざんし》にすぎず、疲れが溜まると見逃してしまう危険もある。トビイだけが頼りのいま、あまり重労働を課すわけにもいかなかった。

翌日も昼から、おむすび持参で調査を再開した。

いまの時期、お天道様の照っている昼間は夏の盛りのように暑くはなく、かといって凍えるような寒さもなく、ほどよい気候であることは救いだった。

文字どおり玉緒の残り香を捜しながら、少しずつ川沿いを下ってゆく。

わたしと柿三郎が交互にトビイの綱を持ち、彼を導いてゆく。なにも二人してぐねぐねと無駄に歩き回る必要はないだろうという判断だ。もちろんトビイにも適度に休息を与えてあげる。

やがて東京市に入り、さらに南下してゆくに従って、いわゆる河原と呼べる地点は減っていった。堤が築かれ、川のすぐ脇にまで建物が並んでいたり、路になっていたりする箇所が多くなる。

そういった場所で玉緒が岸に上がったとは考えにくいけれど、なるべく川に沿って丹念に調査をつづけた。

しかし二日目もなんら成果はなく、空振りに終わった。

ここまで南下したならば泳いだ可能性は非常に低い。偶然にも舟があったのか、すでに彼女の臭気を見つけ損なったのか、向かい岸ではなく同じ右岸に辿り着いたのか。それとも矢張り、彼女は海にまで流されたのか。

日ごとに焦燥《しょうそう》は募るものの、僅かな可能性に賭けて調査は三日目に突入した。この日で左岸の調査は完了する予定だ。

ただし、調査をつづけるうちに新たな問題には気づいていた。

それは玉緒が、隅田川から支流に入った可能性だ。両岸ともに数多の河川や運河と繋がっている。そうなると調べるべき川岸はべらぼうに増える。事実上、すべての調査は不可能だった。

とはいえ順当に考えれば、矢張り隅田川の左岸が最も期待が持てる。日を追うごとに玉緒が見つかる可能性は低くなってゆく。

そうして、三日目の調査も終わりが近づいていた。

今日も駄目だったかと肩を落としかけた、ときだった。

佃島《つくだじま》に架かる相生橋《あいおいばし》の袂、越中島《えっちゅうじま》の商船学校。この手前に河原というか、辺り一面雑草が生い茂るだけのなにもない土地があり、そこでトビイが激しく吠えたのである。

明らかに玉緒の匂いを嗅いだ様子であった。

「先生！」

そのときトビイの綱を持っていたわたしは慌てて柿三郎を呼んだ。

様子に気づいた彼はすぐに走り寄ってきた。

「ついに見つかったか」

「みたいです。どうしたらいいですか」

わたしは興奮していた。

もちろん彼女の生存が確かめられたわけではなく、喜ぶのは時期尚早だろう。けれどそもそも万に一つの、非常に薄い可能性に賭けた調査だった。ただひたすら延々と歩きつづけ、三日目にしてようやく、初めて訪れた希望だった。否が応でもわたしの胸は高鳴っていた。

ひとまずトビイの綱を柿三郎に渡し、臭気を辿ることにした。

だが、その試みはあっさりと打ち砕かれた。

トビイは西側、町のほうへと歩を進めた。すぐに工場が建ち並ぶ一角に差しかかる。この辺りはやたら牡蠣灰《かきばい》の製造所が多いようだ。そこでトビイは、すぐさま匂いを見失ってしまったのである。

暫く近辺を探ってみたものの、芳しい結果は得られなかった。

なんらかの影響で匂いが掻き消えてしまったのか。それともここで乗り物に乗るなどしたのか。

申し訳なさそうな顔で道端に座り込んだトビイを見ながら、柿三郎が告げた。

「これ以上、彼を酷使するのも可哀想《かわいそう》だな。というか、これ以上彼を使った調査は難しそうだ」

取り敢えず、ここでトビイと待っててくれ。

そう云い置いて、柿三郎は川辺のほうへと小走りに駆けていった。

先生遅いねえ、などとトビイとじゃれ合っていた二十分後、ようやく柿三郎が戻ってきた。普通の人に比べれば随分控えめながらも、彼としてはすこぶる興奮した様子だ。

「見つかった。見つかったぞ千代君！」

「え？」わたしは驚いて立ち上がる。「ほ、本当ですか！」

柿三郎は先ほどの河原近くで、玉緒を目撃した人がいないか聞いて回っていたようだった。するとすぐさま、実に興味深い証言が得られた。

「近くの工業試験所に勤める技師の人だ。彼が直接見たわけではないんだが、一月半ほど前の朝、そこの河原に倒れている少女がいたらしい」

「そ、それって！」

わたしが詰め寄ると、柿三郎が大きく頷いた。

「あア、玉緒ちゃんである可能性がある。彼も人伝《ひとづて》に話を聞いただけだからはっきりしたことはわからないんだが、全身ずぶ濡れで、しかもなんと、記憶を失っていたというんだ」

「記憶を……」

思いがけない展開に、わたしは暫し呆気に取られた。

玉緒は対岸まで泳いで渡ろうと、川に飛び込んだのであろうか。ところが途中で溺れてしまった。あるいは途中で舟が転覆するか、舟から落ちてしまった。そうして気を失ったまま川に流され、ここに辿り着いた。

とにかくいまは、その少女が玉緒であるかどうかを確かめるのが先決だ。わたしは勢い込んで尋ねる。

「彼女は、それからどうなったんでしょうか」

「いや、それが彼も詳しくは知らないようでな。ただ、その少女の発見者が、同じ職場の人物だというんだ。お願いして、いま話を通してもらっている。その発見者に、直接話を聞けたらと考えている」

確かな手がかりを手繰り寄せ、柿三郎の眼は静かな昂《たか》ぶりに満たされているようだった。

ひとまずわたしは、トビイを連れて一足先に百栗庵に戻ることになった。なるべく早く彼を休ませてやりたかったからだ。

彼の活躍のお陰で、ここまで辿り着くことができた。事態は大きく動きはじめた。

帰る道すがら、わたしは興奮を禁じ得なかった。

もちろん河原に倒れていた少女が玉緒かどうかは、まだ断定はできていない。けれど偶さか事件と同じ頃に、川に流された少女がいたとは思えない。あまりにも偶然が勝ちすぎる。

事件の謎を解いたわけではなかったけれども、一月半ものあいだ誰もが辿り着けなかった一つの真相に、わたしたちはついに迫ろうとしていた。

柿三郎の語る調査経過に、梅松は身を乗り出すようにして耳を傾けていた。

話は佳境に差しかかる。河原で見つかった少女を発見した人のくだりだ。越中島にある農商務省の工業試験所に勤める老齢の技師で、早朝その界隈を散歩するのが日課だった。

少女は全身濡れそぼっており、川に半分浸かるような恰好で倒れていた。土左衛門《どざえもん》かと思ったものの、体に温《ぬく》もりは残っていた。

「それで通りがかった人にも手伝ってもらい、ひとまず陸のほうに上げたそうです。そして背中を叩くと水を吐き出し、意識を取り戻した。けれど彼女はすっかり記憶を失っていたんです。自分の名前も、何処に住んでいたかも、どんな生活をしていたかも、さっぱり思い出せなかった」

柿三郎が説明してくれたのだが、人は強い衝撃を受けると、稀《まれ》に記憶を失うことがあるらしい。それは数日程度で戻る一時的な場合もあるし、何年も長期に亙ってつづく場合もある。

玉緒は自宅の蔵で、両親の惨殺死体を目の当たりにした。さらに犯人に追いかけられる恐怖を味わった。かてて加えて川で溺れ、脳に損傷を負った可能性がある。あくまで想像でしかないが、そういった精神的、肉体的な衝撃が様々に作用し、一種の防衛反応として記憶を失ったのではないか、と柿三郎は推測した。

「彼女が玉緒ちゃんであるかどうかですが、幸い老技師の彼は、きっちりと手帳に日記を書きつける人でして。確認してもらったところ、少女が見つかったのは事件の翌朝であったことが確かめられました。状況からして、九分九厘玉緒ちゃんだと考えていいでしょう。

さて、玉緒ちゃんと思しき少女はその後どうなったか。役場に届け出るべきだろうという話もあったんですが、その手伝ってくれた人物というのが夫婦者でしてね。なに、暫くすれば記憶を取り戻すだろう。二、三日うちで預かってやるよ、と申し出たそうです。少女もそうしてもらえると助かると申しており、そうなれば発見者の彼も、四の五の云う必要はありません。あとはその夫婦者に任せ、少女のその後には関知していませんでした」

柿三郎の語り口は淡々としたものだったが、梅松はまるで手に汗握る講談を聞いているかのようだった。眼を見開き、食い入るように尋ねる。

「そ、それで……その少女は」

「ええ、その夫婦者の名前はわからなかったんですが、深川《ふかがわ》の富岡門前《とみおかもんぜん》に住んでいると告げていたことを、彼は覚えていました。そこで富岡門前に行き、一月半ほど前に突然娘子《むすめご》を預かった夫婦者はいないかと聞いて回りましたら、すぐに見つかりました。結論から云いますと、少女は未だ記憶が戻らず、いまもその夫婦の元で暮らしています」

梅松は喉を大きく動かして生唾を呑み込んだ。

柿三郎はすでに、その夫婦とも話をしている。

夫婦の名は香坂《こうさか》といった。良人は櫛挽《くしひき》職人である。彼は非常に有能な職人で、夫婦は裕福とは云えないまでも十分に満たされた生活を送っていた。ただ、どうしても子宝には恵まれなかった。

「最初はもちろん、純粋な親切心からだったそうです。しかし二日経ち、三日経ち、一週間経っても少女の記憶は戻らない。彼女は器量好しで大変気立ても良く、そんなことをする必要はないと云っても居候は申し訳ないからと、細々と家の用事を手伝ってくれる。いつしか情が移り、このまま記憶を取り戻さずにずっとここにいてくれたらと、夫婦揃って思うようになりました」

もちろん、それが少女にとっていいことだとは思っていなかった。必ず何処かに、彼女のことを心配している親がいるはず。そう思いつつも、気づけばずるずると一月半が経過していた。

「まだ確証はないものの、おそらく質屋音塚事件の被害者の娘だろう、ということは伝えました。夫婦は、その事件のことはまったく知らなかったようです」

それも致し方ないかと思える。

柿三郎のように、きっちり新聞や雑誌に眼を通し、世事に敏感な人間のほうが少数派だ。特に昔ながらの職人となれば仕事との関連も薄いため、世の中の出来事に疎い人は多いだろう。

「なお、少女のことを付近の住民には、わけあって弟夫婦から一時的に預かっている、と告げていたそうです。彼女にも、そう口裏を合わせるように云っていました。元より数日程度のつもりでしたし、彼女のためにも、おかしな風説が立たないようにと考えてのことでした。それもあって、事件と彼女の存在を結びつける人はいなかったようですね」

そうして彼女は一月半ものあいだ、人知れず深川の町で暮らしていた。

「さて、ここからが問題です」

柿三郎は衿を正すような仕草を見せ、一際声を張り上げる。

「とにもかくにも、彼女が玉緒ちゃんであるかどうかを、まずは確かめなくてはならない。その方法はいたって簡単です。八重ちゃんなど、彼女をよく知る人々に見てもらえばいい。ただし、その方法には一つの懸念があるのです」

柿三郎はぎゅっと眉根を寄せた。

「彼女は、事件の犯人を目撃している可能性がある。川沿いまで追いかけられていたかどうかは定かではありませんが、必死に逃げていたのは事実です。彼女は記憶を失い、人知れず生活していた。幸運にも、それによって犯人の毒牙から逃れられた可能性があるのです。玉緒ちゃんをよく知る人々に首実検をお願いすれば、そうして彼女が玉緒ちゃんだと確認されれば、当然ながら彼女の存在は世間に詳《つまび》らかになります。一月半ぶりに発見された被害者の娘として、新聞や雑誌の記者が押し寄せることでしょう。畢竟《ひっきょう》、事件の犯人も玉緒ちゃんが生きていることを知ることになります。果たしてそれが正しいことなのか。軽率な判断は、彼女の命を脅かすことにも繋がりかねません」

これはあくまで邪推ですが――。

そう前置きして、柿三郎はつづける。

「もしかすると彼女は、すでに記憶を取り戻しているのかもしれない。しかしいま名乗り出れば命を狙われる危険がある。そこで彼女は、記憶を失ったままの振りをつづけているのです。幸い香坂家の夫婦は自分にとても良くしてくれるし、彼らが迷惑に思っていないことは、寝食をともにしていれば容易に感じ取れるでしょう。香坂夫妻の好意に甘えつつ、そうやって密かに潜伏していると考えるのは、穿《うが》ちすぎでしょうか」

この推論はわたしもいま初めて聞いたものだった。

一月半で記憶を取り戻す可能性がどれほどあるかはわからなかったけれど、あながち邪推とも云い切れない。彼女はすでに両親を殺されているのだ。自分の身を守り、生きていくためにそう考えたとしても、誰も彼女を責められないだろう。

梅松は神妙な顔で聞き入っていた。

「なるほど。そういうこともあるかもしれませんな」首を縦に揺らす。「しかし、まったくもって驚くべき事実です。なにはともあれ玉緒が生きていたんだから、とにかく喜ぶべきことなんでしょう。それで先生としては、どうしたいと仰る」

「そこでです」柿三郎は胡座をかいた足に片手をつき、微かに身を乗り出した。「梅松さんに依頼を頼んだ人物は、玉緒ちゃんを引き取るつもりなんですよね。彼らは東京から離れた場所に住んでいて、しかも事件のあった音塚家との関わりは公言していないという。玉緒ちゃんの潜伏先として、打ってつけではありませんか」

「あア、確かに！」梅松は両手をぱちんと叩いた。

「香坂夫妻は、大変気持ちのいい人物でした。決して働き手として彼女を扱《こ》き使おうと、私利私欲で引き取ったわけではないでしょう。けれど矢張り、なんの関わりもない家で育てられるのは不自然なことです。それに事件現場と深川がいくら離れているとはいえ、所詮は同じ東京市内。いずれ玉緒ちゃんを知る人物に目撃され、彼女の生存が明るみに出るのは時間の問題です。諸々を考慮すれば、その遠縁の彼らに引き取られるのが、彼女にとって一番いいことだと思うのです」

　柿三郎の言葉には確かな熱が感じられた。

　梅松は彼が語った言葉を反芻するように宙に眼を向けると、たっぷりの間を取ってやおら頷いた。

「俺への依頼は、いや、違うな。俺が依頼するように頼まれた依頼は、玉緒を見つけてほしいってもんです。先生の提案はまったく問題ありませんやね。彼女を、依頼人の所に連れていけばいいんです」

「それなんですがね……」柿三郎はやや云いにくそうに、乾いた笑みを浮かべた。「現時点では彼女が玉緒ちゃんかどうかはわかりません。十中八九まず間違いないとはいえ、断言はできないのです。探偵の矜持《きょうじ》として、そのような状況で梅松さんに彼女を託して終えたくはないのです。そこで、秘密を守りつつ彼女が玉緒ちゃんかどうかを確認する方法は、一つしかありません。真の依頼者、遠縁の彼らに来てもらい、密かに確認してもらうのです。そしてその場に、僕たちも立ち会わせて戴きたい。依頼を請けた者として、きちんと最後まで見届けたいのです」

　柿三郎はそう云い切って、梅松を真っ直ぐに見つめた。

玉緒の遠縁だという真の依頼者は、正体を明かすことを拒んでいる。離れた土地で商いをしている、という理由もあるのだろうが、自ら出向かず、わざわざ使いの者を寄越《よこ》したのはそのせいだ。

にもかかわらず、柿三郎はその真の依頼者に東京まで出向くように要求している。

事実、梅松は明らかに困惑の表情を浮かべていた。

「あ、いや、それは、どうなんでしょう……」

戸惑いの視線をあちこちに飛ばす彼に、柿三郎は微笑みながら「わかっていますよ」と声をかけた。

「梅松さんの懸念は、ね。いま、この状況で真の依頼者を東京に呼び寄せると、玉緒ちゃんを見つけたのが自分ではないことが知られてしまいますからね」

梅松とともに、わたしも「え？」と間の抜けた声を上げた。

動力の切れた機械のように固まってしまった梅松に代わって、わたしは質問する。

「それって、どういうことですか」

「覚えているだろう、八重ちゃんは。五日前にも話を聞きに来た男がいたと云っていた。それは梅松さんだよ」

あっ、と彼に視線を向ける。

頬を引き攣らせた顔で、梅松はわたしたちから逸《そ》らした視線を彷徨《さまよ》わせていた。嘘のつけない人のようだ。全力で肯定しているのがありありとわかる。

澄ました顔で柿三郎が推理を展開した。

「考えてみればすぐにわかる。玉緒ちゃんを捜したい人物がいたとする。彼は東京の探偵に玉緒ちゃんの捜索を依頼するように、誰かに依頼するだろうか。そんな無駄に手間のかかることは普通しないだろう。直接玉緒ちゃん捜しを依頼するに決まっている。金さえ積めば身元を隠して依頼することも難しくはない。それに梅松さんは僕らに依頼してからも、ずっと東京に滞在していた。依頼の肩代わりを頼んだだけの人物に、それほどの待遇を与えるだろうか。窓口代わりだとしても、あまりに不効率だ。

つまり、梅松さんは玉緒ちゃん捜しを直接請け負ったのだよ。ところが八重ちゃんに話を聞いたものの、そこで調査は行き詰まってしまった。そんな折、現場近くにあったここ百栗庵の看板を見つけた。探偵、人捜しをよろず承ると書かれている。そこで梅松さんは、僕らに依頼してきたんだよ」

「そうなん、ですか」

わたしは直接本人に確かめる。

梅松は、参りやしたね、と苦笑いとともに頭を掻いた。

「さすが本物の探偵先生には敵《かな》いません。まったく、そのとおりです。俺なりに頑張って玉緒の行方を捜してはみたんですがね、どうにもこうにも八方塞《ふさ》がり。これはどうしたもんかと思案しておったわけです。そこで表の看板を見つけて、駄目で元々とばかりに戸を叩いたわけでさ」

わたしは吐息混じりに告げる。

「そんならそうと、そう仰ってくれたら良かったですのに」

「いやア、さすがにそういうわけにはいかんでしょう。依頼の又貸しみたいな真似はこっちも恥ずかしいし、相手も気を悪くするかもしれん。それに……」

梅松は云い淀み、先ほどよりも輪をかけて気まずそうな視線を床に這わせた。

「依頼料のことですね」

柿三郎が鋭く指摘し、梅松は曖昧に頷く。

「面目ない」

「気にする必要はありませんよ」柿三郎は微笑みで受け流した。「梅松さんは依頼者から受け取ったお金で、百栗庵への依頼料を捻出した。僕らに依頼しても、梅松さんの手元には十分なお金が残る。それを確認できたから依頼した、とも云えますね」

はははは、と梅松は申し訳なさそうに笑った。

なるほど、とわたしも得心する。

もし梅松が事情を素直に告げていたら、ではそもそも彼は幾らで玉緒捜しを請け負ったのか、という話になってしまい、百栗庵とのあいだで依頼料に関して軋轢《あつれき》が生じる。

彼としては、あくまで依頼の仲介人、という立場を取るのが最も得策なのだ。

そしてわたしたちが提示した依頼料は、十分に安いものだった。赤字になるようなら梅松としては依頼する意味はまるでなくなるから、そこは重要だった。手付け金を支払う必要はあるものの、もしわたしたちが見事玉緒を見つけ出したなら、諦めかけていた成功報酬も得られる。それは彼にとって魅力的な金額だったのだろう。

「先ほども云いましたが――」柿三郎は微笑みを絶やさぬままつづけた。「僕たちは以前提示したお金さえ戴ければ、なに一つ問題ありません。もちろん成功報酬も、です。僕たちはべつに名誉を求めているわけでもありませんので、この依頼を他言もしません。ですから、玉緒ちゃんは梅松さんが見つけ出したことにして結構ですよ」

「え、いいんですかい」梅松は眼を丸くする。

「はい。僕らがやったことを、自分に置き換えて依頼人に話して下さればいい。実はそういう狙いもあって、トビイによる追跡のときに立ち会ってもらい、先ほども事細かに調査の経緯を説明したのですよ。それなら玉緒ちゃんの確認のため、依頼人を東京に呼んでも差し支えないでしょう」

「はア――」梅松は腕を組み、思案するように中空を見上げ、独りごちる。「それなら、問題はねえよな」

「僕らのことは、東京での協力者とでも紹介してくれたらいい。警察犬を調達するために協力を願った人物、とかね。もちろん依頼人のことは詮索しないし、依頼内容も口外しないと固く約束してもらっている。そう告げておけば、彼らも問題視することはないでしょう」

「そう、ですな」梅松は頷く。「では、俺が玉緒を見つけたってことで、先生も口裏を合わせてくれるわけですね」

「お約束しますよ。なにかほかに問題が」

「いや、それはありません。元より玉緒が見つかったなら、彼らには連絡する手筈でしたから。確認する前に連れ帰るわけにもいきませんしね。連絡をすれば、すぐに東京にやってくるでしょう。しかし先生にはなにからなにまで気を遣って戴き、大変申し訳ない」

「いいんですよ」柿三郎は朗らかに笑った。「さっきも云ったでしょう。僕はただ、彼女が玉緒ちゃんであるかどうかを確認して、きっちり仕事を終えたいだけです。それが探偵としての僕の矜持であり、信念ですから。それ以外のことなど枝葉末節にすぎません」

柿三郎の爽やかな笑みを見つめながら、梅松の眼は潤んでいた。

「俺は……おいらは、いま猛烈に感動しとります」

そうして彼はがっちりと両手で柿三郎の手を握った。

「こんな優秀な探偵に巡り逢えて、おいらは果報もんだ。東京は恐い町だって聞いとったが、先生みたいな素晴らしい人に出逢えて、ほんに良かった！」

自分の言葉に感動するように、梅松はうんうんと何度も頷いていた。

なんだろう、この、三文芝居を見ているような気分は。

ともあれ、多少意外な展開もありつつ、依頼はこれでほぼ終わりを迎えた。香坂家の少女が玉緒以外である可能性はまず考えにくく、あとは真の依頼者が東京に到着するのを待って、確認してもらえればこれにて一件落着、というわけだ。

自分で云うのもなんだけど、今回はわたしも結構活躍したんじゃないだろうか。トビイほどではないけれど、というか、ほぼトビイの綱を引いていただけのようにも思えるけれど。

そのとき、がらがらがらと廊下を叩く音がした。

眼を上げると、柿三郎に呼ばれたわけでもないのにお玉さんの姿が見えた。彼の姿を見るのも少々久しぶりのような気がする。

あれ……？　お玉さんって、雄だっけ、雌《めす》だっけ。

——一番はじめは一の宮

——二は日光《にっこう》の東照宮《とうしょうぐう》

——三は佐倉《さくら》の惣五郎《そうごろう》
昔取った杵柄《きねづか》とばかり、わたしは玉の転がるような美しい唄声を響かせながら、華麗なお手玉を披露する。

——四は……。

「あ、落ちた。お姉さん、下手だね。唄も下手だけど」

うるさい。ちょっと手が滑っただけだ。

深川にある富岡八幡宮の境内だった。境内というか、西のほうは池のある大きな公園になっている。そこで玉緒と思しき記憶を失った少女と遊ぶのが、わたしに与えられた役割だった。先ほど柿三郎が、香坂家から連れてきてくれた。

もちろん香坂家とは話がついている。暫くここでわたしと時間を潰すよう、彼女も云い含められているはずだ。

彼女はいま〝きみ〟と呼ばれている。

「きみちゃん、お手玉はもうやめましょう。なにする？　綾取《あやと》り、とか」

「きみにもやらせて」

彼女はわたしの手からお手玉を取ると、軽やかな唄声とともに披露しはじめた。

巧い。すこぶる巧い。いつぞやの八重ちゃんといい、最近の子供たちはお手玉が上達しているのか。

その真偽はさておき。こうしているあいだに、真の依頼者、玉緒の遠縁にあたるという人物が、梅松に連れられてさりげなく少女の姿を確認する手筈になっていた。

梅松を通じて、依頼人は昨日東京に到着したという報告を受けている。梅松に話をした当日のことで、その素早さには些か面喰《めんく》らった。彼が取り急ぎ電報で玉緒発見の報を送ると、押っ取り刀で東京にやってきたようだ。梅松の地元であり、依頼人が住んでいるのは水戸《みと》であるらしい。

なお、わたしも柿三郎も、まだ直接は依頼人に逢っていない。あくまでこの計画は梅松の主導で為されている体なので、わたしたちが事前に逢うのも不自然といえば不自然になる。

二人でお手玉をしていると――というか、なぜかわたしがお手玉を教えられていると――あっという間に三十分近くが経っていた。

すっかり夢中になって周囲の様子も眼に入っていなかった。確認はすでに終わったかもしれない。

わたしはまたもお手玉を取り落とす。

「あ、また。巧くいかないなア」

「お姉さん、本当に不器用だね」きみが醒《さ》めた眼と声で云う。

うっ、核心は突かないでほしい。

それにしても彼女は、両親を喪い、記憶を失った不憫《ふびん》な少女とは思えない明るさがある。それに彼女の勝ち気そうな性格は、わたしが思い描いていた玉緒像とは少しばかり外れていた。尤もそれは、わたしの勝手な想像にすぎないけれど。

そんなことを思ったとき、手元に影が差した。すぐ傍に、梅松と柿三郎の姿があった。

惚《ほう》けたような顔で、梅松が揺れるように首を振る。

「違う、そうで。彼女は玉緒では、ないそうです」

……………え?

わたしはただただ、呆気に取られた。

百栗庵に戻ってきた。

柿三郎と二人、ではない。そこには梅松と、そして真の依頼者の二人もいた。

依頼者は夫婦だった。いや、直接は聞いていないので夫婦かどうかはわからないけれど、水戸で商いをしている遠縁の者、という状況からしてほかには考えにくい。四十代後半で、男は洋装、夫人は和装であり、その装いはいかにも資産家然とした佇まいだった。ただ、同時に随分と暗い雰囲気も漂っていた。それは記憶を失った少女が玉緒でなかったせいもあるだろう。実際二人は気落ちした様子で、ずっと顔を伏せていた。梅松とぼそぼそと言葉を交わすだけで、まだ一言も声を聞いていない。尤もその後すぐに三台の人力車に分かれて移動したので、話す機会がなかったのもある。

梅松と依頼者が百栗庵にやってきたのは、柿三郎があることを告げたからだ。

——河原で、玉緒のものと思しき簪《かんざし》を拾った。せっかく東京までやってきたのだから、それを直接確認してもらえないか。簪は百栗庵にある。

それらを梅松を通して、依頼者に伝えてもらった。

二人はすぐに了承したようで、百栗庵で再び五人が揃うことになった。

五人分のお茶を用意しながら、わたしは混乱していた。いったい、なにがどうなっているのか。

そもそも少女が玉緒ではない、というのはあり得ない。では、トビイによる匂いの追跡はなんだったのか。同じ夜にたまたま偶然、二人の少女が隅田川で流されたというのか。それとも最初から、すべてが間違っていたのか。

そして河原で拾った簪などわたしは知らない。拾ったとすれば、トビイの綱を交互に持って、川沿いを南下していたときだろう。しかしその途中で簪を拾ったからといって、それが玉緒のものだと断定はできない。仮にトビイを使って匂いを確かめたとしても、なぜ関係ない地点に簪だけが落ちていたのか。それをたまたま拾うなどという偶然があり得るのか。さらになぜわたしに黙っていたのか。

疑問だらけだった。

いつもの、玄関土間に面した板敷きの間にお茶を運ぶ。

卓袱台に依頼者の二人と、柿三郎が座っている。草履《ぞうり》を履いたまま、上がり框に腰かけるように梅松。そして彼らを見つめるように、お玉さんも最初から部屋の隅にいた。

わたしがお茶を配り終えると、柿三郎が膝を叩いて立ち上がった。

「それでは、はじめましょうか。お玉さん、簪を出してくれるかな」

柿三郎が命じてぽんと頭を叩くと、暫しの間があって猫型のからくり機械のお腹が開く。そこにはひとつの綺麗な簪が乗せられていた。

それを見て、柿三郎は優しげな顔で微笑んだ。それも一瞬、いつもの澄まし顔で依頼者に向き直ると、受け取った簪を掲げる。

「これ、なんですがね。これは実はどうでもいいんですよ」そう云って帯に差し込んでしまう。「簪を拾ったなどというのは口から出任せ。ただ、貴方たちをここに呼び寄せるための方便です。さて、それではこれから、一月半前に起こった質屋音塚事件、その真相を、玉緒ちゃんの行方も含めて、すべて詳らかにしてみせましょう」

「ちょっと待て」依頼者の男が卓袱台を叩く。「どういうことだ。君はただの協力者だろう」

「いえ、僕は探偵です。先日、梅松さんに玉緒ちゃん捜しを依頼されました」

柿三郎はあっさりと暴露すると、昨日梅松と交わした経緯もすべて説明してみせた。

梅松はぽかんと口を開け、裏切られたような情けない顔をしていたけれど、文句は云わなかった。紛れもない事実ではあるし、とても口を差し挟める雰囲気ではなかったせいもあるだろう。

ただ、依頼者の男は憤然と立ち上がり、ソフト帽を被った。

「わけがわからない。我々は帰らせてもらう」

「いいんですか」

柿三郎の鋭い声に射貫かれたように、男の動きが止まる。

「玉緒ちゃんの居所も、明らかにすると云っているのですよ」

二人は暫し睨み合った。根負けしたように、やがて男が声を発する。

「本気で、云っているのか」

「当然です。こんなことを冗談で云えるわけがない」

張り詰めた空気が張り、その緊迫感に耐えかねて、ここはわたしが場を和ます言葉を告げるべきだろうかと考えはじめたとき、男は不機嫌そうな顔ながらも再び腰を下ろし、帽子を脱いだ。

柿三郎は満足げに頷く。

「では、はじめさせて戴きます」

そうして、柿三郎の一人舞台が幕を開けた。

「梅松さんから玉緒ちゃん捜しの依頼を請けたとき、僕はすぐに胡散臭い依頼だな、と思いました。今し方説明しましたように、彼が告げた『依頼者の代理』は嘘である可能性が高い。もしかすると、もっと根本的な嘘をついているかもしれない。すなわち、真の依頼者そのものが存在しない恐れです。

そこでまずは玉緒ちゃんの調査をそこにいる助手の千代君に任せ、彼の様子を探ることにしました。本当に東京以外の人間なのか、本当に告げた宿屋に泊まっているのか、です。依頼を請けた日、彼とそこの玄関先で別れ際に握手を交わし、そのときにちょいと釣糸を着物の帯につけさせて戴きました。こうしておけば、少々離れても彼のあとを辿ることができます」

あっ、とわたしは思い出す。

梅松が料金にも納得し、依頼が成立したあとのことだ。柿三郎はお玉さんを呼び寄せ、釣糸を受け取っていた。あの段階でなんのために釣糸を欲したのか、すっかり忘れ去って気にもしていなかった。

「梅松さんはちゃんと仰っていた宿屋に泊まっていました。暫くのあいだ密かに様子を観察したものの、特に怪しいところはない。東京の町にも慣れていない様子だった。本当に田舎から東京に出てきて、暇を持て余している、という風にしか見えない。若干の保留はつけつつ、ひとまず梅松さんは嘘をついていないと判断しました」

「そんなことまで……」

梅松は聞こえるか聞こえないかの小声でつぶやいた。非難めいた色合いはなく、そこまでやるかと呆気に取られ、つい言葉がこぼれた、という感じだ。

「では、梅松さんが事実を告げていたら、この依頼は胡散臭くないのか。そういうわけではありません。梅松さんは騙され、利用されている可能性があります。

まず、いまになって玉緒ちゃんを捜そうとするのは不自然です。彼が云うように依頼者が玉緒ちゃんの遠縁であり、事件に心を痛めて彼女のことを心配しているのなら、事件後すぐに捜しにやってくるはずです。さらに、そもそも音塚家には親類縁者が見当たらなかった。当時の新聞でもそう報じられていますし、八重ちゃんの家に玉緒ちゃんが泊まったときの持ち物も、親類縁者がいないため八重ちゃんが預かったままになっている。

もちろん、理由はつけられます。本当に薄い繋がりの親類かもしれないし、血縁はなく、以前音塚家に世話になった人物が、恩返しのために玉緒ちゃんを捜そうとしているのかもしれない。ただ、説明が面倒なので梅松さんには遠縁だと告げた。それに、玉緒ちゃん捜しは今回が初めてではなかったかもしれない。梅松さんは、何人目かの探偵だった。

しかしながら、遠縁の依頼者というのは矢張り眉に唾をつけざるを得ない。そこで真っ先に考えられるのが、依頼者は犯人ではないか、という憶測です」

わたしは衝撃を受けた。

確かに、考えてみればそれは十分にあり得ることだった。

幾度となく、犯人を目撃した場合の危険性は言及されていた。もし玉緒が犯人を目撃したまま行方知れずになっていたら、犯人が彼女の行方を探ろうとしてもおかしくはない。

卓袱台の脇に座る、依頼者の二人にそっと眼を向ける。わたしは少し距離を置き、二人のほぼ真横付近に座っているので、はっきりと表情を読み取ることはできなかった。

ただ、二人が凄惨な事件の犯人だとはとても思えなかった。男は口髭を蓄えているものの凶悪な面構えではなく、見た目は紳士然とした人物だった。女は顔も体もふくよかななりで、召し物こそ立派なものの垢抜けなさの残る風采《ふうさい》は、いかにも気のいいお上さんといった雰囲気だ。

でも、人は見かけによらないと云うし、もしかすると……。

柿三郎はあえて二人から眼を逸らすように、土間のほうに言葉を投げつけた。

「犯人であれば現場付近をうろつくことは憚《はばか》られるでしょう。だから別人に玉緒ちゃん捜しを依頼した。遠縁の者だと偽ってね。もちろん玉緒ちゃんを見つけるのは口封じのためです。逆に、手を尽くしても彼女が見つからなければ、すでに死んだのだろうと安心もできる。

幾つかの可能性を考慮しつつ、僕は玉緒ちゃんの存在をでっち上げることにしました。トビイという犬に、彼女の匂いを辿らせることです。あれは、すべて事前に仕込んでいました。偽の玉緒ちゃんを見つけ出し、依頼者を東京に呼び寄せるためにね」

「えぇっ！」

わたしはつい大声を上げた。恨むように柿三郎を見つめる。

「じゃあ全部、嘘、ですか」

「あア、全部、嘘だ」

「あの、音塚家の勝手口から河原までつづいていた匂いも？　河原の、相生橋の袂で見つかった匂いも？」

「あア、そうだ。そもそもおかしいとは思わなかったか。あのとき説明したように、犬の嗅覚が優れていて、捜査に活用する試みが進んでいるのは事実だ。警視庁でも採用されている。けれどさすがに町中で、一月半前の匂いを辿るのはまず不可能だ。少なくとも、あんなに順調にいくわけがない。音塚家周辺にはそこらじゅうに玉緒ちゃんの匂いが残っていただろう。一月半前の匂いを嗅げるのなら、一月半と一日前、一月半と二日前の匂いだって感じ取れたはずだ。犬が、それをどうやって区別する」

全身が脱力感に包まれる。

足を棒にした、あの三日間の調査は、すべて嘘、徒労だったというのか。三日に亙ってじりじりと募った焦燥も、三日目の終わりに匂いを見つけた歓喜も、すべて虚構だったというのか。

「なんで、そんなことを……。だいたい、どうしてわたしまで騙すんですか」

わたしは涙声で訴えかけたが、柿三郎は相も変わらず飄々としている。

「それは君、敵を欺くにはまず味方から、と云うだろ。なるべく疑いを抱かせるようなことはしたくなかった。目的の一つとして、梅松さんの様子を探ることがあったからね」

誰もが茫然とした顔をする中、柿三郎は淡々と説明する。

最初の時点での可能性としては、梅松こそが事件の犯人ではないか、というものもあった。

ただしそれは、八重に話を聞いていた人物の存在や、現場付近に躊躇なく彼がやってきたことで、考慮の埒外になった。なにより彼の言動に不自然さは見受けられなかった。

さらに川にまで匂いを追ったあと、柿三郎は「玉緒は十中八九すでに溺れ死んだ」という推理を開陳した。拙速な推理と思えたこれもまた、梅松の反応を探るための算段だった。

彼はそのとき、心底がっかりした顔を見せた。そこに演技の気配は微塵《みじん》もなかった。

これによって柿三郎は、梅松が犯人と通じている可能性もない、と判断したのである。もし梅松が直接犯行に加わっていなくても犯人の一味であったり、犯人側の事情を知っていたなら、玉緒の死は望むところである。

梅松は一切含むところがなく、依頼されて玉緒を捜そうとしている。それに失敗して百栗庵に依頼をした、と結論づけた。玉緒が死んだとなれば、ただ単に成功報酬が得られなくなるので、彼は落ち込んだのである。

説明が一段落したところで、わたしは手を上げて、ずっと引っかかっていたことを尋ねた。

「すみません、先生。ということは、ですよ。トビイは匂いなんて辿ってなかったってことですか」

確かにその日、トビイの綱を持っていたのは柿三郎だった。けれど彼がトビイの行く先を操っているようにはまるで見えなかった。トビイは自らの意志で歩いていたし、ときおり匂いを見失ったりと、あれはとても迫真に迫っていた。いくら賢くても、犬がそこまで演技できるとも思えない。

柿三郎は自信たっぷりに告げる。

「さっき云っただろ。敵を欺くにはまず味方から、とね。トビイは確かに匂いを追っていたよ。前日、仕込んでおいたんだ。随分長いこと現場周辺には足を踏み入れていない人物に頼んで、あたかも逃げている人のようにうねうねと巡りながら、川にまで入念に匂いをつけてもらった。そのあとは川に入って体を洗い、なるべく匂いを落としてから、さらに少し下流のほうまで泳いでもらって上陸した。あ、ちなみにその人物は男だ。あとは地面に匂いを残さないよう、呼び寄せた人力車で現場周辺から離脱したって寸法だ」

そこまでやりますか……。

先ほど梅松がつぶやいた言葉を、わたしもつぶやきそうになる。

「で、でも、ちょっと待って下さい」おかしなことに気づく。「ハンケチ、ハンケチはどうなりますか。確かにあのとき、兎の刺繍が入った玉緒のハンケチを、トビイに嗅がせてましたよね。まさか、まったく同じものを用意した、とか」

「いや、そんなことをする必要はないよ。まったく同じハンケチを用意するのは意外と骨が折れるしね」

そう云って柿三郎は懐から一枚の手拭いを取り出した。

そして右手に手拭いを持ったまま藪から棒に腕を交差させると、一瞬にして手拭いは消えていた。再び同じ動作をすると、今度は左手に手拭いが現れた。

「手妻のお陰で、こんな特技を身につけていたしな。一瞬ですり替えるのは造作もない」

ここまで見事に騙されたら怒る気力も湧いてこない。むしろ笑いさえ込み上げてくる。

その後、川沿いを調査し、越中島の相生橋の袂でトビイが反応したのも、柿三郎が事前に準備をしていたことである。偽りの筋書きが露見する可能性を少しでも減らすため、わたしも騙しつづける必要があった。

また、わたしも共謀して「調査した振り」をした場合と、嘘でも実際に三日間歩き回った場合とでは、説明したときの説得力が違ってくる。梅松を騙し通し、依頼者を東京に呼び寄せるために、細部にこだわり、なるべく信憑《しんぴょう》性を持たせるよう柿三郎は努めていた。

ただ、河原に倒れていた玉緒を発見した人物や、その後彼女を育てていた櫛挽職人の夫婦役までは用意しなかった。当然のように彼らは柿三郎が案出した架空の存在だ。梅松やわたしを巧みに遠ざければ説明だけで事足りる。わざわざ役者を雇う必要はなかろうと柿三郎は判断した。したがって彼らは、柿三郎の話の中にしか出てきていない。

ただ一人、玉緒と思しき記憶を失った少女、だけは用意する必要があった。そこで知人の娘さんをお借りした。

「彼女には、富岡八幡宮の境内で千代君と暫く遊ぶようにだけ云い含めていました。特に『記憶を失った少女』の振りをしてもらう必要もなかった。この時点に至っては、千代君に多少訝しまれても問題はなかったですからね。

ただし、性格はともかく、見た目はなるべく玉緒ちゃんに近づけるように努めました。背丈や顔つきがなるべく似ている子を選び、知人の了解を得て、髪型なども極力似せたんです」

そこでわたしは首を傾げた。八重の口から玉緒は大人しい子だとは聞いていたけれど、見た目の情報はなに一つ得ていない。

「先生は、玉緒ちゃんの容姿について、知っていたんですか」

「あア、詳しくはまたあらためて説明するが、それはよくわかっていた」

そう告げ、柿三郎は依頼者の二人を見据えた。

「見た目や雰囲気を玉緒ちゃんに似せることは、非常に重要でした。なぜなら、それこそが最後にして、最大の判断材料だったからです」

柿三郎は力強く告げた。

依頼者の二人は、軽く俯き、微動だにしなかった。卓袱台の上の湯呑みを、じっと睨みつけているかのようだった。

柿三郎は再び元の淡々とした口調に戻った。

「さて、ここで思考実験です」ゆっくりと歩を進めながら、人差し指を立てる。「仮に依頼者が犯人で、目撃者である玉緒ちゃんを見つけ出そうとしているとしましょう。犯人と玉緒ちゃんは、蔵の内と外で一瞬眼が合っただけ。彼女の容姿をはっきりと覚えている可能性は低い。ここに、状況からして九分九厘ほぼ間違いなく玉緒ちゃんとしか思えない少女がいる。見た目も、確かにそのときの少女に思える。ならば依頼者である犯人は、当初の予定どおり彼女を引き取り、口封じのため殺害するはずです。彼女がいつ記憶を取り戻すかわからないですからね。

仮に、犯人が音塚家と顔見知りで、多少なりとも玉緒ちゃんのことを知っていたとしましょう。それでも境内の彼女を見て、『玉緒ではない』と断言するのは難しいはずです。両親を殺され、記憶を失い、いまは違う環境で生活して一月半が経っている。多少雰囲気が違っているのも当然で、状況は玉緒ちゃん以外にはあり得ないと示している。なにより彼女を捜すために大枚を叩いています。万が一にも彼女を葬ろうとするはずです。

つまり富岡八幡宮の少女を見て、すぐさま『玉緒ではない』と断言した時点で、依頼者は犯人、という仮説は当て嵌まらないのです。では、梅松さんが仰るとおり、依頼者は彼女の遠縁の人物でしょうか。いや、それも考えにくい。警察も摑めないほど関係の薄い縁者が、ほとんど関わりを持たず遠く離れた土地に住んでいた人物が、一目見て『玉緒ではない』と断言するのもおかしな話です。では依頼者はいったい誰なのでしょう。事件と関わりがあり、大金を費やしても玉緒ちゃんを捜す動機があり、一目見て区別がつくほどに玉緒ちゃんのことをよく知っている人物。答えは一つしかありません」

柿三郎は依頼者二人の傍で立ち止まり、彼らを見下ろす。

「玉緒ちゃんのご両親です。そうですよね、音塚善之助《ぜんのすけ》さん、栄《さかえ》さん」

そんな、馬鹿な……。

わたしも、梅松も、間抜けに眼と口を見開いていた。

依頼者の二人は変わらず、じっと湯呑みを見つめている。

混乱しつつも、思い出す。

そうだ、確か警察が駆けつけたとき、死体はそこにはなかった。八重は蔵の血溜まりに倒れる男女二人の死体は眼にしたが、それが音塚夫妻だと確認できたわけではない。

玉緒の両親が生きている可能性は、皆無ではなかった。

けれど、なぜ、そんなことが起こり得るのか。

柿三郎は、なぜ、その真相に辿り着けたのか。

「実は最初の時点で、依頼者は犯人、という推測とともに、依頼者は両親、という推測もあったのですよ。理由は単純です。いくら姿を目撃されたとしても、犯人が大金を投じてまで玉緒ちゃんを捜し出そうとするか、という疑念です。梅松さんに払った捜索に関わる手間賃、往復の汽車賃、宿代、さらに報酬などなど、相当なお金を費やしています。もちろん、犯人はそうするだけの理由があり、財力があったのかもしれません。けれど玉緒ちゃんを捜す動機の点では、『両親がまだ生きていた』とするほうが説得力がります。両方の可能性を考慮に入れながら、今回の計画を立てました。そうして、これまで説明したように、前者は否定され、後者が肯定されたのです」

梅松が依頼に来た瞬間に、柿三郎はそこまで考えを巡らせていたのかと、ただ驚くばかりだった。

まず梅松の素性を炙り出し、ついで依頼者の素性を炙り出す。

その計画に則《のっと》って、警察犬による匂いの追跡、そして玉緒と思しき少女の発見、そして依頼者を呼んでの首実検と、随所に巧妙な仕掛けを施しながら綿密な筋書きが書かれていた。

柿三郎のしたたかさには舌を巻くしかなかった。

「この先は、多分に憶測を含んではいるのですが――」

そう前置きしつつ、質屋音塚事件の真相について、柿三郎は推理を語りはじめた。

「あの夜、玉緒ちゃんが八重ちゃんの家に泊まっていたのは、決して偶然ではないでしょう。娘を遠ざけたうえで、なんらかの計画が蠢いていた。計画どおりの所業か、それとも突発的な出来事だったかはわかりませんが、蔵の中で二人の男女が殺された。犯人は、おそらく、玉緒ちゃんの両親です。予想外だったのは、玉緒ちゃんと八重ちゃんの二人が自宅に来たことです。あろうことか蔵の犯行現場も目撃されてしまった。さらに蔵の暗闇に身を潜めていたものの、娘と眼が合ってしまった。ただ、こちらは暗がりにいたうえ、血に塗《まみ》れていたので人相が知れた可能性は低い。音塚夫妻は筵《むしろ》かなにかで死体を隠して大八車に乗せ、外へと運び出した。

幸い、死体と大八車の処分は巧くいきました。逃げ延びることにも成功しました。新聞を読むかぎり、殺されたのは自分たち二人だと思われている。このまま隠遁すれば真実が明るみに出ることはない。娘の玉緒ちゃんは折を見て引き取ろうとしていたのでしょう。ところがなぜか事件後、彼女は行方不明になってしまった。しかし自分たちの手で娘を捜すわけにはいきません。現場付近を歩けば、すぐに知人に見つかってしまう。なるべく東京にも近寄りたくはなかったでしょう。そこで水戸に潜伏しながら、時間と体力があり、秘密を守ってくれそうな人物に遠縁だと嘯いて、玉緒ちゃん捜しを依頼したのです」

柿三郎は一気に語り、悲しげな笑みを二人に向けた。

「何処か間違っているところは、あるでしょうか」

濃密な沈黙が流れた。

身じろぎすることさえ躊躇われる、重い空気が漂っていた。

しかしそれも長くはなかった。

打ち破ったのは微かな衣擦れの音と、啜り泣きだった。泣き声は段々と大きくなり、栄夫人の肩が揺れ、やがて落ちた。

「仕方が、なかったんだ……」

音塚善之助が重い口を開いた。

「わたしたちは、ずっと脅されていたんだ。彼らに、ずっと」

善之助は訥々《とつとつ》と、事情を語りはじめた。

相手は三十絡みの夫婦者だった。明らかに堅気ではない風貌《ふうぼう》で、胡乱な気配を身に纏《まと》っていた。

最初は販売した質流れ品への、些細《ささい》な文句だった。それが果たしてこちらの落ち度であるかは疑問だったものの、端金《はしたがね》で済むのならと彼らの云いなりになった。それが間違いだった。

「あとから冷静に振り返れば、最初の時点できっぱりと断るべきだったのですよ。そうすれば彼らに眼をつけられることはなかった。でもそのときは、そしてそのあとも、正常な判断ができなかった」

彼らの要求は段々と大きくなり、断ればありとあらゆる手でこの店を営業できなくしてやると脅された。お上に訴えたところでそもそも彼らの素性は不明で、効果的な処置を施してくれるとも思えず、訴え出たことが発覚すればどんな意趣返しをされるかわからない。多少のお金で済むのならとやむを得ず従っていると、徐々に感覚も麻痺《まひ》してくる。気づけば、彼らが持ち込む盗品の処理も請け負うようになっていた。そうなると弱みが次々と膨らみ、ますます彼らに付け入る隙を与えることになる。

「そうなればもう、彼らの云いなりですよ。いま振り返ってみてもなにが起こったのかわからない。知らず識らずのうちに蟻地獄《ありじごく》に嵌まっていて、藻掻けば藻掻くほど穴に落ちてゆくような感じだった」

そのような連中が手心を加えるわけがない。すべてを毟《むし》り取られるまで解放されないことは火を見るよりも明らかだった。やがて彼らは、娘の玉緒に眼をつけはじめた。

そして、二人は決意する。

「そこまでくれば、もう殺《や》るか殺られるか、どちらかしかなかった。幸い、彼らは屑のような人間だ。そしておそらくは流れ者。突然消えたところで気にかける人間もいないでしょう。それに万が一に備えていたんでしょうな、盗品の処理を頼むようになった頃から、目立つかたちでの接触は避けるようになっていた。それは逆にわたしたちにとっても好都合だった。彼らの失踪、あるいは彼らの死と、音塚質店が結びつけられることはない。よっぽど下手を打たなければ、絶対に疑われない自信があった」

決行は、玉緒が友人宅に泊まる夜。

話し合いがしたいと云って、やくざ者の二人を自宅に呼び寄せた。

折を見て、音塚夫妻は言葉巧みに彼らを蔵へと誘った。扉を閉めたあと、善之助は隠していた刀を使い、隙を突いて彼らに襲いかかった。油断もあったのだろう、反撃を受けて善之助も怪我を負ったが、最初の一撃が功を奏して無事に殺害は成功した。丑三つ時を待って死体を処分する予定だった。なるべくなら死体は発見されないほうがいいわけで、そのための準備も整えていた。

ところがそのとき、いないはずの玉緒の声が聞こえた。父母の名を呼びながら、蔵に近づいてくる。慌てた二人は灯りを消して、蔵の中で物陰に隠れた。

蔵の扉が開けられる。小さな悲鳴とともに、走り去ってゆく足音。

玉緒が去ったのを確かめるべく、善之助は、そっと物陰から顔を出した。そこにはまだ玉緒がいた。先ほどの悲鳴と足音は友人のものだったのだ。玉緒は驚きのあまり、硬直している様子だった。

善之助と玉緒、二人の視線が交錯する。

時間が止まったように感じたのも一瞬、言葉にならない呻《うめ》き声を上げ、体を小刻みに震わせながら、玉緒が一歩、二歩とあとしざる。次いで踵を返すと、よろめき、つんのめりながら、彼女は走り去った。

頭の中は棒で掻き混ぜられたように混乱の極みにあった。それでもなんとか、善之助は必死に冷静になろうと努めた。

父だとは、おそらく気づかれなかったはずだ。

月光が差し込んでいたとはいえ、蔵の中の暗がりにいた自分の顔をはっきり視認できたとは思えない。顔にもたっぷりと返り血を浴びていたから尚更だ。それにもし父だとわかったなら、あれほど怯《おび》えた様子で逃げはしなかっただろう。

いずれにせよ、ほどなく警察がやってくるはずだ。すぐに逃げ出す必要があった。

「あとはほぼ、探偵さんが先ほど推理したとおりですよ」

まるで逃げ延びて一息つくように、善之助は深い深い溜息を吐き出した。

「死体を大八車に乗せて運び出すと、川に沈めて処分して、なんとか無事に水戸まで逃げ延びました。新聞に眼を通すかぎり、やくざ者の二人の存在は浮かび上がっておらず、世間はわたしたちが死んだと思ってくれている。しかし、なぜ玉緒が行方を晦ましたのか、それはさっぱり理解できなかった。

自宅をあとにする前、現金や金目のものは持ち出せたので、当面金の心配はない。事件から暫く経って、水戸の地でどうにか落ち着きを取り戻しはじめたものの、一向に玉緒が見つかる気配がない。というか、その頃にはすっかり新聞で扱われることも減っていた。そこで探偵を自任する男に、玉緒捜しを依頼しました。もちろん遠縁の者だと嘯いてね。ところが彼はろくすっぽ調査もせず、金だけ取られて連絡がつかなくなりました。元々素性もよくわからず、最初から怪しげな男だったんですが、ほかに当てもなく、わたしたちも焦っていましたから。

そこで今度は反省を活かし、探偵調査の希望者を募ることにしました。直接逢って話をして、身元がしっかりしていて誠実そうな男に調査を依頼したのです。それが梅松さんです」

突然名前を呼ばれ、いまさらながら挨拶をするように、ぺこんと梅松は頭を下げた。先ほどから思いもかけない話の連続で、彼は思考が追いつかずに放心している様子であった。

静かに、柿三郎が礼を述べる。

「ありがとうございます。真相を語って下さったこと、感謝致します」

善之助は疲れ切った表情と仕草で、緩やかに首を左右に振った。

「いえ。わたしたちも逃げるのに疲れていたんですよ。心の何処かで、真相を吐露したいと思っておったんですよ」

暫し鎮まっていた栄夫人の泣き声が、再び大きく響いた。

柿三郎は床に片膝をつくと、右手を振って、空中から手拭いを取り出す。

「宜しければ、どうぞ」

そう云って、夫人に差し出した。

涙混じりながら、彼女はかろうじて「ありがとうございます」と云い、手拭いを受け取った。

さて——、と柿三郎は改めて床の上に胡座をかいた。

「そろそろ、手妻の種明かしをしましょうか。本物の手妻の種明かしは野暮ってものですが、探偵業のほうはそうではありません。黙っていると無粋になってしまいます」

柿三郎は小さく微笑んだ。

「実はね、今日のこの日を、僕はずっと待っていたのですよ。表の看板は、そのために用意したと云っても過言ではない」

わたしはぽかんと柿三郎を見つめた。

表の看板というのは、『よろず発明　承り』『よろず探偵　人捜しも承り』のことだろう。

今日のために、用意した……？

「千代君は知っていると思うが――」柿三郎がわたしを見て、意味ありげに笑みを浮かべる。「『よろず探偵　人捜しも承り』は最近書かれたものだ。質屋音塚事件が起こって、四日ほど経った頃だった」

そういえば――、とわたしは思い出す。

表の看板は文字の配置や大きさからして、『よろず発明　承り』と書かれていたところに、あとから無理やり『よろず探偵　人捜しも承り』を付け加えたような体だった。

そして依頼のために初めてここを訪れたとき、彼は『よろず探偵　人捜しも承り』を昨日書いたばかりだと告げていた。

柿三郎は音塚夫妻を見て、優しげに微笑んだ。

「実は娘さんの玉緒ちゃんと僕は、顔見知りだったのですよ」

「…………へ？」

誰のものともつかない間の抜けた声が場を包んだ。

優しげな笑みのまま、柿三郎は中空を見上げる。

「出逢ったのは今年の春先だったか。だから半年は前になるな。きっかけは猫だった」

二人の出逢いは柿三郎が百栗庵の軒先で餌をやっていた野良猫〝お玉〟に、玉緒が興味を示したことだった。やがて彼女は柿三郎が作る珍妙な発明品にも関心を向けるようになり、たびたび一人で百栗庵を訪れるようになった。やがて野良猫のお玉は何処かで事故に遭ったのか、別の土地に移ったのか、姿を見せなくなったが、柿三郎と玉緒の密かな交流はつづいていた。

そして、あの事件の夜がやってくる。

「夜中に激しく戸を叩く音が聞こえて慌てて出てみると、玉緒ちゃんが立っていました。僕に助けを求めに来たんです。暫く彼女は混乱して泣きじゃくっていましたが、ようやく落ち着くと、今晩は友人の家に泊まっていたこと、夜中に二人で自宅に向かったこと、蔵の中に両親の死体を見たこと、闇に潜む、血に塗れた犯人らしき人物と眼が合ったことを話してくれました。

ひとまず僕は事実を確かめに音塚質店に向かいました。ところが駆けつけたときにはすでに多数の警察官で溢れかえっていて、僕の出番はありませんでしたがね」

百栗庵に戻った柿三郎に、玉緒は訴えた。

暫くわたしをここで匿《かくま》ってほしいと。

蔵の外にいた玉緒の姿は、犯人からはしっかりと見られている。逆に玉緒は犯人をほとんど視認できなかったが、犯人は姿を見られたと思っているかもしれない。犯人が捕まるまで、事件が解決するまで、ここで密かに匿ってほしいと玉緒は懇願した。

そもそも両親を喪ったいま、彼女を引き取ってくれそうな親類縁者はいなかったし、仮にいたとしてもそれではすぐに犯人に見つかってしまう恐れがある。幸い百栗庵に出入りしていたことを玉緒は誰にも話しておらず、柿三郎との関係を知る者はいない。もちろん今日ここに逃げ込んだことも誰も知らない。

柿三郎は逡巡したものの、彼女の身の安全を優先し、犯人が見つかるまで玉緒を匿うことにした。

「しかし、一向に犯人が見つかる気配はありません。そこで僕は一計を案じたんです。非常に薄い可能性かもしれないけれど、犯人は目撃者である玉緒ちゃんを捜し出そうとするかもしれない。そこで犯人を誘《おび》き寄せるために、表の看板に『よろず探偵　人捜しも承り』と付け加えたのです。犯人、若しくは犯人の依頼を請けた人物が玉緒ちゃん捜しのために現場付近をうろついていれば、いずれここの看板を見つけ、戸を叩くかもしれないと期待してね」

そんな経緯があり、そんな目論見があったのか……。

まるで想像だにしていなかった真相だった。それで先ほど柿三郎は、この日をずっと待ち望んでいたと云ったのだ。

今回の依頼に乗り気だった理由として、音塚質店を何度か利用したことがあるから、と柿三郎は云っていた。それも真意を悟られぬための方便だったのだろう。

そういえば質屋音塚事件の真相を語る過程で彼は、多分に憶測であると前置きしつつ、蔵の内と外で犯人と玉緒が視線を交わしたこと、犯人が血に塗れていたことなど、そのくだりは妙に具体的に語っていた。少しばかり引っかかりを覚えたのだけれど、玉緒から直《じか》に聞いていたのであればそれも当然だ。

「本当は『よろず人捜しを承り』とでも書きたかったんですがね。さすがにそれではあからさますぎる。犯人を警戒させてしまうかもしれない。そこで『人捜し』の隠れ蓑《みの》として、やむなく『探偵』を加えざるを得なかったんですよ」

苦虫を嚙み潰したような顔で柿三郎は云う。

合点がいった。どうりで柿三郎は探偵業にやる気を見せなかったわけである。自分で看板を出しておきながら、おかしな話だった。

まさにその翌日に探偵依頼にやってきたわたしは、招かれざる客だったのだ。

梅松が玉緒の名前を出した途端に眼の色を変えたことも、今回の巧緻な計画も、そうであれば納得できる。

一月半ものあいだ、ずっと彼はこの依頼だけを待ちつづけていたのだ。

しかし、それ以外の探偵依頼も――公表しなかった例外が一件あったものの――すべて謎を解いてみせたのだから、矢張り柿三郎という男、只者《ただもの》ではない。

「実は両親が玉緒ちゃんを捜す可能性も、当初から想定はしていたんです。というのも、玉緒ちゃんは暗闇に光る眼と視線を交わしたわけですが、事件の翌日、彼女は奇妙なことを云い出したんです。冷静になって振り返ってみると、見慣れた視線だったような感じがする、と。

単なる勘違いかもしれないし、顔見知りによる犯行であるかもしれない。ただ、犯人が死体を処分したことを考え合わせると、死体は両親ではなく、犯人こそが両親である可能性が出てくる。そうであれば尚更、犯人、すなわち両親は、玉緒ちゃんを見つけ出そうとするはずだと見当をつけた」

「あの――！」

栄夫人が、初めてはっきりとした声を発した。手拭いを両手でしっかと握り締めながら、身を乗り出している。

「玉緒は……玉緒は、ここにいるのですね！」

柿三郎は微笑とともに、頷いた。

「ええ。ずっと、ここに、います」

柿三郎はゆっくりと立ち上がると、「あ、そうそう」と云って帯から簪を取り出した。

百栗庵に戻ってきてすぐ、お玉さんから受け取った簪だ。

「実は貴方たちが音塚夫妻であることは、ここに来てもらってすぐにわかりました。これが――」簪を掲げる。「合図でした」

そうして、ぽんっ、とお玉さんの頭を叩いた。

かちりと小さな金属音がして、真っ二つに割れるように、お玉さんの前半分が開く。

中には一人の少女がいた。静かに立ち上がる。

「お父さん、お母さん」

少女がつぶやいた。

そして玉緒は、両親に向かって、涙とともに飛び込んだ。

終章

百栗庵の跡地には、再び柿三郎とお玉さんだけが残される。

そろそろ、頃合いかもしれなかった。

百栗庵の向かい側にある瓦礫の山。そこに立てかけられていた板が倒された。

その音に柿三郎が眼を向ける。その眼はすぐさま大きく見開かれ、歓喜の声が迸《ほとばし》る。

「千代君！」

わ、わたしはゆっくりと彼に近づいた。

「どうもどうも。ちょいとご無沙汰してましたね」

「良かった。ずっと捜してたんだよ」

「わたしもずっと先生を捜してたんですよ」

わたしは唇を尖らせる。

柿三郎は倒れた板と、向かいの瓦礫を見つめ、不審そうな顔をする。

「というか、君はずっとそこに隠れていたのか」

「えへへ……」わたしは鼻の頭を擦った。「先生が今日ここに来るのはわかっていたんで、驚かそうかと思いましてね。こっそり隠れて見てたんですよ。森蔵さんや、十三さんも来てましたよね」

「そのときに出てくれれば良かろう。彼らも喜ぶだろうに」

「いやア、それはそれで変な空気になりそうですし。こんな子供っぽいことが通じるのは、先生だけかなと。お陰でなかなか飛び出す機会が摑めず」

「ほんと君も相変わらずだな。てことは、お玉と通じてたってことか」

柿三郎は不機嫌そうに細めた眼を傍らのお玉さんに向けた。

彼女はくすっと笑う。

「はい。昨日、浅草公園の近くで、本当に偶然に千代さんにお逢いしたんですの」

そうして二人で柿三郎のところに向かっていたのだが、道中で明日百栗庵の瓦礫を掘り起こす予定だと聞いた。それなら現地で瓦礫の中から突然現れて、彼を驚かそうかと二人で盛り上がった。

本当は百栗庵の瓦礫の中に埋まって身を潜め、木の板などを取り除いた途端、わたしの顔が現れてびっくり仰天。などと目論んでいたのだが、さすがそれは難しいと断念。というか鶴嘴《つるはし》で突き刺されかねない。せっかく大地震を生き延びたのに、そんな馬鹿な理由で死にたくはない。仕方ないので向かいの瓦礫に板を立てかけて隠れられる空間を作り、隙間からこっそり様子を窺っていたのである。

説明を聞いた柿三郎は嘆息とともに「まったく」と吐き捨てたあと、「ともあれ――」とわたしに優しい眼を向ける。

「生きていて良かった。本当に心配していたんだ」

「本当ですか?」わたしは皮肉めいた笑みを作った。「昔の助手のことなんて、もうわりとどうでもいいんじゃないですか。聞きましたよ。お玉さんといよいよ結婚するらしいじゃないですか」

「あア、その予定ではあったんだがな……」

柿三郎とお玉さんは顔を見合わせ、困り顔の笑みを浮かべた。

どうやら、今回の災害でそれどころではなくなったらしい。

それにしても……、わたしはあらためてお玉さんを見やる。

本当に彼女は美しくなった。彼女と初めて逢ったのは九年前、彼女がまだ十二歳の頃だ。

そのときのことはいまでもはっきりと覚えている。彼女が猫型からくり機械のお玉さんから出てきたときは、本当に驚いた。もちろん彼女は音塚夫妻の一人娘である、音塚玉緒、その人である。

そもそも柿三郎はなぜ、彼女をからくり機械の中に入れたのか。

事件後すぐに犯人は見つからず、柿三郎は警視庁にいる兄からもさりげなく捜査情報を仕入れ、長期戦を覚悟した。玉緒はその間、他人の前に姿を見せるわけにはいかない。彼女が柿三郎の下に身を寄せているのは絶対に秘密にしなければならないからだ。しかしずっと家に籠もっていては彼女が不憫である。そこでせめて往来を散策できるように、彼女が潜める大きなからくり機械を作ろうと考えた。猫型にしたのは二人が出逢うきっかけである猫の〝お玉〟からで、特に深い理由はなかったそうだ。

その最終確認をしているところにやってきたのが、招かれざる客であったわたしである。

ＴＡＭＡ３号――お玉さんの名称は、そのときの咄嗟の口から出任せ。助手、というのもしかりである。

ただ、柿三郎はなるべく連れて出歩こうとは考えていた。そのほうが彼女の気が晴れるし、眼の印象しかないものの、町中で犯人と遭遇すれば気づけるかもしれない、という微かな期待もあった。

わたしが百栗庵に女中として入り込んできたのは、彼らにとって誤算であった。お陰で玉緒は百栗庵の中を自由に歩けなくなった。

けれど元より彼女はほぼ裏庭の離れに籠もっていて、それをさほど苦にはしていなかった。わたしの女中志願は半ば無理やりだったが、多少の不自由さはあっても、彼女にまともな食事を摂らせてあげられる利点を柿三郎は選んだ。わたしが来るまでの一週間ばかり、そこは随分と苦労していたようである。

なお、食事を必ず裏の離れで摂っていたのは、もちろん玉緒と一緒に食べるためだ。柿三郎を大食漢だと思っていたのも宜《むべ》なるかな、である。

とはいえ、真相に気づける手がかりは幾つもちりばめられていた。

そもそも人語を解して自ら動くからくり機械など、到底実現できるわけはないのだ。科学技術の見識が身についたいまなら理解できる。

また、柿三郎は甘いものが苦手であったはずなのに、いつの間にか金平糖をほとんど食べてしまっていた。

一斎道に体験入門しているとき、柿三郎は「お玉さんの言葉」と称して「おいしい食事が食べられなくなって悲しい」という玉緒の言葉を伝えてきた。これなどかなり際どい発言であった。

わたしが百栗庵に来て一箇月以上が経ち、さすがにそろそろ玉緒のことを打ち明けようかとは思っていてくれたらしい。丁度その頃、玉緒捜しの依頼に梅松がやってきた、という次第だ。

玉緒の両親はその後、自ら警察へと出向き、罪を認めた。

二人を殺害した以上、投獄は免れなかったものの、情状を酌量される余地はあった。一生を檻《おり》の中で過ごすようなことにはならなかった。

したがって玉緒はその後も柿三郎の元で生活することになった。ただ、もう犯人の眼に怯える必要がなくなったのは大きな変化だ。裏の離れで柿三郎から勉強を教えてもらってはいたものの、再び尋常小学校にも通えるようになった。玉緒という名前、そしてお玉さんという猫型からくり機械の愛称から、自然とお玉ちゃんという呼び名になった。

柿三郎が探偵稼業をはじめたのは質屋音塚事件の解決だけが目的であったが、結局その後も看板を引っ込めることはなかった。わたしは引きつづき女中兼探偵助手として、百栗庵にお世話になった。

柿三郎とお玉ちゃんとわたし、三人での妙な生活は数年間つづいた。善意で住まわせてもらっていた真壁博士の屋敷も売りに出されることになり、ほどなくわたしも百栗庵に住み込むようになったのだ。

百栗庵では幾つもの事件に遭遇し、数多くの人と出逢うことができた。様々な人間模様を見て、知見を広め、知識を深めた。

やがてわたしは平塚《ひらつか》らいてうなどと『青鞜《せいとう》』を立ち上げた女性と知り合い、それ以外にも幾つかの出逢いや偶然やきっかけもあり、百栗庵を辞して文筆の世界に身を投じることになった。その頃にはお玉ちゃんも妙齢になり、いつしか呼び方もお玉さんに変わっていった。

柿三郎の助手は、お玉さんに譲ることになったのである。いや、最初からずっと助手一号はお玉さんだったか。

けれど、その後もずっと二人との親しい関係はつづいていた。

時間の余裕があれば百栗庵に顔を出し、お玉さんと飽きることなく話をしている。尤もお玉さんはとても大人しい女性なので、九割方わたしが喋《しゃべ》り、彼女はにこにこと話を聞いている、という構図なのだが。

柿三郎には「いい加減君も伴侶を得て落ち着いたらどうだ」と厭みを云われるのだが、あんたに云われたくはない、って話である。新時代の女性としてもう少し自由に生きていたい。それに元より女中として働いていた女が文筆の世界に飛び込むなど、昔は考えられなかったことだ。まだまだ自分の可能性を試したいと思っている。

けれど……。

柿三郎とお玉さん、二人と大地震のあとの苦労話を語り合いながら、わたしはふと、延々とつづく瓦礫の山に眼を向けた。

今回の震災で、先行きはなにもかも不透明になった。

出版社の多くの社屋が倒壊し、仕事の関係者などかなりの知人と連絡が取れない状況がつづいている。生きているのかどうかも不明だ。

話が一段落したとき、わたしは十三の饅頭を頬張りながら尋ねた。

「ねえ、先生。東京は、日本はこれからどうなっちゃうんですかね」

「どうにもならんだろう」

柿三郎は間髪を容れずに告げた。

「これまでと変わらず、突き進んでゆくさ。確かに今回の大地震で多くの尊い命が奪われた。多くの建造物が倒壊し、焼失した。しかし、この都は死なないさ。活力も失われはしない。すぐに復興するだろうし、さらなる近代都市へと生まれ変わるだろう。ただ……」

彼は云い淀み、遠い空の向こうへと憂え顔を向けた。

わたしも日の傾きはじめた西の空を見つめる。

「ただ、なんでしょう」あえてわたしは問いかける。

「いや、なんでもない」柿三郎は小さくかぶりを振った。「未来は誰にもわからない。未来を決めるのは生きている人間の特権であり、使命だ」

そう云って彼は微笑んだあと、不意に「いかん！」と立ち上がった。

「のんびりと語り合っている場合ではない。まだ、ほとんどなにも掘り起こせていないではないか。千代君、君も手伝いたまえ」

「ええ！」わたしは不満を露わにする。「か弱い婦人に力仕事をさせるつもりですか。それより、瓦礫を効率よく片づける機械を早く発明して下さいよ」

「うむ。それは妙案だな」

柿三郎は腕を組む。

そんなものはそう簡単にできないだろうと、わたしは心中で苦笑した。

「仕方がないですね。手伝いましょう」

わたしは膝を叩いて立ち上がると、袖をまくった。そんな便利な機械はないのだから、自分たちの手でやるしかない。

お玉さんがすかさず、「これ、使って下さい」と荷車に乗せていた大きな掬鍬《シャベル》を差し出してくる。まったく、いい女房になりそうだ。

掬鍬を瓦礫に突き立てる。

すぐに汗が滲んでくる。それは思いのほか、気持ちのいいものだった。

悩んでいても仕方がない。とにかく前に進むしかない。わたしの望みは一日も早く、百栗庵が復活することだ。ここで多くの経験を得て、知識を得て、そしてなにより自分に対する自信を得て、わたしは生まれ変わった。新たな人生を摑み取ることができた。

それに、まだまだ柿三郎には活躍してもらわなければならない。

九年前のわたしがそうであったように、お玉さんがそうであったように、彼の力を必要とする人は、これからも大勢いるのだから。

解説

香山二三郎
（コラムニスト）

日本に探偵という言葉が生まれたのは明治時代だといわれる。明治維新ののちも政情はなかなか安定せず、日本の各地で事件や暴動が起きていたが、政府はその対策として現地の事情を探る密偵を送った。そこから探偵という言葉も派生したというのだ。

日本で初めて探偵会社が生まれたのは一八八九年（明治二二年）。東京・日本橋に光永百太という人物が探偵社を設立したのが最初である。九五年には、警視庁出身の岩井三郎が岩井三郎探偵事務所を開設、戦艦の発注にからんだ疑獄事件、シーメンス事件の調査を担当したり、日本初の女性探偵・天野光子《あまのみつこ》が在籍していたことでも知られる。

日本ミステリーのパイオニア、江戸川乱歩も一時期岩井事務所に弟子入りしていたことは、知る人ぞ知る事実だが、してみると明治時代の終わり頃には、庶民の間にも探偵という言葉がすっかり馴染《なじ》まれていたと考えていい。

もっとも、個人営業の探偵――私立探偵がどれほどいたかは定かではない。それは明治から大正に時代が変わっても大差なかったろう。

本書の主人公・百栗柿三郎も本業は「よろず発明　承り」、つまり発明家ということで、「よろず探偵　人探しも承り」のほうはあくまで副業。どちらも儲《もう》かるとは思えないし、けだし、よほどの変わり者というほかない。

本書『からくり探偵・百栗柿三郎』は小説誌「ジェイ・ノベル」（実業之日本社）に掲載された第一話に書き下ろしの三篇を加えた四篇からなる連作集である。

第一話「人造人間《ホムンクルス》の殺意」は、物語の語り手となる早乙女千代が浅草の外れにある百栗の住まい兼事務所・百栗庵に駆け込んでくるところから始まる。千代は真壁達巳という博士の屋敷で女中として働いていたが、その真壁博士が殺されたのだという。屋敷では三人の助手が一緒に仕事をしており、そのうちの誰かが犯人である可能性もあった。現場にはしかし、博士が標本として所持していたホムンクルスが殺したような痕跡が残っていて、その姿はどこにもなかった……。

百栗の発明家という肩書はダテではなく、窮状を訴える千代の前にいきなり現れる百栗の助手「お玉さん」こと「TAMA3号」は何と機械式招き猫。図体《ずうたい》がデカく、小回りもきかず、お腹の中から探偵道具を出すくらいしか能がないのが難だが、今でいうロボットを発明するとはまさしく天才肌の発明家というべきだろう。実際、百栗は真壁の屋敷を訪れ、実況見分をするや、ほどなく真相を見抜いてしまう。発明の才能だけでなく、探偵の才能もそなえていたのである。

続く第二話「あるべき死体」は、勤め先を失い百栗庵で働くことになった千代が買い物帰りに隅田川の河川敷でバラバラになった「分解死体」を発見してしまう。被害者は化粧品会社の創業者で資産家の秋濃冨実男だった。やがて秋濃家の執事が百栗庵に挨拶に訪れるが、そこで千代が百栗を「大正の平賀源内改め東京のホウムス、浅草が生んだ奇跡の名探偵」と売り込み、ふたりは捜査に乗り出すことに。秋濃は天涯孤独の身の上だったが、人格者で篤志家、恨みを買う可能性は薄かった。百栗たちは秋濃が拉致されたという屋敷の部屋を入念に調べてみるが……。

バラバラ殺人はやがて連続事件へと発展、まさに日本版「ジャック・ザ・リッパー」ならぬ「切り刻み太郎」事件であるが、百栗はひとりCSI（科学捜査班）とでもいうべき科学捜査術と自らの推理を駆使して、猟奇事件の陰に隠された驚愕《きょうがく》の真相を明かす。

第三話「揺れる陽炎」は、失踪した息子の捜索を母親から依頼される。その息子・寅丸は一九歳だったが、室町時代の伝説の幻術師・果心居士の後継者を名乗る一斎居士に弟子入りし、やがて彼の道場で生活するようになった。だが最近は会いにいっても会わせてもらえず、取りつく島がないというのだ。百栗たちは豊多摩郡高井戸村にある道場に赴き、一斎居士の幻術を目の当たりにする。舞台で手伝いをさせられた千代はたちまち不可思議な幻術の虜《とりこ》になってしまうが……。

一斎居士の幻術は今でいうマジック。カードを操るクロースアップマジックと大がかりなイリュージョンを両方操るマジシャンにしてイリュージョニストだ。現代でも、その場で見れば驚かせられること必至なのだから、大正時代の人々が見たら陶然としてしまうのにもうなずける。だがむろん、からくり探偵の目はごまかせない。百栗はマジックのからくりはもとより、寅丸失踪の謎も見破ってしまう。作品の冒頭で、百栗は蒸気機関を使った怪しい「回転慣性乾燥装置」なるものを開発しようとしているが、本篇でも彼のからくり術が功を奏すことに。

第四話「惨劇に消えた少女」は、梅松と名乗る田舎の青年から玉緒という少女の捜索を依頼される。玉緒は音塚質店のひとり娘だったが、ひと月半前、ある事件のさなか失踪してしまったのだ。玉緒は友人の八重の家に泊まるはずだったが、わけあって八重とふたりで夜の一時頃家に戻ってみると、蔵で血まみれのふたつの死体を発見、犯人らしき人物も見てしまう。八重はそのまま自宅に逃げ帰るが、一緒のはずの玉緒の姿が見えない。警官とともに音塚質店に駆けつけると、蔵の中にあるのは血痕のみ。死体はすでになかった。そして玉緒もそのまま行方をくらましてしまったのである。百栗たちは片づけられた死体と玉緒の後を追うべく、トビイという警察犬(!?)を使って隅田川河畔を探索、重大な手がかりを得るが……。

百栗の捜査についに犬まで登場するが、今回の事件はいつもと勝手が違って、何故《なぜ》か彼も及び腰のような——。その謎は、真相からさらに終章へと至る過程で納得出来るよう仕組まれている。序章と幕間の荒廃した背景がやがて明らかになっていくうちに、それが各話とどうつながるのか不安をおぼえる向きもあるかもしれないが、そうした心配も雲散霧消するに違いない。

ちなみに本書の時代背景は（序章や幕間は別にして）、第一話に上野の博覧会にお目見えした日本初の純国産自動車「ＤＡＴ1号」の名があるところからして、一九一四年（大正三年）の春以降と思われる。大正時代はわずか一四年余りに過ぎないが、この間、大正デモクラシーと呼ばれる護憲運動が巻き起こり、平民宰相・原敬が誕生、婦人参政権運動も活発化するなど、明治以来の政界事情が変わり始めた。交通が整備され、芸能、音楽、スポーツに、様々な都市文化が花開き始めるのもこの時代。ミステリー作品の中には明治や昭和初期を舞台背景にしたものが少なくないが、ふたつの時代をつなぐ意味でも、もっと大正ミステリーに注目していただきたいところではある。

著者の伽古屋圭市は一九七二年、大阪府生まれ。公務員ののち全国を放浪、パチンコのプロ——パチプロとなるが、二〇一〇年、『パチプロ・コード』（宝島社文庫収録時『パチンコと暗号の追跡ゲーム』に改題）で第八回『このミステリーがすごい！』大賞優秀賞を受賞、作家デビューを果たす。その後、暗号ミステリーだったデビュー作の続篇『21面相の暗号』（宝島社文庫）や、血腥《ちなまぐさ》そうな副題とは裏腹のゲームミステリー

『幻影館へようこそ　推理バトル・ロワイアル』（『AR　推理バトル・ロワイアル』改題／同）を経て、二〇一三年に大正時代の東京を舞台に乙女探偵が活躍する『帝都探偵謎解け乙女』（同）を刊行。本書はそれに続く、大正ミステリーとなるが、からくり探偵ものは一九世紀イギリスを髣髴《ほうふつ》させる異世界を舞台にしたファンタジー――スチームパンクの雰囲気もちょっとあるし、作品世界がさらに拡大していく可能性を秘めている。シリーズ化に期待！

初出　月刊ジェイ・ノベル
「人造人間の殺意」　二〇一四年九月号
「あるべき死体」　書き下ろし
「揺れる陽炎」　書き下ろし
「惨劇に消えた少女」　書き下ろし

実業之日本社文庫　最新刊

井上篤夫
志高く　孫正義正伝　新版

ベストセラー『志高く』に大幅加筆、米国進出、アリババ上場からロボット事業まで、最新の孫正義を徹底取材した増補改訂新版。（解説・柳井　正）

い22

太田忠司
偽花《にせばな》　探偵・藤森涼子の事件簿

OLから探偵に転身して二十年。仲間とともに事務所をかまえた涼子が三つの花の謎に挑む！　本格ミステリーシリーズ第二弾。（解説・大矢博子）

お22

伽古屋圭市
からくり探偵・百栗柿三郎

「よろず探偵承り」珍妙な看板を掲げる発明家・柿三郎が、不思議な発明品で事件を解明!?　“大正モダン”な本格ミステリー。（解説・香山二三郎）

か41

沢里裕二
処女刑事　歌舞伎町淫脈

純情美人刑事が歌舞伎町の巨悪に挑む。カラダを張った囮捜査で大ピンチ!!　団鬼六賞作家が描くハードボイルド・エロスの決定版。

さ31

小路幸也
コーヒーブルース　Coffee blues

このカウンターには、常連も事件もやってくる。そして店主と客たちが解決へ――。紫煙とコーヒーの薫り漂う喫茶店ミステリー。（解説・藤田香織）

し12

西村京太郎
十津川警部　わが屍に旗を立てよ

喫茶店「風林火山」で殺されていた女と「風が殺した」の文字の謎。武田信玄と事件の関わりは？　傑作トラベルミステリー！（解説・小梛治宣）

に110

実業之日本社文庫 か41

からくり探偵《たんてい》・百栗柿三郎《ももくりかきさぶろう》

2015年2月15日　初版第1刷発行
2015年3月10日　初版第2刷発行

著　者　伽古屋圭市《かこやけいいち》

発行者　村山秀夫
発行所　株式会社実業之日本社
〒104-8233　東京都中央区京橋 3-7-5 京橋スクエア
電話 [編集]03(3562)2051 [販売]03(3535)4441
ホームページ http://www.j-n.co.jp/
印刷所　大日本印刷株式会社
製本所　株式会社ブックアート

フォーマットデザイン　鈴木正道(Suzuki Design)

＊本書の一部あるいは全部を無断で複写・複製（コピー、スキャン、デジタル化等）・転載することは、法律で認められた場合を除き、禁じられています。
また、購入者以外の第三者による本書のいかなる電子複製も一切認められておりません。
＊落丁・乱丁（ページ順序の間違いや抜け落ち）の場合は、ご面倒でも購入された書店名を明記して、小社販売部あてにお送りください。送料小社負担でお取り替えいたします。
ただし、古書店等で購入したものについてはお取り替えできません。
＊定価はカバーに表示してあります。
＊小社のプライバシーポリシー（個人情報の取り扱い）は上記ホームページをご覧ください。

©Keiichi Kakoya 2015　Printed in Japan
ISBN978-4-408-55206-4（文芸）